一冊で読む
日本の近代詩
500

500 MODERN
JAPANESE POEMS
IN ONE BOOK.

編著
西原大輔

笠間書院

PREFACE

はしがき

　日本近現代詩のアンソロジーが乏しいことを、かねがね不便に感じてきました。私が詩を読む上で頼りにしているのは、もっぱら古書です。特に、中公文庫『日本の詩歌』全三十一冊は、ボロボロになるまで読みこみ、今やページが断裂しつつあります。残念なことに、新刊書店の棚にこのような優れたシリーズ本は並んでいません。

　個別の詩人の作品を読む時には、新潮文庫・岩波文庫・ハルキ文庫・講談社文芸文庫が入手しやすいです。ただ、ある程度その詩人についての知識がないと、どの詩篇の評価が高いのか見当がつきません。自分の感性だけを頼りに一冊まるごと読み通すのは、なかなか厳しいものがあります。本書は、そのような読者の不便を解消すべく企画した詞華集です。

　現在店頭で手に入れやすい近現代詩の評釈本に、拙著『日本名詩選1・2・3』（笠間書院）があります。三冊で合計二百二十二篇の作品を収めました。このシリーズを平成二十七（二〇一五）年に出版した後、様々な声が著者である私のもとに届きました。その多くは、「なんで私の好きなあの詩が入っていないのか」というものでした。そこでこの本では、収録数を五〇〇点まで拡大しました。分量の都合から現代詩は省き、一九四五年以前に既に活躍を始めていた詩人の作品のみを収めています。世評の高い近代詩は、この一冊でほぼ網羅していると思います。

　目次をご覧いただければわかるように、詩人の生年順に作品を配置しました。『新体詩抄』の外山正一に始まり、立原道造までの計八十五人と一社（新声社）です。採録数が十点以上の人物として、多い順に萩原朔太郎三十九篇、三好達治二十五篇、中原中也二十二篇、北原白秋二十一篇、高村光太郎二十篇、堀口大学十八篇、山之口貘十七篇、島崎藤村十六篇、八木重吉十六篇、佐藤春夫十五篇、金子みすゞ十五篇、宮沢賢治十三篇、井伏鱒二十三篇、山村暮鳥十二篇、上田敏十一篇、丸山薫十篇、高見順十篇、となっています。

　話題になることが比較的少ない人物にも目を配りしました。児玉花外、大塚楠緒子、横瀬夜雨、生田春月、中川一政、尾形亀之助、木山捷平、坂本遼、神保光太郎、金素雲らです。これらの詩人はみな、少数ながら素晴らしい作品を残しています。

　本書が読者の皆様の机辺に備えられ、繰り返し繰り返しひもとかれることを、編著者として心から願ってやみません。

CONTENTS

もくじ

凡例

一、一九四五（昭和二十）年の敗戦以前に活躍しはじめた詩人八十五人と一社（新声社）を取り上げた。詩人の選択にあたっては、敗戦前に詩集を出版していることを基準とした。ただし、落合直文・金子みすゞ・折口信夫・高見順などの例外がある。

二、作品は、詩人の生年順に配列した。同一詩人の作品は詩集の刊行順に、同一詩集の作品は詩集の掲載順に並べた。

三、旧字は新字に改めた。旧仮名遣いはそのままとした。

四、ルビは、旧仮名遣いの作品は旧仮名遣いで、新仮名遣いの作品には新仮名遣いを用いた。ただし、詩人自身が振ったルビには例外がある。詩の題名のルビも同様である。一方、詩人名のルビは全て新仮名遣いを用いた。

五、作品本文は出典を最大限尊重したが、明らかな誤りは訂正した。

六、作品本文および出典情報は、全て原典及び初出文献・再録文献にあたり、情報の正確さを期した。原典にあたることができなかった文献には、「現物未確認」と明記した。

一冊で読む日本の近代詩500

外《と》山《やま》正《まさ》一《かず》

（一八四八—一九〇〇）

テニソン氏《し》軽《けい》騎《き》隊《たい》進《しん》撃《げき》ノ詩《し》

其《その》一《いち》

一里半なり一里半　並びて進む一里半
死地に乗り入《い》る六百騎　将《しやう》は掛《かか》れの令《れい》下《くだ》す
士《し》卒《そつ》たる身の身を以《もつ》て　訳《わけ》を糺《ただ》すは分《ぶん》ならず
答《こたへ》をなすも分《ぶん》ならず　これ命《めい》これに従ひて
死ぬるの外《ほか》はあらざらん　死地に乗り入《い》る六百騎

（以下略）

メモ　英国詩人アルフレッド・テニソンによるクリミア戦争の詩。武士的価値観に通じる内容。「抜刀隊」創作のヒントとなった。一行を上下に分ける形式。

出典　『新体詩抄』丸家善七、一八八二（明治十五）年八月。初出同上。

抜《ばつ》刀《たう》隊《たい》

我は官軍我《わが》敵は　天地容《い》れざる朝敵ぞ
敵の大将たる者は　古《こ》今《こん》無《む》双《さう》の英雄で
之《これ》に従ふ兵《つはもの》は　共に慓《へう》悍《かん》決死の士
鬼《き》神《じん》に恥ぬ勇あるも　天の許さぬ叛《はん》逆《ぎやく》を
起しゝ者は昔より　栄えし例《ためし》あらざるぞ
敵の亡《ほろ》ぶる夫《それ》迄《まで》は　進めや進め諸《もろ》共《とも》に
玉《たま》ちる剣《つるぎ》抜き連れて　死ぬる覚悟で進むべし

（以下略）

メモ　西南戦争に基づく内容で、「敵の大将」は西郷隆盛を指す。後にフランス人ルルーにより作曲され、軍歌となった。曲は現在も自衛隊で使われている。

出典　『新体詩抄』丸家善七、一八八二（明治十五）年八月。初出は『東洋学芸雑誌』第八号、一八八二年五月。

矢《や》田《た》部《べ》良《りょう》吉《きち》

（一八五一—一八九九）

グレー氏《し》墳《ふん》上《じやう》感《かん》懐《くわい》の詩《し》

山々かすみいりあひの　鐘はなりつゝ野の牛は
徐《しづか》に歩み帰り行く　耕《たが》へす人もうちつかれ
やうやく去りて余《われ》ひとり　たそがれ時に残りけり
（以下略）

メモ　墓地で人生のはかなさを嘆いた長詩。英国詩人トマス・グレーの作品。原詩を日本的に意訳している。東洋的無常観に通じるため、広く愛唱された。

出典　『新体詩抄』丸家善七、一八八二（明治十五）年八月。初出は『郵便報知新聞』一八八二年四月六・七日。

シエークスピール氏《し》ハムレット中《ちゆう》の一段《いちだん》

ながらふべきか但《ただ》し又《また》　ながらふべきに非《あら》ざるか
爰《ここ》が思案のしどころぞ　運命いかにつたなきも
これに堪《た》ふるが大丈夫《ますらを》か　又《また》さはあらで海よりも
深き遺恨に手向《てむか》ふて　之《これ》を晴らすがものゝふか
どふも心に落ちかぬる　扠《さて》も死なんか死ぬるのは
眠ると同じ眠る間《ま》は　心痛《しんつう》のみか肉体の
あらゆるうきめ打捨《うちす》つる　是《これ》ぞ望《のぞみ》のはてならん
（以下略）

メモ　『ハムレット』「To be or not to be」の和訳。外山正一も『新体詩抄』で同一部分を翻訳。「死ぬるが増（まし）か生くるが増か／思案をするはこゝぞかし」。

出典　『新体詩抄』丸家善七、一八八二（明治十五）年八月。初出は『東洋学芸雑誌』第六号、一八八二年三月。

湯《ゆ》浅《あさ》半《はん》月《げつ》（一八五八―一九四三）

十二《じふに》の石塚《いしづか》

一回　緒言《しよげん》

和歌の浦の磯崎こゆる
しら浪《なみ》のしらぬむかしを
松陰の真砂《まさご》にふして
もとむともかひやなからん
玉《たま》津《つ》島《しま》姫《ひめ》
久《ひさ》かたの天《あま》つみそのに
むれ遊ぶ聖霊《せいれい》の鳩《はと》の
錦翼《みつばさ》にのらしめたまへ

我《わが》神よいざ行て見む
ユダヤの国原
岩ばしるヨルダン川の
柳かげ高かやがくれ
かぜ立《たち》てさゞなみ涼し
千尋《ちひろ》の青淵《あをふち》
朝日さすエリコの城の
高楼《かうろう》もうづもるばかり
椰子《やし》の葉のしげるも深し
七里の白壁
千早振《ちはやぶる》神の紀念《しるし》と
ギルガルの岡べにさける
百合花《ゆりのはな》のたてるも高し
十二の石塚　　（以下略）

メモ　湯浅半月は、新島襄を慕って同志社英学校に学んだ。卒業式典で『旧約聖書』に基づく詩「十二の石塚」を朗読し評判となる。新体詩最初の個人詩集。

出典　『十二の石塚』湯浅吉郎、一八八五（明治十八）年十月。初出は『六合（りくごう）雑誌』第五十六号、一八八五年八月。「二回　古塚」まで掲載。

落《おち》合《あい》直《なお》文《ぶみ》

（一八六一―一九〇三）

孝女《かうぢよ》白菊《しらぎく》の歌《うた》

井上哲次郎《いのうえてつじろう》原作

阿蘇の山里﹆秋ふけて。ながめさびしき﹆夕まぐれ。いづこの寺の﹆鐘ならむ。諸行無常と﹆つげわたる。」をりしもひとり﹆門《かど》に出《い》で。父を待つなる﹆少女《をとめ》あり。」袖《そで》に涙を﹆おさへつゝ。憂《うれひ》にしづむ﹆そのさまは。色まだあさき﹆海棠《かいだう》の。雨になやむに﹆ことならず。」父は先《さき》つ日﹆遊猟《かり》に出《い》で。今猶《いまなほ》おとづれ﹆なしとかや。」軒端《のきば》に落《おつ》る﹆木の葉にも。かけひの水の﹆ひゞきにも。父やかへると﹆うたがはれ。夜《よ》な〱ねぶる﹆をりもなし。」今宵は雨さへ﹆ふり出《い》でゝ。庭の芭蕉の﹆音しげく。鳴くなる虫の﹆こゑ〴〵に。いとゞあはれを﹆そへてけり。」かゝるさびしき﹆夜半《よは》なれば。ひとりおもひや﹆たへざらむ。菅《すげ》の小笠《をがさ》に﹆杖とりて。いでゆくさまぞ﹆あはれなる。」　（以下略）

メモ　少女白菊が、西南戦争で生き別れになった父と再会する虚構の物語。広く愛唱された。井上哲次郎の長編漢詩「孝女白菊詩」（一八八四年）の和文訳。
出典　『東洋学会雑誌』に四回にわたり掲載。1第二編第四号、一八八八（明治二十一）年二月二十日。2第二編第九号、一八八八年八月二十六日。3第三編第二号、一八八九（明治二十二）年二月二十八日。4第三編第五号、一八八九年五月二十八日。『少年園』にも四回にわたり掲載。1第一巻第三号、一八八八年十二月三日。2第一巻第四号、一八八八年十二月十八日。3第一巻第七号、一八八九年二月三日。4第二巻第十三号、一八八九年五月三日。再録は『萩之家遺稿』明治書院、一九〇四（明治三十七）年五月。

新《しん》声《せい》社《しゃ》

ミニヨンの歌《うた》

ゲーテ作

其《その》一《いち》

レモンの木は花さきくらき林の中に
こがね色したる柑子《かうじ》は枝もたわゝにみのり
青く晴れし空よりしづやかに風吹き
ミルテの木はしづかにラウレルの木は高く
くもにそびえて立てる国をしるやかなたへ
君と共にゆかまし

其《その》二《に》

高きはしらの上にやすくすわれる屋根は
そらたかくそばだちひろき間《ま》もせまき間《ま》も
皆ひかりかゞやきて人がたしたる石は
ゐみつゝおのれを見てあないとほしき子よと
なぐさむるなつかしき家をしるやかなたへ
君と共にゆかまし

其《その》三《さん》

立ちわたる霧のうちに驢馬《ろば》は道をたづねて
いなゝきつゝさまよひひろきほらの中には
いと年経《へ》たる龍の所えがほにすまひ
岩より岩をつたひしら波のゆきかへる
かのなつかしき山の道をしるやかなたへ
君と共にゆかまし

メモ　ゲーテの小説『ヴィルヘルム・マイスターの修行時代』で、薄幸の少女ミニヨンが歌う恋の歌。ドイツから見た南国イタリアへの憧憬が語られている。

出典　『国民之友』第五十八号、一八八九（明治二十二）年八月二日、夏期附録「藻塩草」所収「於母影」。再録は、森鷗外『水沫集』春陽堂、一八九二（明治二十五）年七月。

花《はな》薔《さう》薇《び》

カール・ゲーロック作

わがうへにしもあらなくに
などかくおつるなみだぞも
ふみくだかれしはなさうび
よはなれのみのうきよかは

メモ　踏み潰されたバラに自己投影して、人生の辛さを嘆いた詩。七五調四行という整った響きの美しさから、広く愛唱された。井上通泰訳と推定されている。

出典　『国民之友』第五十八号、一八八九（明治二十二）年八月二日、夏期附録「藻塩草」所収「於母影」。再録は、森鷗外『水沫集』春陽堂、一八九二（明治二十五）年七月。

オフエリヤの歌《うた》

シェイクスピア作

いづれを君が恋人と
わきて知るべきすべやある
貝の冠とつく杖と
はける靴とぞしるしなる

かれは死にけり我《わが》ひめよ
渠《かれ》はよみぢへ立ちにけり
かしらの方《かた》の苔《こけ》を見よ
あしの方《かた》には石たてり

柩《ひつぎ》をおほふきぬの色は
高ねの雪と見まがひぬ
涙やどせる花の環《わ》は
ぬれたるまゝに葬《はうむ》りぬ

メモ　森鷗外による『ハムレット』部分訳。七五調四行を一連とする形式。原作にならい、一・三行と二・四行が脚韻を踏む。岩野泡鳴や島崎藤村が愛唱した。

出典　『国民之友』第五十八号、一八八九（明治二十二）

年八月二日、夏期附録「藻塩草」所収「於母影」。再録は、森鷗外『水沫集』春陽堂、一八九二（明治二十五）年七月。

森《もり》鷗《おう》外《がい》

（一八六二―一九二二）

扣鈕《ぼたん》

南山《なんざん》の　たたかひの日に
袖口《そでぐち》の　こがねのぼたん
ひとつおとしつ
その扣鈕《ぼたん》惜《を》し

べるりんの　都《みやこ》大《おほ》路《ぢ》の
ぱつさあじゆ　電燈あをき
店にて買ひぬ
はたとせまへに

えぽれつと　かがやきし友
こがね髪《がみ》　ゆらぎし少女《おとめ》
はや老いにけん
死にもやしけん

はたとせの　身のうきしづみ
よろこびも　かなしびも知る
袖《そで》のぼたんよ
かたはとなりぬ

ますらをの　玉《たま》と砕《くだ》けし
ももちたり　それも惜《を》しけど
こも惜《を》し扣鈕《ぼたん》
身に添ふ扣鈕《ぼたん》

メモ　日露戦争の南山の戦い（一九〇四年五月）を回想して書かれた作品。カフスボタンを購入した華やかなベルリンと、悲惨な戦場との対比が見られる。

出典　『うた日記』春陽堂、一九〇七（明治四十）年九月。初出未詳。

沙《さ》羅《ら》の木《き》

褐《かち》色《いろ》の根《ね》府《ぶ》川《かは》石《いし》に
白き花はたと落ちたり、
ありとしも青葉がくれに
見えざりしさらの木の花。

メモ　五七調四行の写生詩。「さらの木」はナツツバキ。根府川石は板状安山岩で、敷石に使われた。団子坂の森鷗外記念館には、永井荷風揮毫の詩碑がある。

出典　『沙羅の木』阿蘭陀書房、一九一五（大正四）年九月。初出は『文芸界』第五巻第九号、一九〇六（明治三十九）年九月。初出題名「沙羅」。

直《ちよく》言《げん》

金《きん》縁《ぶち》目《め》がね、バイシクル。
留守を使へど、まのあたり
帰るを見つと、上がり来る。

「是非高《かう》作《さく》の掲載を
こたびは許し給《たま》はりて
添へん次号の光彩を。」

「生《あや》憎《にく》何も出来合ひて
あらず、鼬《いたち》や道切りし、
インスピレエシヨン無沙汰して。」

「そこを押してぞわれ願ふ。
たとひ詰《つ》まらぬ作にても
お名前あれば人は買ふ。」

金《きん》縁《ぶち》目《め》がね、バイシクル。
人は見《み》掛《かけ》によらぬもの、
此《この》直言を敢《あへ》てする。

メモ　ユーモアに満ちた七五調の詩。慇懃無礼でずうずうしい雑誌編集者を皮肉っている。笑いの要素にくるみつつ、人気作者であることを秘かに自慢した。

出典　『沙羅の木』阿蘭陀書房、一九一五（大正四）年九月。初出は『明星』未歳第八号、一九〇七（明治四十）年八月。

宮崎湖処子《みやざきこしょし》

（一八六四―一九二二）

忘《わす》れ水《みづ》

いづこの野べに里川と、
　わかれて来たるわすれ水。
たつきもしらぬ原なかに、
　覚《おぼ》つかなくもながれ来ぬ。
覚《おぼ》つかなくも流れ来て、
　覚《おぼ》つかなくぞながれゆく。
茅《ち》がやが下にうもれては、
　うしなはるらんこゝちして。
はては二《ふた》たび里川に、
　あふべきものとおもへども。
茅《ち》はら萱《かや》ばらはる〴〵と、
　そのゆく末をおもひやる。

メモ　宮崎湖処子は明治抒情詩の先駆け。「忘れ水」は不安と孤独を詠じた恋愛詩。いつかは世に認められたいという願望を表現した人生の詩とも解釈できる。

出典　宮崎湖処子編『抒情詩』民友社、一八九七（明治三十）年四月。初出未詳。

北村透谷《きたむらとうこく》

（一八六八―一八九四）

楚囚之詩《そしうのし》

第一

曾《か》つて誤《あやま》つて法を破り
　政治の罪人《つみびと》として捕《とら》はれたり、
余《よ》と生死を誓ひし壮士等《さうしら》の
　数多《あまた》あるうちに余《よ》は其《その》首領なり、
　　中《なか》に、余《よ》が最愛の
　まだ蕾《つぼみ》の花なる少女も、
　国の為《ため》とて諸共《もろとも》に
　この花婿《はなむこ》も花嫁《はなよめ》も。

第二

余《よ》が髪は何時《いつ》の間《ま》にか伸びていと長し、
前額《ひたひ》を蓋《おほ》ひ眼を遮《さへぎ》りていと重し、
肉は落ち骨出《い》で胸は常に枯れ、
沈み、萎《しを》れ、縮み、あゝ物《もの》憂《う》し、
　歳月《さいげつ》を重ねし故《ゆゑ》にあらず、
　又《ま》た疾病《しつぺい》に苦《くるし》む為《ため》ならず、
　浦島《うらしま》が帰郷の其《そ》れにも
　はて似《に》付《つ》かふもあらず、
余《よ》が口は枯れたり、余《よ》が眼は凹《くぼ》し、
　曾《か》つて世を動かす弁論をなせし此《この》口も、
　曾《か》つて万古《ばんこ》を通貫したるこの活眼《くわつがん》も、
はや今は口は腐《くさ》れたる空気を呼吸し
眼は限られたる暗き壁を睥睨《へいげい》し
且《か》つ我《わが》腕は曲り、足は撓《た》ゆめり、
嗚呼《ああ》楚囚《そしう》！　世の太陽はいと遠し！
噫《ああ》此《これ》は何の科《とが》ぞや？
　たゞ国の前途を計りてなり！
噫《ああ》此《これ》は何の結果ぞや？
此世《このよ》の民に尽したればなり！
　去れども独《ひと》り余《よ》ならず、
吾《わ》が祖父は骨を戦野に暴《さら》せり、
吾《わ》が父も国の為《た》めに生命《いのち》を捨《すて》たり、
余《よ》が代《よ》には楚囚《そしう》となりて、
とこしなへに母に離るなり。　（以下略）

メモ　大阪事件を背景とした作品。自由民権運動の軍資金獲得のための強盗計画に誘われ、活動から離脱。自由律の長詩は、後に現代詩の先駆として評価された。
出典　『楚囚之詩』春祥堂、一八八九（明治二十二）年四月。初出同上。

蓬莱曲《ほうらいきょく》

（素雄振りきりて飛び躍《をどら》んとす）
源。危ふし、危ふし、さても怪《あや》しの旅客《たびびと》かな。
素。怪《あや》しと？　世の生涯《いのち》こそ怪《あや》しけれ、
　過ぎこし経験《かた》や鏡なる……
死こそ物の終りなれ、死して消ゆるこそ、
死すればこそ、復《ま》た他の生涯《いのち》にも入《い》るらめ。

来《きた》れ死！　来《きた》れ死！

この崖を舞ひ下《くだ》らでも、わが最後の力、世に充《み》つる精気の力と相《あひ》協《かな》ひてわが死を致《いた》すに難《かた》きことやある。

いでわが命ずるに……いでわが命ずるに……いでわが命ずるに……わが召《よ》ぶに……わが召《よ》ぶに……

死！　来《きた》れるよ汝《なんぢ》！

来《きた》れるよ汝《なんぢ》！　笑《ゑ》めるもの！

来《きた》れ、来《きた》れ、疾《と》く刺せよ其《その》針にて。

いま衰《おと》ろへぬ、いま物を弁《わきま》えぬ、いま消え行く、いま死、いま死！　死よ、汝《いまし》を愛すなり。死よ、汝《いまし》より易《やす》き者はあらじ。

おさらばよ！

（仆《たふ》る）

源。　こはいかに、こはいかに、舞《まひ》下《くだ》りもせでこゝに終りぬるか、あやしやな、あな無残《むざん》！

たび人よ、たび人よ！　早や起きず。其《そ》の魂《たま》はいづこに行くならん、

おそろしや、おそろしや！

あはれ、あはれ、死なしけり、失《い》なしけり。

メモ　苦悶懊悩に満ちた長編劇詩。煩悶青年柳田素雄が蓬莱山（富士山）に登り、山頂で自殺する。右はその最後の場面。「素」は主人公、「源」は樵夫源六。

出典　『蓬莱曲』養真堂、一八九一（明治二十四）年五月。初出同上。

蝶《てふ》のゆくへ

舞ふてゆくへを問ひたまふ、
　心のほどぞうれしけれ、
秋の野面《のづら》をそこはかと、
　尋《たづ》ねて迷ふ蝶が身を。
行くもかへるも同じ関、
　越え来《こ》し方《かた》に越えて行く。
花の野山に舞ひし身は、
　花なき野辺も元の宿。
前もなければ後もまた、
　「運命《かみ》」の外には「我《われ》」もなし。
ひらく〱と舞ひ行くは、

夢とまことの中間《なかま》なり。

メモ　行方を尋ねられた蝶が答える形の作品。秋の蝶は前途の見えない詩人の分身で、理想を求めて敗れ傷ついた姿。北村透谷は一八九四年五月に縊死した。

出典　『透谷集』文学界雑誌社、一八九四（明治二十七）年十月。初出は『三籟（さんらい）』第七号、一八九三（明治二十六）年九月。

双蝶《さうてふ》のわかれ

ひとつの枝に双《ふた》つの蝶、
羽《はね》を収めてやすらへり。
露の重荷に下垂《した》る〻、
　草は思ひに沈むめり。
秋の無情に身を責むる、
　花は愁《うれ》ひに色褪《さ》めぬ。
言はず語らぬ蝶ふたつ、
斉《ひと》しく起《た》ちて舞ひ行けり。
うしろを見れば野は寂《さび》し、

　前に向《むか》へば風冷《さむ》し。
過ぎにし春は夢なれど、
　迷ひ行衛は何処ぞや。
同じ恨《うら》みの蝶ふたつ、
重げに見ゆる四《よつ》の翼《はね》。
双《なら》び飛びてもひえわたる、
　秋のつるぎの怖《おそ》ろしや。
雄《を》も雌《め》も共にたゆたひて、
　もと来《こ》し方《かた》へ悄《しを》れ行く。
もとの一枝《ひとえ》をまたの宿、
暫《しば》しと憩《いこ》ふ蝶ふたつ。
夕告《ゆふつ》げわたる鐘の音《ね》に、
　おどろきて立つ蝶ふたつ。
こたびは別れて西ひがし、
　振りかへりつ〻去りにけり。

メモ　秋の情緒の中で雌雄の別離を描いた作品。双蝶は詩人と妻ミナ、または病死した教え子富井まつ子。伝統的な秋の風物描写が、事態の深刻さを救っている。

出典　『透谷集』文学界雑誌社、一八九四（明治二十七）年十月。初出は『国民之友』第二〇四号、一八九三（明治二十六）年十月三日。

眠《ねむ》れる蝶《てふ》

けさ立ちそめし秋風に、
「自然」のいろはかはりけり。
高《たか》梢《え》に蟬《せみ》の声細く、
茂草《しげみ》に虫の歌悲し。
　林には、
　鶸《ひよ》のこゑさへうらがれて、
野《の》面《づら》には、
　千草の花もうれひあり。
あはれ、あはれ、蝶一羽、
　破れし花に眠れるよ。

早やも来《き》ぬ、早やも来《き》ぬ秋、
万物《ものみな》秋となりにけり。
蟻《あり》はおどろきて穴《あな》索《もと》め、
蛇はうなづきて洞《ほら》に入《い》る。
田つくりは、
　あしたの星に稲を刈り、
山《やま》樵《がつ》は
　月に嘯《うそ》むきて冬に備ふ。
蝶よ、いましのみ、蝶よ、
　破れし花に眠るはいかに。

破れし花も宿仮《か》れば、
運命《かみ》のそなへし床《とこ》なるを。
春のはじめに迷ひ出《い》で、
秋の今日まで酔ひ酔ひて、
あしたには、
　千《ち》よろづの花の露に厭《あ》き、
ゆふべには、
夢なき夢の数を経《へ》ぬ。
只《た》だ此《この》まゝに『寂《じやく》』として
　花もろともに滅《き》えばやな。

メモ　秋の蝶に託して希死念慮を述べた詩。枯れた花に眠る蝶に対し、第二連の語り手が理由を問う。蝶は、精一杯生きたので思い残すことはないと答える。

出典 『透谷集』文学界雑誌社、一八九四（明治二十七）年十月。初出は『文学界』第九号、一八九三（明治二十六）年九月。

国木田独歩《くにきだどっぽ》

（一八七一—一九〇八）

山林《さんりん》に自由《じいう》存《そん》す

山林に自由存す
われ此《この》句を吟じて血のわくを覚《おぼ》ゆ
嗚呼《ああ》山林に自由存す
いかなればわれ山林をみすてし

あくがれて虚栄の途《みち》にのぼりしより
十年《ととせ》の月日塵のうちに過ぎぬ
ふりさけ見れば自由の里は
すでに雲山千里の外にある心地す

眥《まなじり》を決して天外を望めば
をちかたの高峰《たかね》の雪の朝日影《あさひかげ》
嗚呼《ああ》山林に自由存す
われ此《この》句を吟じて血のわくを覚《おぼ》ゆ

なつかしきわが故郷《ふるさと》は何処《いづこ》ぞや
彼処《かしこ》にわれは山林の児《こ》なりき
顧《かへり》みれば千里江山
自由の郷《さと》は雲底に没せんとす

メモ 佐々城信子との失恋を背景とする詩。深い喪失感に満ちている。詩人はワーズワースの影響を受け、自然を理想化、山林にこそ精神の自由があるとした。

出典 宮崎湖処子編『抒情詩』民友社、一八九七（明治三十）年四月。初出は『国民之友』第三三六号、一八九七年二月二十日。初出総題「独歩吟」、初出題名「自由の郷」。

独坐《どくざ》

夜ふけて燈前《とうぜん》独《ひと》り坐《ざ》す

哀思《あいし》悠々《いういう》堪《た》ゆべからず
眼底涙あり落つるにまかす
天外《てんぐわい》雲ありわれを招く

メモ　漢文訓読調の四行詩。失恋が背景にある。詩「山林に自由存す」の次に置かれ、反歌的な位置づけの作品。先行する長詩を受けて内容を補足した。

出典　宮崎湖処子編『抒情詩』民友社、一八九七（明治三十）年四月。初出は『国民之友』第三三六号、一八九七年二月二十日。初出総題「独歩吟」。

沖《おき》の小島《こじま》

沖の小島に雲雀《ひばり》があがる
　雲雀《ひばり》すむなら畑《はた》がある
畑《はた》があるなら人がすむ
　人がすむなら恋がある

メモ　尻取り形式の七五調四行詩。雲雀鳴く世離れた素朴な島にも、熱い感情を持つ人間が生きている。船から見た瀬戸内の島がモデル。「忘れえぬ人々」参照。

出典　宮崎湖処子編『抒情詩』民友社、一八九七（明治三十）年四月。初出は『国民新聞』一八九五（明治二十八）年八月十六日。

土井晩翠《どいばんすい》　（一八七一―一九五二）

星《ほし》と花《はな》

同じ「自然」のおん母の
御手《みて》にそだちし姉と妹《いも》
み空の花を星といひ
わが世の星を花といふ。
かれとこれとに隔《へだ》たれど
にほひは同じ星と花
笑《ゑ》みと光を宵々《よひよひ》に
替《か》はすもやさし花と星
されば曙《あけぼの》雲白く

御空《みそら》の花のしぼむとき
見よ白露《しらつゆ》のひとしづく
わが世の星に涙あり。

メモ　詩の理想を述べた作品。『天地有情』「序」に、「或は人を天上に揚げ或は天を此土に下すと詩の理想は即是也」とある。天地の交感が詩である。

出典　『天地有情』博文館、一八九九（明治三十二）年四月。初出は『帝国文学』第四巻第四号、一八九八（明治三十一）年四月。初出総題「羌笛（きょうてき）余韻」。

夕《ゆふべ》の星《ほし》

ちぎれ〳〵に雲迷ふ
夕《ゆふべ》の空に星ひとつ
光はいまだ浅けれど
思《おもひ》深しや天の海。

鳴《あ》呼《あ》カルデアに牧《まき》びとの
なれを見しより四千年
光はとはに若《わか》うして

世はかくまでに老いしかな。

またゝく光露帯びて
今はた泣くか人のため
つかれ、争ひ、わづらひに
我《わが》世の幸《さち》は遠ければ。

メモ　「夕の星」は金星。古代メソポタミアのカルデアでは、天文学や占星術が発展した。悠久不変の天と、有為転変の人の世の対比。詩人は不幸に沈んでいる。

出典　『天地有情』博文館、一八九九（明治三十二）年四月。初出は『反省雑誌』第十三年第八号、一八九八（明治三十一）年八月。初出総題「夕の声」。

星《ほし》落《おつ》秋《しう》風《ふう》五《ご》丈《ぢやう》原《げん》

祁《き》山《ざん》悲愁の風更《ふ》けて
陣《ぢん》運《うん》暗し五《ご》丈《ぢやう》原《げん》
零《れい》露《ろ》の文《あや》は繁《しげ》くして
草枯れ馬は肥《こ》ゆれども
蜀《しよく》軍《ぐん》の旗《はた》光無く

鼓《こ》角《かく》の音《おと》も今しづか。

＊＊＊＊＊

丞相《じようしやう》病《やまひ》篤《あつ》かりき。　（以下略）

メモ　三国志の英雄諸葛孔明を題材にした漢文調の史詩。全六章三四九行の長詩。雄壮で男性的な文体は晩翠調と呼ばれる。多くの校歌が晩翠調で書かれた。

出典　『天地有情』博文館、一八九九（明治三十二）年四月。初出は『帝国文学』第四巻第十一号、一八九八（明治三十一）年十一月。

暮《ぼ》鐘《しよう》

"La cloche! écho du ciel placé près de la terre!
Voix grondante qui parle à côté du tonnerre,
Faite pour la cité comme lui pour la mer!
Vase plein de rumeur qui se vidé dans l'air!"
Hugo: Les Chants du Crépuscule.

森のねぐらに夕鳥を
麓《ふもと》の里に旅人を
静けき墓になきがらを
夢路の暗《やみ》にあめつちを
送りて響け暮の鐘。

春千《せん》山《ざん》の花ふゞき
秋落《らく》葉《えふ》の雨の音
誘ふて世々の夕まぐれ
劫《ごふ》風《ふう》ともに鳴りやます。

天の反響地の叫び
恨《うらみ》の声か慰《なぐさ》めか
過ぐるを傷《いた》む悲《かなし》みか
来《きた》るを招《まね》ぐ喜びか
無常をさとすいましめか
望《のぞみ》を告ぐる法《ほふ》音《おん》か。

友《とも》高《かう》楼《ろう》のおばしまに
別れの袂《たもと》重きとき
露《つゆ》荒《くわう》涼《りやう》の城あとに
懐古の思《おもひ》しげきとき
聖《せい》者《じや》静けき窓の戸に

無象《むしやう》の天《そら》を思ふとき
大空高く声あげて
今はと叫ぶ暮の鐘。　（以下略）

メモ　夕暮れの鐘に託して天地人を語った、思想的瞑想的な長詩。冒頭にユーゴー「ルイ・Bに」の鐘の部分を掲げる。土井晩翠はこの仏国作家に傾倒した。

出典　『天地有情』博文館、一八九九（明治三十二）年四月。初出は『帝国文学』第四巻第四号、一八九八（明治三十一）年四月。初出総題「羌笛（きょうてき）余韻」。

荒城《くわうじやう》の月《つき》

第一章

春《はる》高楼《かうろう》の花の宴《えん》　めぐる盃《さかづき》かげさして
千代《ちよ》の松が枝《え》わけいでし　むかしの光いまいづこ

第二章

秋《あき》陣営《ぢんえい》の霜の色　鳴きゆく雁《かり》の数《かず》見せて
植うるつるぎに照りそひし　むかしの光いまいづこ

第三章

いま荒城のよはの月　替《かは》らぬ光たがためぞ
垣《かき》に残るはたゞかづら　松に歌ふはたゞあらし

第四章

天上影《かげ》は替《かは》らねど　栄枯《えいこ》は移る世の姿
写さんとてか今もなほ　嗚呼《ああ》荒城のよはの月

メモ　東京音楽学校の求めに応じて作られた作品。作曲は滝廉太郎。明治時代、無用の長物と化した各地の城は荒廃した。没落士族の悲哀が投影されている。

出典　『中学唱歌』東京音楽学校、一九〇一（明治三十四）年三月。初出同上。再録は『晩翠詩抄』岩波文庫、一九三〇（昭和五）年六月。

おほいなる手《て》のかげ

月しづみ星かくれ
あらしもだし雲眠るまよなか
見あぐる高き空の上に
おほいなる手の影あり。

百万の人家《じんか》みなしづまり
煩悩《ぼんなう》のひゞき絶ゆるまよなか
見あぐる高き空の上に
おほいなる手の影あり。

あゝ人界《じんかい》の夢に遠き
神秘の暗《やみ》のあなたを指して
見あぐる高き空の上に
おほいなる手の影あり。

メモ　「おほいなる手」はキリスト教唯一神のイメージ。天と地、神と人、偉大と卑小の対比がある。漢文的発想を継承しつつ、西洋的崇高さが加わっている。

出典　『暁鐘』有千閣、一九〇一（明治三十四）年五月。初出は『新文芸』第一巻第二号、一九〇一年二月。初出総題「落穂集」、初出題名「(六)」。

島《しま》崎《ざき》藤《とう》村《そん》

（一八七二―一九四三）

おえふ

処女《をとめ》ぞ経《へ》ぬるおほかたの
われは夢路《ゆめぢ》を越えてけり
わが世の坂にふりかへり
いく山河《やまかは》をながむれば

水静《みづしづか》なる江戸川の
ながれの岸にうまれいで
岸の桜の花影に
われは処女《をとめ》となりにけり

都鳥《みやこどり》浮く大川《おほかは》に
流れてそゝぐ川添《かはぞひ》の
白菫《しろすみれ》さく若草《わかぐさ》に
夢多かりし吾身《わがみ》かな

雲むらさきの九重《ここのへ》の
大宮内《おほみやうち》につかへして

清涼殿《せいりやうでん》の春の夜《よ》の
月の光に照らされつ

雲を彫《ちりば》め濤《なみ》を刻《ほ》り
霞《かすみ》をうかべ日をまねく
玉《たま》の台《うてな》の欄干《おばしま》に
か丶るゆふべの春の雨

さばかり高き人の世の
耀《かがや》くさまを目にも見て
ときめきたまふさま〴〵の
ひとのころもの香《か》をかげり

きらめき初《そ》むる暁星《あかぼし》の
あしたの空に動くごと
あたりの光きゆるまで
さかえの人のさまも見き

天《あま》つみそらを渡る日の
影かたぶけるごとくにて

名の夕暮に消えて行く
秀《ひい》でし人の末路《はて》も見き

春しづかなる御園生《みそのふ》の
花に隠れて人を哭《な》き
秋のひかりの窗《まど》に倚《よ》り
夕雲とほき友を恋ふ

ひとりの姉をうしなひて
大宮内《おほみやうち》の門《かど》を出《い》で
けふ江戸川に来てみれば
秋はさみしきながめかな

桜の霜葉《しもは》黄《き》に落ちて
ゆきてかへらぬ江戸川や
流れゆく水静《しづか》にて
あゆみは遅きわがおもひ

おのれも知らず世を経《ふ》れば
若き命に絶えかねて

岸のほとりの草を藉《し》き
微笑《ほほゑ》みて泣く吾身《わがみ》かな

メモ　宮中に奉公した女を主人公とする回想的物語詩。詩人の失恋体験が投影されている。島崎藤村は明治女学校生徒佐藤輔子への思いに悩み退職、放浪した。
出典　『若菜集』春陽堂、一八九七（明治三十）年八月。初出は『文学界』第四十八号、一八九六（明治二十九）年十二月。初出総題「うすごほり」。

おくめ

こひしきまゝに家を出《い》で
こゝの岸よりかの岸へ
越えましものと来て見れば
千鳥《ちどり》鳴くなり夕まぐれ

こひには親も捨てはてゝ
やむよしもなき胸の火や
鬢《びん》の毛を吹く河《かは》風《かぜ》よ
せめてあはれと思へかし

河《かは》波《なみ》暗く瀬を早み
流れて巌《いは》に砕《くだ》くるも
君を思へば絶《たえ》間《ま》なき
恋の火炎《ほのほ》に乾くべし

きのふの雨の小休《をやみ》なく
水《み》嵩《かさ》や高くまさるとも
よひ〳〵になくわがこひの
涙の滝におよばじな

しりたまはずやわがこひは
花《はな》鳥《とり》の絵にあらじかし
空鏡《かがみ》の印象《かたち》砂の文字
梢《こずゑ》の風の音《ね》にあらじ

しりたまはずやわがこひは
雄《を》々《を》しき君の手に触れて
嗚《あ》呼《あ》口《くち》紅《べに》をその口に
君にうつさでやむべきや

恋は吾身《わがみ》の社《やしろ》にて
君は社《やしろ》の神なれば
君の祭壇《つくゑ》の上ならで
なにゝいのちを捧《ささ》げまし

砕《くだ》かば砕《くだ》け河波《かはなみ》よ
われに命はあるものを
河波《かはなみ》高く泳ぎ行き
ひとりの神にこがれなむ

心のみかは手も足も
吾身《わがみ》はすべて火炎《ほのほ》なり
思ひ乱れて嗚呼《ああ》恋の
千筋《ちすぢ》の髪の波に流るゝ

メモ　情熱的な女の恋物語。女の家と男の家を隔てる象徴的激流を、おくめは泳いで渡る。恋愛至上主義的価値観を、島崎藤村は整った形式に包んで表現した。
出典　『若菜集』春陽堂、一八九七（明治三十）年八月。
初出は『文学界』第四十八号、一八九六（明治二十九）

年十二月。初出総題「うすごほり」。

草枕《くさまくら》

夕波くらく啼《な》く千鳥《ちどり》
われは千鳥《ちどり》にあらねども
心の羽《はね》をうちふりて
さみしきかたに飛べるかな

若き心の一筋《ひとすぢ》に
なぐさめもなくなげきわび
胸の氷のむすぼれて
とけて涙となりにけり

蘆葉《あしは》を洗ふ白波の
流れて巌《いは》を出《い》づるごと
思ひあまりて草枕
まくらのかずの今いくつ
かなしいかなや人の身の

なきなぐさめを尋《たづ》ね侘《わ》び
道なき森に分け入《い》りて
などなき道をもとむらん

われもそれかやうれひかや
野末《のずゑ》に山に谷蔭《たにかげ》に
見るよしもなき朝夕《あさゆふ》の
光もなくて秋暮れぬ

想《おもひ》も薄く身も暗く
残れる秋の花を見て
行《ゆく》へもしらず流れ行く
水に涙の落つるかな

身を朝雲《あさぐも》にたとふれば
ゆふべの雲の雨となり
身を夕雨《ゆふあめ》にたとふれば
あしたの雨の風となる
されば落葉と身をなして

風に吹かれて飄《ひるがへ》り
朝の黄雲《きぐも》にともなはれ
夜白河《よるしらかは》を越えてけり

道なき今の身なればか
われは道なき野を慕《した》ひ
思ひ乱れてみちのくの
宮城野《みやぎの》にまで迷ひきぬ

心の宿《やど》の宮城野《みやぎの》よ
乱れて熱き吾身《わがみ》には
日影《ひかげ》も薄く草枯れて
荒れたる野こそうれしけれ

ひとりさみしき吾耳《わがみみ》は
吹く北風を琴と聴き
悲しみ深き吾目《わがめ》には
色彩《いろ》なき石も花と見き

あゝ孤独《ひとりみ》の悲痛《かなしさ》を

味《あぢは》ひ知れる人ならで
誰にかたらん冬の日の
かくもわびしき野のけしき　（以下略）

メモ　失恋の淋しさと苦悩を詠じた作品。詩人は明治女学校生徒佐藤輔子への思いを絶ち、後に仙台に転居、東北学院の英語教師となった。小説『春』参照。
出典　『若菜集』春陽堂、一八九七（明治三十）年八月。初出は『文学界』第五十号、一八九七年二月。初出総題「さわらび」。

潮音《てうおん》

わきてながるゝ
やほじほの
そこにいざよふ
うみの琴
しらべもふかし
もゝかはの
よろづのなみを
よびあつめ

ときみちくれば
うらゝかに
とほくきこゆる
はるのしほのね

メモ　詩人が仙台の下宿で聞いた海鳴りを題材とする作品。作中唯一の漢字「琴」は、芸術や文学の象徴。新しい文芸創造への抱負と希望を述べた詩でもある。
出典　『若菜集』春陽堂、一八九七（明治三十）年八月。初出は『文学界』第五十号、一八九七年二月。初出総題「さわらび」。

白壁《しらかべ》

たれかしるらん花ちかき
高楼《たかどの》われはのぼりゆき
みだれて熱きくるしみを
うつしいでけり白壁に
唾《つば》にしるせし文字なれば
ひとしれずこそ乾きけれ

あゝあゝ白き白壁に
わがうれひありなみだあり

メモ　片思いの苦悩を述べた七五調の作品。高楼に登り壁に文字を書くのは漢詩的発想。島崎藤村はこれを恋愛詩に転用した。白壁は純粋さや悲しみを表す。

出典　『若菜集』春陽堂、一八九七（明治三十）年八月。初出は『文学界』第四十七号、一八九六（明治二十九）年十一月。初出総題「秋の夢」「雑」。

四《よ》つの袖《そで》

をとこの気息《いき》のやはらかき
お夏の髪にかゝるとき
をとこの早きためいきの
霰《あられ》のごとくはしるとき

をとこの熱き手の掌《ひら》の
お夏の手にも触るゝとき
をとこの涙ながれいで
お夏の袖《そで》にかゝるとき

をとこの黒き目のいろの
お夏の胸に映るとき
をとこの紅《あか》き口唇《くちびる》の
お夏の口にもゆるとき

人こそしらね嗚呼《ああ》恋の
ふたりの身より流れいで
げにこがるれど慕《した》へども
やむときもなき清十郎《せいじふらう》

メモ　お夏清十郎は、駆け落ち事件を起こした人物。井原西鶴や近松門左衛門が作品化した。詩人はこれに、明治ロマン主義の官能的恋愛の装いをほどこした。

出典　『若菜集』春陽堂、一八九七（明治三十）年八月。初出は『文学界』第四十六号、一八九六（明治二十九）年十月。初出総題「一葉舟」「こひぐさ」、初出題名「其五　四つの袖」。

高《かう》楼《ろう》

わかれゆくひとををしむとこよひより
とほきゆめちにわれやまとはん

妹

とほきわかれに
たへかねて
このたかどのに
のぼるかな
かなしむなかれ
わがあねよ
たびのころもを
とゝのへよ

姉

わかれといへば
むかしより
このひとのよの
つねなるを

ながるゝみづを
ながむれば
ゆめはづかしき
なみだかな

妹

したへるひとの
もとにゆく
きみのうへこそ
たのしけれ
ふゆやまこえて
きみゆかば
なにをひかりの
わがみぞや

姉

あゝはなとりの
いろにつけ

ねにつけわれを
　おもへかし
けふわかれては
　いつかまた
あひみるまでの
　いのちかも

妹

きみがさやけき
　めのいろも
きみくれなゐの
　くちびるも
きみがみどりの
　くろかみも
またいつかみん
　このわかれ

姉

なれがやさしき
　なぐさめも
なれがたのしき
　うたごゑも
なれがこゝろの
　ことのねも
またいつきかん
　このわかれ

妹

きみのゆくべき
　やまかはゝ
おつるなみだに
　みえわかず
そでのしぐれの
　ふゆのひに
きみにおくらん
　はなもがな

姉

そでにおほへる
　うるはしき
ながかほばせを
　あげよかし
ながくれなゐの
　かほばせに
ながるゝなみだ
　われはぬぐはん

メモ　高楼で別離を惜しむ漢詩的発想を、嫁入りによる姉妹の別れに応用。戦時下に中央大学学生藤江栄輔が作曲。「惜別の唄」として戦後広く愛唱された。
出典　『若菜集』春陽堂、一八九七（明治三十）年八月。初出は『文学界』第五十一号、一八九七年三月。初出総題「うたゝね」「冬」。

東《とう》西《ざい》南《なん》北《ぼく》

男ごゝろをたとふれば
つよくもくさをふくかぜか
もとよりかぜのみにしあれば
きのふは東けふは西

女ごゝろをたとふれば
かぜにふかるゝくさなれや
もとよりくさのみにしあれば
きのふは南けふは北

メモ　男女の気まぐれな恋心を、風や草にたとえた作品。詩「秋風の歌」にも東西の修辞が見られる。本書所収の佐藤春夫訳「恋愛天文学」に影響を与えた。
出典　『若菜集』春陽堂、一八九七（明治三十）年八月。初出は『文学界』第四十六号、一八九六（明治二十九）年十月。初出総題「一葉舟」「こひぐさ」、初出題名「其四　東西南北」。

初《はつ》恋《こひ》

まだあげ初《そ》めし前髪の
林檎《りんご》のもとに見えしとき

前にさしたる花櫛《はなぐし》の
花ある君と思ひけり

やさしく白き手をのべて
林檎《りんご》をわれにあたへしは
薄紅《うすくれなゐ》の秋の実に
人こひ初《そ》めしはじめなり

わがこゝろなきためいきの
その髪の毛にかゝるとき
たのしき恋の盃《さかづき》を
君が情《なさけ》に酌《く》みしかな

林檎畠《りんごばたけ》の樹《こ》の下《した》に
おのづからなる細道は
誰《た》が踏みそめしかたみぞと
問ひたまふこそこひしけれ

メモ　初恋の詩だが、実際は明治女学校の教え子佐藤輔子を念頭に置いている。詩人の育った木曾には、当時リンゴの木はなかった。キリスト教の影響が強い。

出典　『若菜集』春陽堂、一八九七（明治三十）年八月。初出は『文学界』第四十六号、一八九六（明治二十九）年十月。初出総題「一葉舟」「こひぐさ」、初出題名「其一　初恋」。

傘《かさ》のうち

二人《ふたり》してさす一張《ひとはり》の
傘に姿をつゝむとも
情《なさけ》の雨のふりしきり
かわく間《ま》もなきたもとかな

顔と顔とをうちよせて
あゆむとすればなつかしや
梅花《ばいくわ》の油黒髪《くろかみ》の
乱れて匂ふ傘のうち

恋の一雨《ひとあめ》ぬれまさり
ぬれてこひしき夢の間《ま》や
染めてぞ燃ゆる紅絹《もみ》うらの

雨になやめる足まとひ

歌ふをきけば梅川《うめがは》よ
しばし情《なさけ》を捨てよかし
いづこも恋に戯《たはぶ》れて
それ忠兵衛《ちゆうべゑ》の夢がたり

こひしき雨よふらばふれ
秋の入日《いりひ》の照りそひて
傘の涙を乾《ほ》さぬ間《ま》に
手に手をとりて行きて帰らじ

メモ　梅川・忠兵衛は、近松門左衛門作「冥途の飛脚」の登場人物。身の破滅をも辞さない恋愛至上主義的な考え方を、明治ロマン主義風に歌い上げた作品。

出典　『若菜集』春陽堂、一八九七（明治三十）年八月。初出は『文学界』第四十七号、一八九六（明治二十九）年十一月。初出総題「秋の夢」「恋」。

秋風《あきかぜ》の歌《うた》

さびしさはいつともわかぬ山里に
尾花みだれて秋かぜぞふく

しづかにきたる秋風の
西の海より吹き起《おこ》り
舞ひたちさわぐ白雲《しらくも》の
飛びて行くへも見ゆるかな

暮影《ゆふかげ》高く秋は黄の
桐の梢《こずゑ》の琴の音《ね》に
そのおとなひを聞くときは
風のきたると知られけり

ゆふべ西風《にしかぜ》吹き落ちて
あさ秋の葉の窓に入《い》り
あさ秋風の吹きよせて
ゆふべの鶉《うづら》巣に隠《かく》る

ふりさけ見れば青山《あをやま》も
色はもみぢに染めかへて
霜葉《しもば》をかへす秋風の

空の明鏡《かがみ》にあらはれぬ
清《すず》しいかなや西風《にしかぜ》の
まづ秋の葉を吹けるとき
さびしいかなや秋風の
かのもみぢ葉《ば》にきたるとき

道を伝《つた》ふる婆羅門《ばらもん》の
西に東に散るごとく
吹き漂蕩《ただよは》す秋風に
飄《ひるがへ》り行く木《こ》の葉かな

朝羽《あさば》うちふる鷲鷹《わしたか》の
明闇《あけぐれ》天《そら》をゆくごとく
いたくも吹ける秋風の
羽《はね》に声あり力あり

見ればかしこし西風の
山の木《こ》の葉をはらふとき
悲しいかなや秋風の
秋の百葉《ももは》を落すとき

人は利剣《つるぎ》を振《ふる》へども
げにかぞふればかぎりあり
舌は時世《ときよ》をのゝしるも
声はたちまち滅ぶめり

高くも烈《はげ》し野も山も
息吹《いぶき》まどはす秋風よ
世をかれ〲となすまでは
吹きも休《や》むべきけはひなし

あゝうらさびし天地《あめつち》の
壺の中《うち》なる秋の日や
落葉と共に飄《ひるがへ》る
風の行衛《ゆくゑ》を誰《たれ》か知る

メモ　英国詩人シェリー作「西風に寄せるオード」の影響下で、日本的な秋風の抒情を朗々と歌い上げた七五調の詩。冒頭の和歌は江戸の歌人香川景樹の作。

出典　『若菜集』春陽堂、一八九七（明治三十）年八月。

初出は『文学界』第四十七号、一八九六（明治二十九）年十一月。初出総題「秋の夢」「秋」。

逃《に》げ水《みづ》

ゆふぐれしづかに
　ゆめみんとて
よのわづらひより
　しばしのがる

きみよりほかには
　しるものなき
花かげにゆきて
　こひを泣きぬ

すぎこしゆめぢを
　おもひみるに
こひこそつみなれ
　つみこそこひ

いのりもつとめも
　このつみゆゑ
たのしきそのへと
　われはゆかじ

なつかしき君と
　てをたづさへ
くらき冥府《よみ》までも
　かけりゆかん

メモ　植村正久訳の讃美歌二九七番の影響下で書かれた恋愛詩。題名「逃げ水」は武蔵野の蜃気楼。遠くに水があるように見えた。恋も一種の蜃気楼である。
出典　『若菜集』春陽堂、一八九七（明治三十）年八月。初出は『文学界』第四十六号、一八九六（明治二十九）年十月。初出総題「一葉舟」「こひぐさ」、初出題名「其八　逃げ水」。

小諸《こもろ》なる古城《こじやう》のほとり

小諸なる古城のほとり
雲白く遊子《いうし》悲しむ

緑なす蘩蔞《はこべ》は萌《も》えず
若草も藉《し》くによしなし
しろがねの衾《ふすま》の岡辺《おかべ》
日に溶《と》けて淡雪《あはゆき》流る

あたゝかき光はあれど
野に満つる香《かほり》も知らず
浅くのみ春は霞《かす》みて
麦の色はづかに青し
旅人の群《むれ》はいくつか
畠中《はたなか》の道を急ぎぬ

暮れ行けば浅間《あさま》も見えず
歌哀《かな》し佐久《さく》の草笛
千曲川《ちくまがは》いざよふ波の
岸近き宿にのぼりつ
濁《にご》り酒濁《にご》れる飲みて
草枕しばし慰《なぐさ》む

メモ　小諸義塾教師たる詩人が、旅愁をうたった作品。「萌えず」「知らず」「見えず」などの否定形を用いて、現実には存在しない春らしい景色を印象づける。

出典　『落梅集』春陽堂、一九〇一（明治三十四）年八月。初出は『明星』第一号、一九〇〇（明治三十三）年四月。初出題名「旅情」。「千曲川旅情の歌一」への改題は『藤村詩抄』岩波文庫、一九二七（昭和二）年七月。

椰子《やし》の実《み》

名も知らぬ遠き島より
流れ寄る椰子の実一つ
故郷《ふるさと》の岸を離れて
汝《なれ》はそも波に幾月《いくつき》
旧《もと》の樹《き》は生《お》ひや茂《しげ》れる
枝はなほ影をやなせる
われもまた渚《なぎさ》を枕
孤身《ひとりみ》の浮寝《うきね》の旅ぞ

実をとりて胸にあつれば
新《あらた》なり流離《りうり》の憂《うれひ》

海の日の沈むを見れば
激《たぎ》り落つ異郷の涙

思ひやる八重《やへ》の汐々《しほじほ》
いづれの日にか国に帰らん

メモ　漂泊の思いをうたった詩。伊良湖岬に椰子の実が漂着していた話を、田山花袋や柳田国男から聞いて作った。曲がついたのは、はるか後の昭和十一年。

出典　『落梅集』春陽堂、一九〇一（明治三十四）年八月。初出は『新小説』第五年第八巻、一九〇〇（明治三十三）年六月。初出総題「海草」、初出題名「其二　椰子の実」。

千曲川《ちくまがは》旅情《りよじやう》のうた

昨日《きのふ》またかくてありけり
今日《けふ》もまたかくてありなむ
この命なにを齷齪《あくせく》
明日《あす》をのみ思ひわづらふ

いくたびか栄枯《えいこ》の夢の
消え残る谷に下《くだ》りて
河波《かはなみ》のいざよふ見れば
砂まじり水巻き帰る

嗚呼《ああ》古城《こじやう》なにをか語り
岸の波なにをか答ふ
過《いに》し世を静かに思へ
百年《ももとせ》もきのふのごとし

千曲川柳霞《かす》みて
春浅く水流れたり
たゞひとり岩をめぐりて
この岸に愁《うれひ》を繫《つな》ぐ

メモ　長野県小諸を舞台に、旅愁を描いた五七調の作品。悠久の自然と人の世のはかなさの対比という漢詩的発想。小諸在住の詩人は旅人意識を持っていた。

出典　『落梅集』春陽堂、一九〇一（明治三十四）年八

月。初出は『文界』第一号、一九〇〇（明治三十三）年四月。初出題名「一小吟」。「千曲川のほとりにて」への改題は『藤村詩集』春陽堂、一九一七（大正六）年九月。「千曲川旅情の歌二」への改題は『藤村詩抄』岩波文庫、一九二七（昭和二）年七月。

（若菜集序詩）

こゝろなきうたのしらべは
ひとふさのぶだうのごとし
なさけあるてにもつまれて
あたゝかきさけとなるらむ

ぶだうだなふかくかゝれる
むらさきのそれにあらねど
こゝろあるひとのなさけに
かげにおくふさのみつよつ

そはうたのわかきゆゑなり
あぢはひもいろもあさくて
おほかたはかみてすつべき
うたゝねのゆめのそらごと

メモ　自分の詩を未熟な葡萄になぞらえた作品。ただし、一八九七年刊『若菜集』に序詩はない。詩集の評価が定まった後、『藤村詩集』で新たに加えられた。

出典　『藤村詩集』春陽堂、一九〇四（明治三十七）年九月。初出は『文学界』第五十一号、一八九七（明治三十）年三月。初出総題「うたゝね」、初出無題。

岩野《いわの》泡鳴《ほうめい》（一八七三—一九二〇）

闇《やみ》の盃盤《はいばん》

夢 は 失《う》せにし 玉《たま》 の 如く、
覚《さ》めて 摑《つか》む と すれど、あはれ。
艶《つや》 も 光 も 跡《あと》 を 絶ちて、
闇 に のべたる 片手 ばかり。

ゆるむ　節々《ふしぶし》　ちから　添はず、
恋　も　のぞみ　も　なかば　うつゝ。
まなこ　開《ひ》らけば、暗き　かもゐ、
あやし　まぼろし　これを　めぐる。
鬼　よ、羅刹《らせつ》　よ、夜叉《やしゃ》　の　首　よ、
われを　夜伽《よとぎ》　の　霊《れい》　の　影　か。
死　はも　わが身　を　獄《ごく》　に　つなぎ、
肉　は　魂《たま》　とも　燃えて　のぼる。
見えぬ　火の中《なか》、水の中《なか》　の
畏怖　と　威嚇　は　迫《せま》り　来《く》れど、
酒　の　かをり　に　泡　の　いのち、
甘き　歓楽　ねむり　誘ふ。
闇　の　盃盤《はいばん》　闇　を　盛りて、
われは　底なき　闇　に　沈む。

かくて　夢　より　夢　を　浮《うか》び、
とこしなへ　にも　生《せい》　に　酔はん。

メモ　詩人の苦悶を描いた自然主義的作品。覚醒時と夢中の世界を対比しつつ、存在の不安感や焦燥感を表現した。不自然な分かち書きが懊悩を深めている。

出典　『闇の盃盤』日高有倫堂、一九〇八（明治四十一）年五月。初出は、あやめ会編『あやめ草』如山堂書店、一九〇六（明治三十九）年六月。

与謝野鉄幹《よさのてっかん》　（一八七三―一九三五）

凱旋門《がいせんもん》（廿八年五月作）

いつととさまは帰ります、
帰りますぞと問ふものを、
帰りまさずと告げもせば、
をさなき胸の裂《さ》けやせむ。

都《みやこ》の市《いち》の朝かぜに、
旗のかづぐ打なびき、
勝利をいはふ軍楽《ぐんがく》に、
花火の音《おと》もまじるなり。
きくに心のいさまれて、
人は見に行く凱旋門、
大尉《たいゐ》の家のその妻は、
わざと我児《わがこ》を見にやらず。

メモ　日清戦争の戦勝を祝うため、日比谷に仮設の凱旋門が作られた。大尉は三十歳前後の将来ある士官。戦没者遺族の悲哀と街の祝賀ムードとの対比がある。
出典『東西南北』明治書院、一八九六（明治二十九）年七月。初出は『帝国文学』第九号、一八九五（明治二十八）年九月。初出総題「から撫子」。

人《ひと》を恋《こ》ふる歌《うた》

（三十年八月京城《けいじやう》に於《おい》て作る）

妻をめとらば才たけて
顔《みめ》うるはしくなさけある
友をえらばば書を読んで
六分《ぶ》の俠気《けふき》四分《しぶ》の熱

恋のいのちをたづぬれば
名を惜《をし》むかなをとこゆゑ
友のなさけをたづぬれば
義のあるところ火をも踏む

くめやうま酒うたひめに
をとめの知らぬ意気地《いきぢ》あり
簿記《ぼき》の筆とるわかものに
まことのをのこ君を見る

あゝわれコレツヂの奇才なく
バイロン、ハイネの熱なきも
石をいだきて野にうたふ
芭蕉のさびをよろこばず　（以下略）

メモ　悲憤慷慨の壮士風愛国詩。与謝野鉄幹は朝鮮半島で政治活動を行った。第四連の西洋人はみな革命詩人。後に曲が付けられ愛唱された。作曲者不明。

出典 『鉄幹子』矢島誠進堂、一九〇一（明治三十四）年三月。初出は『伽羅文庫』第一巻第二号、一八九九（明治三十二）年十二月。初出題名「友を恋ふる歌」。第一再録は『国文学』第十二号、一八九九年十二月。第一再録題名「人を恋ふる歌」。第二再録は『よしあし草』第二十三号、一九〇〇（明治三十三）年二月。第二再録題名「人を恋ふる歌」。第三再録は、栗島山之助編『紫紅集』盛文堂他、一九〇〇年十月。第三再録題名「友を恋ふるの歌」。

敗荷《はいか》

夕《ゆふべ》不忍《しのばず》の池ゆく
涙おちざらむや
蓮《はす》折れて月うすき

長酡亭《ちやうだてい》酒寒し
似ず住《すみ》の江《え》のあづまや
夢とこしへ甘きに

とこしへと云《い》ふか
わづかひと秋
花もろかりし
人もろかりし

おばしまに倚《よ》りて
君伏目《ふしめ》がちに
嗚呼《ああ》何とか云《い》ひし
蓮に書ける歌

メモ 敗荷は破れた蓮の葉。鉄幹は明治三十三年八月九日、山川登美子・鳳晶子と大阪・住吉神社に遊び、蓮の歌を詠んだ。詩人は不忍池でその時を回顧する。
出典 『むらさき』東京新詩社、一九〇一（明治三十四）年四月。初出は『明星』第八号、一九〇〇（明治三十三）年十一月。初出総題「小生の詩」「秋思」。

鯉幟《こひのぼり》

どろを運ぶと、どろ河《がは》の
どろの中《なか》ゆくどろ船《ぶね》に、
赤くなびける鯉《こひ》のぼり。
その児《こ》祝《いは》はん。どろ河《がは》の

どろに映れる鯉《こひ》のぼり。

メモ　泥運搬船で暮らす子供の未来を祈念した七五調の詩。明治時代は貧富の差が激しかった。その一方、青年の楽観的な立身出世の夢にも満ち溢れていた。

出典　『檞之葉（かしのは）』博文館、一九一〇（明治四十三）年七月。初出は『明星』申歳第一号、一九〇八（明治四十一）年一月。初出総題「幻住庵雑歌」、初出題名「鯉のぼり」。

誠之助《せいのすけ》の死《し》

（一九一〇年作）

大《おほ》石《いし》誠之助は死にました、
いい気味な、
機械に挾《はさ》まれて死にました。
人の名前に誠之助は沢山《たくさん》ある、
然《しか》し、然《しか》し、
わたしの友達の誠之助は唯《ただ》一人《ひとり》。

わたしはもうその誠之助に逢《あ》はれない、
なんの、構《かま》ふもんか、
機械に挾《はさ》まれて死ぬやうな、
馬鹿な、大馬鹿な、わたしの一人の友達の誠之助。

それでも誠之助は死にました、
おお、死にました。

日本人で無かつた誠之助、
立派な気ちがひの誠之助、
有ることか、無いことか、
神様を最初に無視した誠之助、
大《たい》逆《ぎやく》無《む》道《だう》の誠之助。

ほんにまあ、皆さん、いい気味な、
その誠之助は死にました。

誠之助と誠之助の一味が死んだので、
忠良《ちゆうりやう》な日本人は之《これ》から気楽に寝られます。
おめでたう。

メモ　大石誠之助を処刑した政府を皮肉った詩。愛国的な与謝野鉄幹ですら、大逆事件での権力の暴走に批判的だった。佐藤春夫の詩「愚者の死」も類想作。

出典　『鴉と雨』東京新詩社、一九一五（大正四）年八月。初出は『三田文学』第二巻第四号、一九一一（明治四十四）年四月。初出題名「春日雑詠」、初出無題。

河《かわ》井《い》酔《すい》茗《めい》

（一八七四―一九六五）

塔影《たふえい》

墨《すみ》縄《なは》たゞす番匠《こだくみ》が
掌《たなそこ》の上につくられて
朝《あした》、狭《さ》霧《ぎり》の晴れゆけば
宝《ほう》珠《じゅ》を天《そら》に捧《ささ》げ持ち
岸に聳《そび》ゆる五層塔

蔵《をさ》めし経も蠧《むしば》みて
供養忘れし末の世の
雲をさへぎる勾《こう》欄《らん》に
清き鉋《かんな》の痕《あと》見れば
塵に気韻《にほひ》も残るかな

秋は露盤に露うけて
扉は神秘に閉《とざ》されぬ
四《し》天《てん》の神に守られて
金《こん》輪《りん》際《ざい》に根を埋《うづ》め
夜は北《ほく》斗《と》をうかゞへり

家に住まざる山《やま》鳩《ばと》の
巣くふに処《ところ》、得《え》たればか
虚《こ》空《くう》、杳《はる》かに翔《かけ》れども
画《ぐわ》棟《とう》の朱《あけ》の古びたる
浮《ふ》図《と》を慕《した》ふて帰るらむ

落《いり》暉《ひ》は西に傾いて
五重の屋根の歴然《あざやか》に
重なりうつる草の上
月は廂《ひさし》に浮び出《い》でゝ
九《く》輪《りん》の影は水に在《あ》り

雲の崖より吹落《ふきお》ちて
風、湖を拭《ぬぐ》ひ去る
波の面《おもて》に刻まれし
芸術《アート》の花に咲きちらふ
時の力の遠きかな

その世に媚《こ》びし歌反古《うたほご》は
暦《こよみ》の嵐に破れたり
生命《いのち》の岸を下《した》に見て
天《そら》に呼吸《いき》する塔《あららぎ》の
高き姿を水に見よ

メモ　五重塔を古代建築の粋として礼讃した詩。芸術の永遠性という近代的発想がある。実際は谷中の五重塔を見て創作した。描写に合致する大和の寺はない。

出典　『塔影』金尾文淵堂、一九〇五（明治三十八）年六月。初出は『文庫』第十八巻第六号、一九〇一（明治三十四）年十一月。

山《やま》の歓喜《くわんき》

あらゆる山が歓《よろこ》んでゐる。
あらゆる山が語つてゐる。
あらゆる山が足ぶみして舞ふ、躍《をど》る。
あちらむく山と
こちらむく山と
合つたり
離れたり
出てくる山と
かくれる山と
低くなり
高くなり
家族のやうに親しい山と
他人のやうに疎《うと》い山と
遠くなり
近くなり
あらゆる山が
山の日に歓喜し
山の愛に点頭《うなづ》き
今や
山のかゞやきは

空一ぱいにひろがつてゐる。

メモ 平易な口語で山の魅力を語った自由律詩。山を擬人化する手法を用い、山々を眺めた時の心の高ぶりを表現した。作品は肯定的な言葉に満ちている。

出典 『弥生集』天佑社、一九二一（大正十）年三月。初出未詳。

ゆづり葉《は》

子供たちよ。
これは譲《ゆづ》り葉《は》の木です。
この譲《ゆづ》り葉《は》は
新しい葉が出来ると
入《い》り代《かは》つてふるい葉が落ちてしまふのです。

こんなに厚い葉
こんなに大きい葉でも
新しい葉が出来ると無造作《むざうさ》に落ちる
新しい葉にいのちを譲つて――。

子供たちよ
お前たちは何を欲しがらないでも
凡《すべ》てのものがお前たちに譲られるのです。
太陽の廻るかぎり
譲られるものは絶えません。

輝ける大都会も
そつくりお前たちが譲り受けるのです。
読みきれないほどの書物も
みんなお前たちの手に受取るのです。
幸福なる子供たちよ
お前たちの手はまだ小さいけれど――。

世のお父さん、お母さんたちは
何一つ持つてゆかない。
みんなお前たちに譲つてゆくために
いのちあるもの、よいもの、美しいものを、
一生懸命に造つてゐます。

今、お前たちは気が附《つ》かないけれど

ひとりでにいのちは延《の》びる。
鳥のやうにうたひ、花のやうに笑つてゐる間に
気が附《つ》いてきます。

そしたら子供たちよ。
もう一度譲《ゆづ》り葉《は》の木の下に立つて
譲《ゆづ》り葉《は》を見る時が来るでせう。

メモ　老人の願望を表現した詩。子供は従順な聞き役とされ、後世に残すものは無条件に良いという前提に立つ。詩人は、次世代からの尊敬も期待している。

出典　『紫羅欄花（あらせいとう）』東北書院、一九三二（昭和七）年七月。初出未詳。

児玉花外《こだまかがい》（一八七四―一九四三）

馬上哀吟《ばじやうあいぎん》

重き愁《うれひ》の身をのせて
馬の歩みの遅きかな、
桔梗《ききやう》、小萩《こはぎ》は咲き乱れ
露にたふるゝ女郎花《をみなへし》、
鶉《うづら》啼《な》くてふ《（ちょう）》野を過ぎて、
その名も高き信濃《しなの》なる
浅間《あさま》の山に来《きた》りけり。
こゝ秋風《あきかぜ》の蕭条《せうでう》と
麓《ふもと》を辿《たど》る旅人《りよじん》吹き、
松のみ多しこのあたり。

仰《あふ》ぎ見すれば、空ぎはに
浅間《あさま》の山の吐《は》く煙、
鳥は迷はず、木は生《お》ひず、
いきたる物の影も無く
高く聳《そび》えて、遠く延《の》ぶ。
山の威霊におのづから
首《かうべ》くだれば、わが袖《そで》と
馬の鬣《たてがみ》、灰白《はひしろ》し
夕陽《ゆふひ》をよけて進みゆく
まごの笠にも積るかな。

壮《さかん》なるかな永劫《とことは》に
天《あめ》に炎をあぐる山、
小さき胸に火は燃えて
われも天地に怨《うら》みあり、
人の思想を圧すなる
世をば焼かむか、憤恨《ふんこん》の
火にて燃《も》果えむかおのが身は
寧《むし》ろみ山《やま》よ、もろ共に
裂《さ》けてくだけて冷えんかな、
呪咀《のろひ》の世にぞ吾《われ》は帰らじ。

メモ　荒涼たる活火山浅間山の姿に触れつつ、抑圧的社会に対する火のような怒りを述べた作品。社会主義詩人は、自分をも滅ぼしかねない憤怒を抱いている。
出典　『花外詩集』金尾文淵堂、一九〇四（明治三十七）年二月。初出は『新小説』第八年第九巻、一九〇三（明治三十六）年八月。

上田敏《うえだびん》

（一八七四―一九一六）

信天翁《おきのたいふ》

シャルル・ボードレール作

波路遥《はる》けき徒然《つれづれ》の慰草《なぐさめぐさ》と船人《ふなびと》は、
八重《やへ》の潮路《しほぢ》の海鳥《うみどり》の沖の太夫《たいふ》を生擒《いけど》りぬ、
楫《かぢ》の枕のよき友よ心閑《のど》けき飛鳥《ひてう》かな、
奥津《おきつ》潮騒《しほざゐ》すべりゆく舷《ふなばた》近くむれ集《つど》ふ。
たゞ甲板《かふはん》に据《す》ゑぬればげにや笑止《せうし》の極《きはみ》なる。
この青雲《あをぐも》の帝王も、足どりふらゝ、拙《つたな》くも、
あはれ、真白き双翼《さうよく》は、たゞ徒《いたづ》らに広ごりて、
今は身の仇《あだ》、益《やう》も無き二つの櫂《かい》と曳《ひ》きぬらむ。
天《あま》飛ぶ鳥も、降《くだ》りては、やつれ醜《みにく》き瘠姿《やせすがた》、
昨日《きのふ》の羽根《はね》のたかぶりも、今はた鈍《おぞ》に痛はしく、
煙管《きせる》に嘴《はし》をつゝかれて、心無《こころなし》には嘲《あざ》けられ、
しどろの足を摸《ま》ねされて、飛行《ひぎやう》の空に憧《あこ》がるゝ、
雲居《くもゐ》の君のこのさまよ、世の歌人《うたびと》に似たらずや、
暴風雨《あらし》を笑ひ、風凌《しの》ぎ猟男《さつを》の弓をあざみしも、
地《つち》の下界にやらはれて、勢子《せこ》の叫《さけび》に煩《わづら》へば、

太《ふと》しき双《さう》の羽《は》根《ね》さへも起居《たちゐ》妨《さまた》ぐ足まとひ。

メモ　生け捕られ侮辱される「帝王」アホウドリは詩人の寓意。これを巧みな古典的日本語に翻訳した。ボードレールは一八四一年にインド洋を旅した。

出典　『海潮音』本郷書院、一九〇五（明治三十八）年十月。初出は『明星』巳歳第七号、一九〇五年七月。初出総題「海潮音」。

落葉《らくえふ》

ポール・ヴェルレーヌ作

秋の日の
ギ《(ヴィ)》オロンの
ためいきの
身にしみて
したぶるに
うら悲し。

鐘のおとに
胸ふたぎ
色かへて

涙ぐむ
過ぎし日の
おもひでや。

げにわれは
うらぶれて
こゝかしこ
さだめなく
とび散らふ
落葉《おちば》かな。

メモ　フランスの詩人ヴェルレーヌ「秋の歌」の翻訳。邦訳にあたり、日本的情緒を導入した。原作の音楽的構成を生かしつつ、日本語の音を工夫した名訳。

出典　『海潮音』本郷書院、一九〇五（明治三十八）年十月。初出は『明星』巳歳第六号、一九〇五年六月。初出総題「象徴詩」。

わすれなぐさ

ヴィルヘルム・アレント作

ながれのきしのひともとは、

みそらのいろのみづあさぎ、
なみ、ことごとく、くちづけし
はた、ことごとく、わすれゆく。

メモ　ドイツの詩を平仮名の大和言葉のみで翻訳した七五調四行詩。心地よく朗読できる端正な詩形を持つ。微温的な内容の恋愛詩だが、広く愛唱された。

出典　『海潮音』本郷書院、一九〇五（明治三十八）年十月。初出は『明星』巳歳第八号、一九〇五年八月。初出総題「光明道」。

山《やま》のあなた

カール・ブッセ作

山のあなたの空遠く
「幸《さいはひ》」住むと人のいふ。
噫《ああ》、われひとゝ尋《と》めゆきて、
涙さしぐみ、かへりきぬ。
山のあなたになほ遠く
「幸《さいはひ》」住むと人のいふ。

メモ　遥かな憧れを表現した訳詩。幸福は身近にあるという教訓詩でもある。原文「群衆と共に」を「ひとゝ」と訳し、恋人と行ったという解釈を可能にした。

出典　『海潮音』本郷書院、一九〇五（明治三十八）年十月。初出は『万年艸（まんねんぐさ）』巻第五、一九〇三（明治三十六）年四月。

秋《あき》

オイゲン・クロアサン作

けふつくづくと眺むれば、
悲《かなしみ》の色《いろ》口《くち》にあり。
たれもつらくはあたらぬを、
なぜに心の悲める。
秋《あき》風《かぜ》わたる青《あを》木《こ》立《だち》
葉なみふるひて地にしきぬ。
きみが心のわかき夢
秋の葉となり落ちにけむ。

メモ　挫折した若い「きみ」へのメッセージ。語り手は、秋風に散る落葉のように夢破れた君の表情を見て、その心情を思いやる。七五調の甘美な響きがある。

出典　『海潮音』本郷書院、一九〇五（明治三十八）年

十月。初出は『万年艸（まんねんぐさ）』巻第五、一九〇三（明治三十六）年四月。

わかれ　ヘリベルタ・フォン・ポシンゲル作

ふたりを「時」がさきしより、
昼は事なくうちすぎぬ。
よろこびもなく悲《かなし》まず、
はたたれをかも怨《うら》むべき。

されど夕《ゆふ》闇《やみ》おちくれて、
星の光のみゆるとき、
病《やまひ》の床《とこ》のちごのやう、
心かすかにうめきいづ。

メモ　心の底に残る失恋の痛みを述べた七五調の訳詩。ドイツの無名女流詩人の詩を、上田敏は見事な日本語に移した。二点の手稿から推敲過程がわかる。

出典　『海潮音』本郷書院、一九〇五（明治三十八）年十月。初出は『万年艸（まんねんぐさ）』巻第五、一九〇三（明治三十六）年四月。

花《はな》のをとめ　ハインリヒ・ハイネ作

妙《たへ》に清らの、あゝ、わが児《こ》よ、
つくづくみれば、そゞろ、あはれ、
かしらや撫《な》でゝ、花の身の
いつまでも、かくは清らなれと、
いつまでも、かくは妙《たへ》にあれと、
いのらまし、花のわがめぐしご。

メモ　若い恋人の美を讃えた詩。ロシア人作曲家ルビンスタインの楽譜に合わせて訳した。作品三十二番第五曲。音楽雑誌が初出。原詩はシューマンの曲で有名。

出典　『海潮音』本郷書院、一九〇五（明治三十八）年十月。初出は『音楽』第八巻第三号、一九〇五年七月。初出題名「花の少女」。

春《はる》の朝《あした》　ロバート・ブラウニング作

時は春、
日は朝《あした》、

朝《あした》は七時《しちじ》、
片岡に露みちて、
揚雲雀《あげひばり》なのりいで、
蝸牛《かたつむり》枝に這《は》ひ、
神、そらに知ろしめす。
すべて世は事も無し。

メモ　長い劇詩の一部分を訳した作品。女工ピッパは元日に一年ぶりの休みとなり、豊かな朝の解放感を味わっている。原作に比べ不自然なほど格調高い翻訳。
出典　『海潮音』本郷書院、一九〇五（明治三十八）年十月。初出は『万年艸（まんねんぐさ）』巻第三、一九〇二（明治三十五）年十二月。

嗟嘆《といき》

ステファヌ・マラルメ作

静かなるわが妹《いもと》、君見れば、想《おもひ》すゞろぐ。
朽葉色《くちばいろ》に晩秋《おそあき》の夢深き君が額《ひたひ》に、
天人《てんにん》の瞳なす空色《そらいろ》の君がまなこに、
憧るゝわが胸は、苔古《こけふ》りし花苑《はなその》の奥、
淡白《あはじろ》き吹上《ふきあげ》の水のごと、空へ走りぬ。

その空は時雨月《しぐれづき》、清らなる色に曇《くも》りて、
時節《をりふし》のきはみなき鬱憂《うついう》は池に映ろひ、
落葉《らくえふ》の薄黄《うすぎ》なる憂悶《わづらひ》を風の散らせば、
いざよひの池水《いけみづ》に、いと冷《ひ》やき綾《あや》は乱れて、
ながながし梔子《くちなし》の光さす入日《いりひ》たゆたふ。

メモ　恋の憂いを述べた詩。暗示表現の多い象徴詩の典型。恋しい人を見ると胸が高ぶるが、心は悩み乱れる。出典では、マラルメの象徴詩解説が添えられている。
出典　『海潮音』本郷書院、一九〇五（明治三十八）年十月。初出は『明星』巳歳第九号、一九〇五年九月。初出総題「白玹瑯」。

故国《ここく》

テオドール・オーバネル作

小鳥でさへも巣は恋し、
まして青空、わが国よ、
うまれの里の波羅葦増雲《パライソウ》。

メモ　「波羅葦増雲」は天国の意。原詩は、南仏の詩人

が空青きプロヴァンスへの郷土愛を述べたもの。上田敏はこれを、天国を願う切支丹文学風に翻案した。

出典 『海潮音』本郷書院、一九〇五（明治三十八）年十月。初出は『明星』巳歳第九号、一九〇五年九月。初出総題「白琺瑯」。

海《うみ》のあなたの

テオドール・オーバネル作

海のあなたの遥《はる》けき国へ
いつも夢路の波枕、
波の枕のなくなくぞ、
こがれ憧れわたるかな、
海のあなたの遥《はる》けき国へ。

メモ 海の彼方への憧れを述べた歌謡風の翻案詩。長い仏語原詩ではなく、英語雑誌の短い紹介文から翻訳した。訳詩からは明治人の西洋憧憬も感じられる。

出典 『海潮音』本郷書院、一九〇五（明治三十八）年十月。初出は『明星』巳歳第九号、一九〇五年九月。初出総題「白琺瑯」。

蒲《かん》原《ばら》有《あり》明《あけ》

（一八七五—一九五二）

牡蠣《かき》の殻《から》

牡蠣《かき》の殻なる牡蠣《かき》の身の
かくもはてなき海にして
独《ひと》りあやふく限《かぎ》ある
そのおもひこそ悲しけれ

身はこれ盲目《めしひ》すべもなく
巌《いはほ》のかげにねむれども
ねざむるままにおほうみの
潮《しほ》のみちひをおぼゆめり

いかに黎明《あさあけ》あさ汐《じほ》の
色しも清くひたすとて
朽つるのみなる牡蠣《かき》の身の
あまりにせまき牡蠣《かき》の殻

たとへ夕づついと清き
光は浪《なみ》の穂に照りて
遠《とほ》野《の》が鴿《はと》の面影に
似たりとてはた何ならむ

痛ましきかなわたづみの
ふかきしらべのあやしみに
夜《よ》もまた昼もたへかねて
愁《うれひ》にとざす殻のやど

されど一度《ひとたび》あらし吹き
海の林のさくる日に
朽つるままなる牡蠣《かき》の身の
殻もなどかは砕《くだ》けざるべき

メモ　展望が開けない閉塞感や孤独感を、カキの殻に託して語った象徴詩。戦後、殻を社会の抑圧とする解釈が横行したが、詩人の個人的問題と考えるべき。

出典　『草わかば』新声社、一九〇二（明治三十五）年一月。初出は『明星』第十二号、一九〇一（明治三十四）年五月。初出題名「牡蠣の殻なる」。

日《ひ》のおちぼ

日の落穂《おちぼ》、月のしたたり、
残りたる、誰《たれ》か味《あぢは》ひ、
こぼれたる、誰《たれ》かひろひし、
かくて世は過ぎてもゆくか。
あなあはれ、日の階段《きざはし》を、
月の宮――にほひの奥を、
かくて将《は》た踏《ふ》めりといふか、
たはやすく誰《たれ》か答へむ。

過ぎ去りて、われ人知らぬ
束《つか》の間《ま》や、そのひまびまは、
光をば闇に刻みて
音《おと》もなく滅《き》えてはゆけど、
やしなひのこれやその露、
美稲《うましね》のたねにこそあれ、――
そを棄てて運命《さだめ》の啓示《さとし》、
星領《し》らす鑰《かぎ》を得《え》むとか。

えしれざる刹那《せつな》のゆくへ
いづこぞと誰《たれ》か定めむ、
犠牲《にへ》の身を淵《ふち》にしづめて
いかばかりたづねわぶとも、
底ふかく黒暗《くらやみ》とざし、
ひとつ火《び》の影にも遇《あ》はじ。
痛きかな、これをおもへば
古夢《ふるゆめ》の痍《きず》こそ消えね、
永劫《とことは》よ、脊《せ》に負ふつばさ、
彩羽《あやは》もてしばしは掩《おほ》へ、
新しきいのちのほとり、
あふれちる雫《しづく》むすばむ。

メモ　時間をテーマとし、暗喩を駆使した難解な象徴詩。「日の落穂」「月のしたたり」たる一瞬にこそ、人生を味わうべきだが、無常にも歳月は流れてゆく。

出典　『春鳥集』本郷書院、一九〇五（明治三十八）年七月。初出は『新声』第十一編巻第一号、一九〇四（明治三十七）年一月。初出題名「日の落穂」。

朝《あさ》なり

朝なり、やがて濁川《にごりかは》
ぬるくにほひて、夜《よる》の胞《え》を
ながすに似たり。しら壁に——
いちばの河岸《かし》の並《な》み蔵《ぐら》の——
朝なり、湿《し》める川の靄《もや》。

川の面《も》すでに融《と》けて、しろく、
たゆたにゆらぐ壁のかげ、
あかりぬ、暗きみなぞこも。——
大川《おほかは》がよひさす潮《しほ》の
ちからさかおすにごりみづ。

流るゝよ、ああ、瓜《うり》の皮、
核子《さなご》、塵《ちり》わら。——さかみづき
いきふきむすか、靄《もや》はまた
をりをりふかき香《か》をとざし、
消えては青く朽ちゆけり。

こは泥《ひぢ》ばめる橋ばしら
水ぎはほそり、こはふたり、——
花か、草びら、——歌《うた》女《ひめ》の
あせしすがたや、きしきしと
わたれば嘆く橋の板。

いまはのいぶきいとせめて、
饐《す》えてなよめく泥《どろ》がはの
靄《もや》はあしたのおくつきに
冷えつつゆきぬ。——鷗《かもめ》鳥《どり》
あげしほ趁《お》ひて、はや食《あさ》る。

濁《にご》れど水はくちばみの
あやにうごめき、緑《みどり》練《ね》り、
瑠《る》璃《り》の端《は》ひかり、碧《あを》よどみ、
かくてくれなゐ、——はしためは
たてり、揚《あげ》場《ば》に——女《め》の帯や。

青ものぐるま、いくつ、——はた、
かせぎの人ら、——ものごひの
空《むな》手《で》、——荷《に》足《たり》のたぶたぶや、
艫《とも》に竿《さを》おし、舵《かぢ》とりて、
舳《へ》に歌を曳《ひ》く船《ふな》をとこ。

朝なり、影は色めきて、
かくて日もさせにごり川、——
朝なり、すでにかがやきぬ、
市ばの河《か》岸《し》の並《な》みぐらの
白壁——これやわが胸か。

メモ　蔵が建ち並ぶ日本橋付近の川がモデル。ゴミの流れる臭い泥川を象徴詩として詩化した。夜が退いて朝を迎え、人々が活動を始める時間の推移も描く。
出典　『春鳥集』本郷書院、一九〇五（明治三十八）年七月。初出は『明星』巳歳第一号、一九〇五年一月。

智《ち》慧《ゑ》の相《さう》者《じや》は我《われ》を見《み》て

智《ち》慧《ゑ》の相《さう》者《じや》は我を見て今日し語らく、
汝《な》が眉《ま》目《み》ぞこは兆《さが》悪《あ》しく日《ひな》曇《ぐも》る、
心弱くも人を恋ふおもひの空の

雲、疾風《はやち》、襲はぬさきに遁《のが》れよと。
噫《ああ》遁《のが》れよと、嫋《たを》やげる君がほとりを、
緑《みどり》牧《まき》、草野の原のうねりより
なほ柔かき黒髪の綰《わがね》の波を、——
こを如何《いか》に君は聞き判《わ》きたまふらむ。

眼をし閉《とづ》れば打続く沙《いさご》のはてを
黄昏《たそがれ》に頸《うな》垂《だ》れてゆくもののかげ、
飢《う》ゑてさまよふ獣《けもの》かととがめたまはめ、

その影ぞ君を遁《のが》れてゆける身の
乾ける旅に一《ひと》色《いろ》の物《もの》憂《う》き姿、——
よしさらば、香《にほひ》の渦《うづ》輪《わ》、彩《あや》の嵐に。

メモ 理性と官能の葛藤を描いた作品。詩人は女の魔力にあらがえず、性欲の満足へと突き進む。『夢は呼び交す』で実体験が明かされた。ソネット風十四行詩。

出典 『有明集』易風社、一九〇八（明治四十一）年一月。初出は『文章世界』第二巻第七号、一九〇七（明治四十）年六月。初出総題「皐月野」、初出題名「智慧の相者はわれを見て」。

茉《まつ》莉《り》花《くわ》

咽《むせ》び嘆かふわが胸の曇《くも》り物《もの》憂《う》き
紗《しや》の帳《とばり》しなめきかかげ、かがやかに、
或《ある》日《ひ》は映る君が面《おも》、媚《こび》の野にさく
阿《あ》芙《ふ》蓉《よう》の萎《ぬ》え嬌《なま》めけるその匂ひ。

魂《たま》をも蕩《た》らす私語《ささめき》に誘はれつつも、
われはまた君を擁《いだ》きて泣くなめり、
極秘の愁《うれひ》、夢のわな、——君が腕《かひな》に、
痛ましきわがただむきはとらはれぬ。

また或《ある》宵《よひ》は君見えず、生《す》絹《ずし》の衣《きぬ》の
衣《きぬ》ずれの音《おと》のさやさやすずろかに
ただ伝ふのみ、わが心この時裂《さ》けつ、

茉《まつ》莉《り》花《くわ》の夜《よる》の一《ひと》室《ま》の香《か》のかげに
まじれる君が微笑《ほほゑみ》はわが身の瘢《きず》を
もとめ来て沁《し》みて薫りぬ、貴《あて》にしみらに。

メモ　女の官能的魅力を描いた象徴詩。十四行のソネット風形式を用いている。詩人は女の頽廃的な魔力に誘惑され、罪の意識を募らせつつ苦悩し煩悶する。
出典『有明集』易風社、一九〇八（明治四十一）年一月。初出は『新思潮』第一号、一九〇七（明治四十）年十月。

大《おお》塚《つか》楠《くす》緒《お》子《こ》（一八七五―一九一〇）

お百《ひやく》度《ど》詣《まうで》

ひとあし踏みて夫《つま》思ひ、
ふたあし国を思へども、
三足《みあし》ふたゝび夫《つま》おもふ、
女心に咎《とが》ありや。

朝日に匂ふ日《ひ》の本《もと》の、
国は世界に只《ただ》一つ。
妻と呼ばれて契《ちぎ》りてし、
人も此《この》世に只《ただ》ひとり。
いづれ重しと問はれなば、
たゞ答へずに泣かんのみ。
お百度まうで
あゝ咎《とが》ありや

メモ　日露戦争従軍兵士の妻の思いを述べた虚構の詩。帝大教授大塚保治は戦争に行っていない。六字下げの最終行は、本音の控え目な表現。単なる誤植の可能性も。
出典　佐佐木信綱編『歌集あけぼの』修文館、一九〇六（明治三十九）年六月。初出は『太陽』第十一巻第一号、一九〇五（明治三十八）年一月一日。再録は『直言』第二巻第十五号、一九〇五年五月十四日。

野《の》口《ぐち》米《よね》次《じ》郎《ろう》（一八七五―一九四七）

自《じ》序《じょ》

日本人が僕の日本語の詩を読むと、

『日本語の詩はまづいね、だが英語の詩は上手だらうよ』といふ。
西洋人が僕の英語の詩を読むと、
『英語の詩は読むに堪《た》へない、然《しか》し日本語の詩は定めし立派だらう』といふ。

実際をいふと、
僕は日本語にも英語にも自信が無い。
云《い》はば僕は二重国籍者だ・・・
日本人にも西洋人にも立派になりきれない悲《かなし》み・・・・
不徹底の悲劇・・・・
馬鹿な、そんなことを云《い》ふにはもう時既に遅しだ。
笑つてのけろ、笑つてのけろ！

メモ　野口米次郎は、米英で英語詩を発表し評価された。作品では、中途半端な二重国籍者意識を自己戯画化している。詩人は大東亜戦争中、愛国詩を書いた。
出典　『二重国籍者の詩』玄文社、一九二一（大正十）年十二月。初出は『明星』第一巻第一号、一九二一年十一月。初出題名「二重国籍者」。

経帷子《きやうかたびら》

『君経帷子《きやうかたびら》を持つて来るには少々早やすぎるね、』
かう僕は死にいつた。死は妙に微笑した。
『ほんの仮縫《かりぬひ》にですよ』と死は僕に答へた。

『其処《そこ》が余り緩《ゆ》るすぎやせんかね、また此処《ここ》が堅《かた》すぎる。
第一僕はこの色合が気に入《い》らぬ。
なにはさて置いても、多少スタイルが無くてはね。』
死は軽蔑《あざわら》ふ大きい笑《わらひ》を洩《もら》した、
そしていつた、『御常談ものですよ、
これはあなたの生《せい》の着物を
一寸《ちよつと》ひつくり返へしたのみぢやありませんか。』

メモ　生と死の関係を語った機知の詩。経帷子は死者の着物。生が尽きて死が来るのではなく、生の裏に既に死があると語っている。死の擬人化は西洋的発想。
出典　『二重国籍者の詩』玄文社、一九二一（大正十）年十二月。初出は『明星』第一巻第一号、一九二一年十一月。

薄田泣菫《すすきだきゅうきん》

（一八七七—一九四五）

詩《し》のなやみ

遅《ち》日《じつ》巷《ちまた》の
　塵に行き、
力ある句に
　くるしみぬ。

詩は大海《わたづみ》の
　真珠狩《がり》、
深く沈めと
　人に聞く。

石を包みて
　玉《たま》といふ、
情《なさけ》ある子の
　え堪《た》へんや。

あゝ田に飛んで
　餌《ゑ》にあける、
二羽の雀は
　一銭か。

さば価《ね》なふみそ、
　詩に痩《や》せて、
髪ほつれたる
　人の子を。

薄情人《あはつけびと》に
　物問ふは、
柱《ぢ》なき細緒《ほそを》を
　掻《か》くが如《ごと》。

よし答ふるも、
　力なく、

消ゆるに似たる
響《ひびき》のみ。
われ膝折りて
学ばんに。

こゝに風流《ふりう》の
秀才《すさい》あれ、
こゝに有情《うじやう》の
少女《せうぢよ》あれ、
われ手をとりて
詢《はか》らんに。
世に秀才《すさい》なく、
少女《せうぢよ》なく、
われ唯《ただ》ひとり
物狂《ものぐるひ》。
雨垂拍子《あまだれびやうし》、
句を切りて、
無才《むざえ》を知るよ、
今こゝに。

メモ　創作の悩みを綴った作品。自らの非才を嘆きつつも、良い詩を書きたいという志を語る。チ音が連続する第一連は、頭韻の実例としてよく引用される。

出典　『暮笛集』金尾文淵堂、一八九九（明治三十二）年十一月。初出未詳。

公孫樹下《こうそんじゆか》にたちて

一

あゝ日は彼方《かなた》、伊太利《いたりあ》の
七つの丘の古跡《ふるあと》や、
円《まろ》き柱に照りはえて、
石床《いしゆか》しろき回廊《わたどの》の
きざはし狭《せば》に居《ゐ》ぐらせる、
青地襤褸《あをぢつづれ》の乞食《かたゐ》らが、
月を経《へ》て来《こ》む降誕祭《くりすます》、
市《いち》の施物《せもつ》を夢みつゝ、
ほくそ笑《ゑみ》する顔や射《い》む。

あゝ日は彼方《かなた》、北海《きたうみ》の
波の穂がしら爪《つま》じろに、
ぬすみに猟《あさ》る蜑《あま》が子の、
氷雨《ひさめ》もよひの日こそ来《く》れ、
幸《さち》は足りぬ、と直《ひた》むきに、
南へかへる舟《ふな》よそひ、
破《や》れの帆脚《ほあし》や照すらむ。
こゝには久米《くめ》の皿山《さらやま》の
嶺《いただき》ごしにさす影を、
肩にまとへる銀杏《いてふ》の樹《き》、
向《むか》脛《はぎ》ふとく高らかに、
青きみ空にそゝりたる、
見れば鎧《よろ》へる神の子の
陣《ぢん》に立てるに似たりけり。

（以下略）

メモ　勇敢に戦う人生の英雄としてイチョウの木を礼讃した約百行の詩。敬愛する教育者竹内文の姿が重ねられている。彼女を岡山県津山に訪ねた際の創作。

出典　『二十五絃』春陽堂、一九〇五（明治三十八）年五月。第一初出は『小天地』第二巻第四号、一九〇二（明治三十五）年一月。第二初出は『中学世界』第五巻第一号、一九〇二年一月。

ああ大和《やまと》にしあらましかば

ああ、大和にしあらましかば、
いま神無月《かみなづき》、
うは葉《ば》散り透《す》く神無備《かみなび》の森の小路《こみち》を、
あかつき露《づゆ》に髪ぬれて、往《ゆ》きこそかよへ、
斑鳩《いかるが》へ。平群《へぐり》のおほ野、高草《たかくさ》の
黄金《こがね》の海とゆらゆる日、
塵居《ちりゐ》の窓のうは白《じら》み日ざしの淡《あは》に、
いにし代《よ》の珍《うづ》の御経《みきやう》の黄金《こがね》文字、
百済《くだら》緒琴《をごと》に、斎《いは》ひ瓮《べ》に、彩画《だみゑ》の壁に
見ぞ恍《ほ》くる柱がくれのたたずまひ、
常花《とこばな》かざす芸《げい》の宮、斎殿《いみどの》深《ふか》に、
焚《た》きくゆる香《か》ぞ、さながらの八塩折《やしほをり》
美酒《うまき》の甕《みか》のまよはしに、
さこそは酔はめ。

（以下略）

メモ　古代大和を理想美の世界として描いた詩。難解な古語や雅語が多い。冒頭には英国詩人ブラウニングの影響がある。当時詩人は郷里で療養中だった。

出典　『白羊宮』金尾文淵堂、一九〇六（明治三十九）年五月。初出は『中学世界』第八巻第十五号、一九〇五（明治三十八）年十一月。初出題名「あゝ大和にしあらましかば」。

望郷《ばうきやう》の歌《うた》

わが故郷《ふるさと》は、日の光蟬《せみ》の小河《をがは》にうはぬるみ、
在木《ありき》の枝に色鳥《いろどり》の咏《なが》め声《ごゑ》する日ながさを、
物詣《ものまうで》する都女《みやこめ》の歩みものうき彼岸会《ひがんゑ》や、
桂《かつら》をとめは河《かは》しもに梁誇《やなぼこ》りする鮎《あゆ》汲《く》みて、
小網《さで》の雫《しづく》に清酒《きよみき》の香《か》をか嗅《か》ぐらむ春日《はるひ》なか、
櫂《かい》の音《と》ゆるに漕《こ》ぎかへる山桜会《やまざくらゑ》の若人《わかうど》が、
瑞木《みづき》のかげの恋語り、壬生《みぶ》狂言の歌舞伎子《こ》が
技《わざ》の手振《てぶり》の戯《ざれ》ばみに、笑《ゑ》み広ごりて興じ合ふ
かなたへ、君といざかへらまし。　（以下略）

メモ　古語を駆使して都の魅力を語った作品。詩人の出身は岡山県連島（つらじま）だが、ここでは京都を故郷と呼んだ。最終行は新声社訳「ミニヨンの歌」による。

出典　『白羊宮』金尾文淵堂、一九〇六（明治三十九）年五月。初出は『太陽』第十二巻第一号、一九〇六年一月。

伊良子清白《いらこせいはく》

（一八七七—一九四六）

漂泊《へうはく》

蓆戸《むしろど》に
秋風《あきかぜ》吹いて
河添《かはぞひ》の旅籠屋《はたごや》さびし
哀《あは》れなる旅の男は
夕暮の空を眺めて
いと低く歌ひはじめぬ

亡母《なきはは》は
処女《をとめ》と成りて
白き額《ぬか》月に現はれ
亡父《なきちち》は
童子《わらは》と成りて

円《まろ》き肩銀河を渡る

旅人の胸に触れたり
かすかなる笛の音《ね》ありて
河《かは》越えて煙《けぶり》の小野に
夜《よ》の河《かは》白く
柳《やなぎ》洩《も》る

故郷《ふるさと》の
谷間の歌は
続きつゝ断えつゝ哀《かな》し
大空の反響《こだま》の音《おと》と
地の底のうめきの声と
交《まじは》りて調《しらべ》は深し

旅人《たびびと》に
母はやどりぬ
若人《わかびと》に
父は降《くだ》れり
小野の笛煙《けぶり》の中《なか》に

かすかなる節《ふし》は残れり
旅人《たびびと》は
歌ひ続けぬ
嬰子《みどりご》の昔にかへり
微笑《ほほゑ》みて歌ひつゝあり

メモ　郷愁や漂泊の思いを述べた五七調の詩。鳥取県の「故郷」で創作した。もはや家はなく、宿に泊る「旅人」である。石川啄木「のぞみ」の影響が顕著。

出典　『孔雀船』左久良書房、一九〇六（明治三十九）年五月。初出は『文庫』第二十七巻第六号、一九〇五（明治三十八）年一月。初出総題「冬の夜」。再録は河井酔茗編『青海波』内外出版協会、一九〇五年六月。

花売《はなうり》

花売娘名はお仙《せん》
十七花を売りそめて
十八恋を知りそめて
顔もほてるや恥《はづ》かしの

蝮《はび》に嚙《か》まれて脚《あし》切るは
山家《やまが》の子等《こら》に験《げん》あれど
恋の附子矢《ぶすや》に傷《きずつ》かば
毒とげぬくも晩《おそ》からん

村の外《はづ》れの媼《おば》にきく
昔も今も花売に
恋せぬものはなかりけり
花の蠹《まど》はす業《わざ》ならん

市《いち》に艶《えん》なる花売が
若き脈搏《う》つ花一枝《ひとえ》
弥生《やよひ》小窓にあがなひて
恋の血汐《ちしほ》を味《あぢは》はん

メモ　俗謡風七五調の恋の詩。季節は春。キューピッドに言及があり、西洋的恋愛観の影響が顕著。恋の熱を味わいたいと述べるが、詩人の立場は傍観的である。

出典　『孔雀船』左久良書房、一九〇六（明治三十九）年五月。初出は『文庫』第二十二巻第五号、一九〇三（明治三十六）年二月。初出総題「淡雪」。

安乗《あのり》の稚児《ちご》

志摩《しま》の果《はて》安乗《あのり》の小村《こむら》
早手風《はやてかぜ》岩《いは》をどよもし
柳道《やなぎみち》木々《きぎ》を根こじて
虚空《みそら》飛ぶ断《ちぎ》れの細葉《ほそば》

水底《みなぞこ》の泥を逆上《さかあ》げ
かきにごす海の病《いたづき》
そゝり立つ波の大鋸《おほのこ》
過《よ》げとこそ船をまつらめ

とある家《や》に飯蒸《いひむせ》かへり
男《を》もあらず女《め》も出《い》で行きて
稚子《ちご》ひとり小籠《こかご》に座《すわ》り
ほゝゑみて海に対《むか》へり

荒壁《あらかべ》の小家《こいへ》一村《ひとむら》
反響《こだま》する心と心

稚子《ちご》ひとり恐怖《おそれ》をしらず
ほゝゑみて海に対《むか》へり

いみじくも貴《たふと》き景色
今もなほ胸にぞ跳《をど》る
少《わか》くして人と行きたる
志摩《しま》のはて安乗《あのり》の小村《こむら》

メモ　中学時代の旅の記憶を回想した五七調の詩。国木田独歩「忘れえぬ人々」の影響が想定される。大人たちは嵐の備えで忙しく、子も釜も見る人がない。

出典　『孔雀船』左久良書房、一九〇六（明治三十九）年五月。初出は『文庫』第二十九巻第六号、一九〇五（明治三十八）年九月。初出総題「夕蘭集」。

横瀬夜雨《よこせやう》（一八七八―一九三四）

お才《さい》

女男居《ふたりゐ》てさへ
　筑波《つくば》の山に
霧がかかれば
　寂しいもの

佐渡《さど》の小島《をじま》の
　夕浪千鳥《ゆふなみちどり》
弥彦《やひこ》の風の
　寒からん

越後《ゑちご》出てから
　常陸《ひたち》まで
泣きにはるぐ
　来《き》はせねど

お月様さへ
　十三七《じふさんななつ》
お父《とと》恋ふるが
　無理かえな

三国峠《みくに》の
岨路《そばみち》を
越えて帰るは
何時《いつ》ぢややら
やはり妹《おばま》と
背負縄《しょひなは》かけて
薪《たきぎ》拾《ひろ》うて
居《あ》つたもの
お才あれ見よ
越後《えちご》の国の
雁《がん》が来たにと
欺《だま》されて
弥《や》彦《ひこ》山《さん》から
見た筑《つく》波《ば》根《ね》を
今は麓《ふもと》で
泣かうとは

『心細さに
出《で》て山見れば
雲のかゝらぬ
山は無い』

メモ　奉公人の辛さを描いた民謡風の詩。女中お才は新潟県新津出身。一方、作品の心細い心境は、傴僂（くる）病で四肢湾曲し歩行不能な詩人自身のもの。
出典　『二十八宿』金尾文淵堂、一九〇七（明治四十）年二月。作品名を「賤機」「お才」「二」と記載。初出は『文庫』第九巻第六号、一八九八（明治三十一）年六月。「そで女 きん子 合作」と、虚構作者名を記載。再録は『夕月』旭堂書肆、一八九九（明治三十二）年十二月。『二十八宿』が流布形。

やれだいこ
（烏《う》水《すい》の家に宿りて）

花なる人の
こひしとて
月に泣いたは
夢なるもの

たて銹《ほころ》びし
　ころも手に
涙の痕《あと》の
　しるくとも
うき世にあさき
　我なれば
君もさのみは
　とがめじ

――花なる人の
　恋しとて
月に泣いたは
　ゆめなるもの――

つらけれど、紅葉
　綾《あや》なす葦《あし》穂《ほ》ろの
麓《ふもと》に今は
　帰らうよ

破《やぶ》れ大鼓は
　叩けどならぬ
落る涙を
　知るや君

メモ　佝僂（くる）病で歩行不能の詩人が、自らの心境を破れた太鼓に託して語った作品。初恋の女性琴子の婚約が背景にある。小島烏水は横浜に住む友人。
出典　『花守』隆文館、一九〇五（明治三十八）年十一月。初出は『文庫』第十四巻第一号、一九〇〇（明治三十三）年二月。

与謝野晶子《よさのあきこ》

（一八七八―一九四二）

君《きみ》死《し》にたまふことなかれ

旅順口《りょじゅんこう》包囲軍の中に在る弟を歎《なげ》きて

あゝをとうとよ、君を泣く、

君死にたまふことなかれ、
末に生れし君なれば
親のなさけはまさりしも、
親は刃《やいば》をにぎらせて
人を殺せとをしへしや、
人を殺して死ねよとて
二十四までをそだてしや。

堺《さかひ》の街のあきびとの
旧家をほこるあるじにて
親の名を継ぐ君なれば、
君死にたまふことなかれ、
旅順の城はほろぶとも、
ほろびずとても、何事ぞ、
君は知らじな、あきびとの
家のおきてに無かりけり。

君死にたまふことなかれ、
すめらみことは、戦ひに
おほみづからは出《い》でまさね、
かたみに人の血を流し、
獣《けもの》の道に死ねよとは、
死ぬるを人のほまれとは、
大みこゝろの深ければ
もとよりいかで思《おぼ》されむ。

あゝをとうとよ、戦ひに
君死にたまふことなかれ、
すぎにし秋を父ぎみに
おくれたまへる母ぎみは、
なげきの中に、いたましく
わが子を召され、家を守《も》り、
安しと聞ける大御代《おほみよ》も
母のしら髪《が》はまさりぬる。

暖簾《のれん》のかげに伏して泣く
あえかにわかき新妻《にひづま》を、
君わするるや、思へるや、
十月《とつき》も添はでわかれたる
少女《をとめ》ごころを思ひみよ、

この世ひとりの君ならで
あゝまた誰をたのむべき、
君死にたまふことなかれ。

メモ　反戦詩ではない。封建的町人思想に基づき、武士ではない弟の徴兵に文句を言った。国民国家の考え方を理解せず、批判された後は逆に天皇への忠誠心を強調。

出典　『恋衣』本郷書院、一九〇五（明治三十八）年一月。初出は『明星』辰歳第九号、一九〇四（明治三十七）年九月。初出題名「君死にたまふこと勿れ」。

山《やま》の動《うご》く日《ひ》

山の動く日きたる、
かく云《い》へど、人これを信ぜじ。
山はしばらく眠りしのみ、
その昔、彼等《かれら》みな火に燃えて動きしを。
されど、そは信ぜずともよし、
人よ、ああ、唯《た》だこれを信ぜよ、
すべて眠りし女《をんな》、
今ぞ目覚めて動くなる。

メモ　婦人運動の先駆けたる『青鞜』創刊号に掲載された、メッセージ性の強い詩。女性を休火山になぞらえ、本来の姿を取り戻そうという発想が見られる。

出典　『晶子詩篇全集』実業之日本社、一九二九（昭和四）年一月。初出は『青鞜』第一巻第一号、一九一一（明治四十四）年九月。初出総題「そぞろごと」、初出無題。再録は『夏より秋へ』金尾文淵堂、一九一四（大正三）年一月。再録題名「Ｉ」。

親《おや》の家《いへ》

目にこそ浮べ、ふるさとの
堺《さかひ》の街の角《かど》の家
帳場《ちやうば》づくゑと、水いろの
電気のほやのかがやきと、
店のあちこち積み箱の
かげに居睡《ゐねむ》る二三人。

この時黒き暖簾《のれん》より
衣《きぬ》ずれもせぬ忍《しの》び足
かいま見すなる中《なか》の間《ま》の

なでしこ色の帯のぬし、
あなうら若きわが影は
そとのみ消えて奥《あう》寄《よ》りぬ

ほとつく息はいと苦し、
はたいと熱し、さはいへど
ふた親いますわが家を
捨てむとすなる前の宵《よひ》
しづかに更《ふ》くる刻々の
時計の音ぞ凍りたる。

一番《ばん》頭《とう》と父《ちち》母《はは》と
茶ばなしするを安しと見、
こなたの隅《すみ》にわが影は
親をすつると恋すると
繁《しげ》き思《おもひ》をする我を
あはれと歎《なげ》き涙しぬ。

よよとし泣けば鈴《ベル》鳴りぬ、
電話の室《しつ》のくらがりに
つとわが影は駛《は》せ入《い》りて
茶の間を見つゝ受話器とる。
すてむとすなるふるさとの
和泉《いづみ》なまりの聞きをさめ。

人の声とは聞きしかど、
ただわがための忘れぬ日
楽しき日のみ作るとて、
なにの用とも誰《たれ》ぞとも
知らず終りき。明日の日は
長《と》久《は》に帰らぬ親の家。

メモ　明治三十四年六月の上京を回想した作品。与謝野鉄幹に憧れ、親の反対を押し切って家を出た。奉公人を使い、最新の電話器がある裕福な商家だった。

出典　『与謝野晶子選集』第二巻、春秋社、一九六七（昭和四十二）年十二月。初出は『芸苑』第二年巻第四、一九〇七（明治四十）年四月。

永井荷風《ながいかふう》

（一八七九―一九五九）

死《し》のよろこび

シャルル・ボードレール作

蝸牛《かたつむり》匍《は》ひまはる粘《ねば》りて湿《しめ》りし土の上に
底いと深き穴をうがたん。泰然《たいぜん》として、
われ其処《そこ》に老いさらぼひし骨を横《よこた》へ、
水底《みなそこ》に鱶《ふか》の沈む如《ごと》忘却《わすれ》の淵《ふち》に眠るべう。

われ遺書を厭《い》み、墳墓《ふんぼ》をにくむ。
死して徒《いたづら》に人の涙を請《こ》はんより、
生きながらにして吾《われ》寧《むし》ろ鴉《からす》をまねぎ、
汚《けが》れたる脊髄《せきずい》の端々《はしはし》をついばましめん。

おお蛆虫《うじむし》よ。眼なく耳なき暗黒の友、
君が為《た》めに腐敗の子、放蕩《はうたう》の哲学者、
よろこべる無頼《ぶらい》の死人《しにん》は来《きた》る。

わが亡骸《なきがら》にためらふ事なく食入《くひい》りて

死の中《うち》に死し、魂《たましひ》失せし古びし肉に、
蛆虫《うじむし》よわれに問へ。猶《なほ》も悩みのありやなしやと。

メモ　死への親しみを述べた詩。永井荷風は腐臭漂う虚無の美に魅かれ、これを訳詩集の冒頭に据えた。十四行ソネット形式。漢文訓読的な散文で翻訳された。

出典　『珊瑚集』籾山書店、一九一三（大正二）年四月。初出は『読売新聞』一九〇九（明治四十二）年五月十八日。初出総題「ボードレールの詩」。

そぞろあるき

アルチュール・ランボー作

蒼《あを》き夏の夜《よ》や
麦の香《か》に酔ひ野草《のぐさ》をふみて
小みちを行かば
心はゆめみ、我《わが》足さはやかに
わがあらはなる額《ひたひ》、
吹く風に浴《ゆあ》みすべし。
われ語らず、われ思はず、
われただ限りなき愛

魂《たましひ》の底に湧《わき》出《いづ》るを覚《おぼ》ゆべし。
宿なき人の如く
いよ遠くわれは歩まん。
恋人と行く如く心うれしく
「自然」と共にわれは歩まん。

メモ　夏の夜の散歩の楽しさを語った訳詩。十五歳のランボーは、母親の監視を逃れて自由に野を逍遥した。散歩好きの訳者永井荷風の思いが重ねられている。
出典　『珊瑚集』籾山書店、一九一三（大正二）年四月。初出は『新文林』第二巻第四号、一九〇九（明治四十二）年四月。初出総題「訳詩二篇」、初出題名「感覚」。

ぴあの

ポール・ヴェルレーヌ作

しなやかなる手にふるるピアノ
おぼろに染まる薄《うす》薔《ば》薇《ら》色《いろ》の夕《ゆふべ》に輝く。
かすかなる翼のひびき力なくして快《こころよ》き
すたれし歌の一《ひと》節《ふし》は
たゆたひつつも恐る恐る
美しき人の移《うつり》香《が》こめし化《け》粧《しやう》の間《ま》にさまよふ。

ああ我《わが》思ひをばゆるゆるゆする眠りの歌、
このやさしき唄《うた》の節《ふし》、何をか我《われ》に思へとや。
一《ひと》節《ふし》毎《ごと》に繰返す聞えぬ程の REFRAIN《ルフラン》は
何をかわれに求むるよ。
聞かんとすれば聞く間《ま》もなく
その歌声は小《こ》庭《には》の方《はう》に消えて行く。
細《ほそ》目《め》にあけし窓のすきより。

メモ　繊細で物憂いピアノの音の魅力を述べた詩。マチルドとの幸福な結婚生活を懐古している。耽美的回想的感覚的な内容が、永井荷風の資質と合致した。
出典　『珊瑚集』籾山書店、一九一三（大正二）年四月。初出は『新文林』第二巻第四号、一九〇九（明治四十二）年四月。初出総題「訳詩二篇」、初出題名「ピヤノ」。

ましろの月《つき》

ポール・ヴェルレーヌ作

ましろの月は
森にかがやく。
枝《えだ》々《えだ》のささやく声は

繁《しげり》のかげに
ああ愛するものよといふ。

底なき鏡の
池水《いけみづ》に
影いと暗き水柳《みづやなぎ》。
その柳には風が泣く。
いざや夢見ん、二人《ふたり》して。

ひろくやさしき
しづけさの
降《お》りてひろごる夜《よる》の空。
月の光は虹《にじ》となる。

ああ、うつくしの夜《よ》や。

メモ　婚約者マチルドと月夜の森を歩く喜びをうたった詩。永井荷風は、七音五音を多用しつつ口語で訳している。訳者自身、そぞろ歩きと女性が好きだった。

出典　『珊瑚集』籾山書店、一九一三（大正二）年四月。初出は『女子文壇』第五年第四号、一九〇九（明治四十二）年三月。初出総題「ヴェルレーヌの詩」、初出無題。

道行《みちゆき》

ポール・ヴェルレーヌ作

寒いさむしい古庭《ふるには》に
今し通《とほ》つた二つのかたち。

眼《まなこ》おとろへ脣《くちびる》ゆるみ
ささやく話もとぎれとぎれ。

寒いさむしい古庭に
昔をしのぶ二人《ふたり》のかげ。

——お前は楽しい昔の事を覚えてゐるか。
——なぜ覚えてゐろと仰有《おつしや》るのです。

——お前の胸は私《わたし》の名をよぶ時いつも顫《ふる》へて、
お前の心はいつも私を夢に見るか。——いいえ。

——ああ私等《わたしら》二人《ふたり》脣《くち》と脣《くち》とを合はした昔

危《あやふ》い幸福の美しい其《そ》の日。――さうでしたねえ。
――昔の空は青かつた。昔の望みは大きかつた。
――けれども其《そ》の望みは敗れて暗い空にと消えました。

烏麦《からすむぎ》繁《しげ》つた間《なか》の立ちばなし、
夜《よる》より外《ほか》に聞くものはなし。

メモ 元恋人の二人が昔を回想する詩。男は未練があるが、女はそっけない。原詩は霊魂が地上で再会する設定だが、訳詩は浄瑠璃風「道行」に変わっている。

出典『珊瑚集』籾山書店、一九一三（大正二）年四月。初出は『女子文壇』第五年第四号、一九〇九（明治四十二）年三月。初出総題「ヴェルレーヌの詩」、初出無題。

無題《むだい》

ポール・ヴェルレーヌ作

空は屋根のかなたに
かくも静《しづか》に、かくも青し。
樹《き》は屋根のかなたに、
青き葉をゆする。

打仰《うちあふ》ぐ空高く御寺《みてら》の鐘は
やはらかに鳴る。
打仰《うちあふ》ぐ樹《き》の上に鳥は
かなしく歌ふ。

ああ神よ。質朴《しつぼく》なる人生は
かしこなりけり。
かの平和なる物のひびきは
街より来《きた》る。

君、過ぎし日に何をかなせし。
君今ここに唯《た》だ嘆く。
語れや、君、そも若き折
何をかなせし。

メモ 獄中の穏やかな時間の中で、堕落生活を反省した詩。同性愛の恋人ランボーを拳銃で撃ち収監された。第四連の感慨には訳者の思いも投影されている。

出典『珊瑚集』籾山書店、一九一三（大正二）年四月。

初出は『スバル』第九号、一九〇九（明治四十二）年九月。初出総題「訳詩三篇」。「偶成」への改題は『仏蘭西近代抒情詩撰　珊瑚集』第一書房、一九三八（昭和十三）年三月。

高村光太郎《たかむらこうたろう》　（一八八三―一九五六）

根付《ねつけ》の国《くに》

頬骨《ほほぼね》が出て、唇《くちびる》が厚くて、眼が三角で、名人三五郎
　の彫《ほ》つた根付の様《やう》な顔をして
魂《たましひ》をぬかれた様《やう》にぽかんとして
自分を知らない、こせこせした
命のやすい
見栄坊な
小さく固まつて、納まり返つた
猿の様《やう》な、狐の様《やう》な、ももんがあの様《やう》な、だぼはぜ
　の様《やう》な、麦魚《めだか》の様《やう》な、鬼瓦《おにがはら》の様《やう》な、茶碗のかけ
　らの様《やう》な日本人

メモ　祖国を罵倒した詩。根付は携帯ストラップのような細工物。西洋の偉大な芸術との対比で詩人が軽蔑した根付を、欧米人が高評価したのは皮肉である。

出典　『道程』抒情詩社、一九一四（大正三）年十月。初出は『スバル』第三年第一号、一九一一（明治四十四）年一月。初出総題「第二敗闕録」。

――に

いやなんです
あなたのいつてしまふのが――

花よりさきに実のなるやうな
種子よりさきに芽の出るやうな
夏から春のすぐ来るやうな
そんな理屈に合はない不自然を
どうかしないでゐて下さい
型のやうな旦那さまと
まるい字をかくそのあなたと
かう考へてさへなぜか私は泣かれます

小鳥のやうに臆病で
大風のやうにわがままな
あなたがお嫁にゆくなんて

いやなんです
あなたのいつてしまふのが——

なぜさう容易《たやす》く
さあ何といひませう——まあ言はば
その身を売る気になれるんでせう
あなたはその身を売るんです
一人の世界から
万人の世界へ
そして男に負けて
無意味に負けて
ああ何といふ醜悪事でせう
まるでさう
チシアンの画いた絵が
鶴《つる》巻《まき》町《ちやう》へ買物に出るのです
私は淋しい、かなしい

何といふ気はないけれど
恰度《ちやうど》あなたの下《くだ》すつた
あのグロキシニアの
大きな花の腐つてゆくのを見る様《やう》な
私を棄てて腐つてゆくのを見る様《やう》な
空を旅してゆく鳥の
ゆくへをぢつとみてゐる様《やう》な
浪《なみ》の砕けるあの悲しい自棄のこころ
はかない、淋しい、焼けつく様《やう》な
——それでも恋とはちがひます
サンタマリア！
ちがひます、ちがひます
何がどうとはもとより知らねど
いやなんです
あなたのいつてしまふのが——
おまけにお嫁にゆくなんて
よその男のこころのままになるなんて

メモ　適齢期を過ぎた長沼智恵子の縁談を知り、駄々をこねた詩。本人が読むことを想定して書いた。詩人滞在中の犬吠埼に、智恵子は「偶然」やってくる。

出典　『道程』抒情詩社、一九一四（大正三）年十月。
初出は『劇と詩』第三巻第九号、一九一二（大正元）年九月。初出題名「N――女史に」。「人に」への改題は『智恵子抄』龍星閣、一九四一（昭和十六）年八月。

郊外《かうぐわい》の人《ひと》に

わがこころはいま大風《おほかぜ》の如く君にむかへり
愛人《あいじん》よ
いまは青き魚の肌《はだへ》にしみたる寒き夜もふけ渡りたり
されば安らかに郊外の家に眠れかし
をさな児《ご》のまことこそ君のすべてなれ
あまり清く透《す》きとほりたれば
これを見るもの皆あしきこころをすてけり
また善《よ》きと悪《あ》しきとは被《おほ》ふ所なく其《そ》の前にあらはれたり
君こそは実《げ》にこよなき審判官《さばきのつかさ》なれ
汚れ果てたる我がかずかずの姿の中に
をさな児《ご》のまこともて
君はたふとき吾がわれをこそ見出《みい》でつれ
君の見いでつるものをわれは知らず
ただ我は君をこよなき審判官《さばきのつかさ》とすれば
君によりてこころよろこび
わがしらぬわれの
わがあたたかき肉のうちに籠《こも》れるを信ずるなり
冬なれば欅《けやき》の葉も落ちつくしたり
音もなき夜なり
わがこころはいま大風《おほかぜ》の如く君に向《むか》へり
そは地の底より湧きいづる貴《たふと》くやはらかき温泉《いでゆ》にして
君が清き肌《はだへ》のくまぐまを残りなくひたすなり
わがこころは君の動くがままに
はね、をどり、飛びさわげども
つねに君をまもることを忘れず
愛人《あいじん》よ
こは比《たぐ》ひなき命の霊泉なり
されば君は安らかに眠れかし
悪人のごとき寒き冬の夜なれば
いまは安らかに郊外の家に眠れかし
をさな児《ご》の如く眠れかし

メモ　智恵子を得た喜びの詩。「郊外」は、親の金で建てたアトリエのある駒込林町。人生を見失い堕落生活に陥っていた詩人を、智恵子との出会いが救った。
出典　『道程』抒情詩社、一九一四（大正三）年十月。初出は『朱欒（ザムボア）』第二巻第十二号、一九一二（大正元）年十二月。再録は『智恵子抄』龍星閣、一九四一（昭和十六）年八月。

冬《ふゆ》が来《き》た

きつぱりと冬が来た
八つ手の白い花も消え
公孫樹《いてふ》の木も箒《はうき》になつた

きりきりともみ込むやうな冬が来た
人にいやがられる冬
草木《くさき》に背《そむ》かれ、虫類に逃げられる冬が来た

冬よ
僕に来い、僕に来い
僕は冬の力、冬は僕の餌食《ゑじき》だ

しみ透《とほ》れ、つきぬけ
火事を出せ、雪で埋めろ
刃物のやうな冬が来た

メモ　人生の志を述べた詩。厳しい冬と向き合い、自分を高めたいという彫刻家の意欲が表明されている。木彫関連用語「箒」「刃物」「もみ込む」を使用。
出典　『道程』抒情詩社、一九一四（大正三）年十月。初出は『我等』第一年第一号、一九一三年十二月。初出総題「詩数篇」。

道程《だうてい》

僕の前に道はない
僕の後ろに道は出来る
ああ、自然よ
父よ
僕を一人立ちにさせた広大な父よ
僕から目を離さないで守る事をせよ
常に父の気魄《きはく》を僕に充たせよ

この遠い道程のため
この遠い道程のため

メモ　自立して人生の道を歩む覚悟を述べた作品。しかし詩人は、偉大な父に「目を離さないで守る事」を求め、精神的に依存している。意識と無意識の乖離。

出典　『道程』抒情詩社、一九一四（大正三）年十月。初出は『美の廃墟』第六号、一九一四年三月。

秋《あき》の祈《いのり》

秋は喨喨《りやうりやう》と空に鳴り
空は水色、鳥が飛び
魂《たましひ》いななき
清浄の水こころに流れ
こころ眼をあけ
童子《どうじ》となる
多《た》端《たん》紛《ふん》雑《ざつ》の過去は眼の前に横《よこた》はり
血脈をわれに送る
秋の日を浴びてわれは静かにありとある此《これ》を見る
地中の営みをみづから祝福し
わが一生の道程を胸せまつて思ひながめ
奮然としていのる
いのる言葉を知らず
涙いでて
光にうたれ
木の葉の散りしくを見
獣《けだもの》の嘻嘻《きき》として奔《はし》るを見
飛ぶ雲と風に吹かれる庭前の草とを見
かくの如き因果歴歴の律を見て
こころは強い恩愛を感じ
又止《や》みがたい責を思ひ
堪へがたく
よろこびとさびしさとおそろしさとに跪《ひざまづ》く
いのる言葉を知らず
ただわれは空を仰《あふ》いでいのる
空は水色
秋は喨喨《りやうりやう》と空に鳴る

メモ　志を述べた詩。清く澄んだ秋の自然に触れ、仕事と生活の充実を祈った。詩集『道程』は、女郎若太夫との別れで始まり、前向きな「秋の祈」で終わる。

出典　『道程』抒情詩社、一九一四（大正三）年十月。
初出同上。

樹下《じゆか》の二人《ふたり》

あれが阿多多羅《あたたら》山、
あの光るのが阿武隈川《あぶくまがは》。

かうやつて言葉ずくなに坐《すわ》つてゐると、
うつとりねむるやうな頭の中に、
ただ遠い世の松風ばかりが薄みどりに吹き渡ります。
この大きな冬のはじめの野山の中に、
あなたと二人静かに燃えて手を組んでゐるよろこびを
下を見てゐるあの白い雲にかくすのは止《よ》しませう。

あなたは不思議な仙丹《せんたん》を魂《たましひ》の壺にくゆらせて、
ああ何といふ幽妙な愛の海《うな》ぞこに人を誘ふことか、
ふたり一緒に歩いた十年の季節の展望は、
ただあなたの中に女人《によにん》の無限を見せるばかり、
無限の境に煙るものこそ
こんなにも情意に悩む私を清めてくれ、
こんなにも苦渋を身に負ふ私に爽やかな若さの泉を
　注いでくれる。
むしろ魔ものやうに捉《とら》へがたい、
妙に変幻するものですね。

あれが阿多多羅《あたたら》山、
あの光るのが阿武隈川《あぶくまがは》。

ここはあなたの生れたふるさと、
あの小さな白壁の点々があなたのうちの酒庫《さかぐら》。
それでは足をのびのびと投げ出して、
此《こ》のがらんと晴れ渡つた北国《きたぐに》の木の香《か》に満ちた空気
　を吸はう。
あなたその者の様《やう》な此《こ》のひいやりと快《こころよ》い、
すんなりと弾力ある雰囲気に肌を洗はう。
私は又あした遠く去る。
あの無頼《ぶらい》の都、混沌たる愛憎の渦の中へ、

私の恐れる、しかも執着深いあの人間喜劇のただ
　中へ、
ここはあなたの生れたふるさと、
この不思議な別個の肉身を生んだ天地。
まだ松風が吹いてゐます。
もう一度この冬のはじめの物寂しいパノラマの地理
　を教へて下さい。

あれが阿多多羅《あたたら》山、
あの光るのが阿武隈川《あぶくまがは》。

メモ　二本松を神仙郷、東京を汚濁の地として対比する。高村光太郎訳「午後の時十四」との類似がある。作者ヴェルハーレンの夫妻愛を模して智恵子像を描いた。

出典　『現代日本文学全集』第三十七篇、改造社、一九二九（昭和四）年四月。初出は『明星』第三巻第四号、一九二三（大正十二）年四月。再録は『道程　改訂版』山雅房、一九四〇（昭和十五）年十一月。再再録は『智恵子抄』龍星閣、一九四一（昭和十六）年八月。

象《ざう》の銀行《ぎんかう》

（猛獣篇より）

セントラル・パアクの動物園のとぼけた象は、
みんなの投げてやる銅貨《コツパア》や白銅《ニツケル》を、
並外《なみはづ》れて大きな鼻づらでうまく拾《ひろ》つては、
上の方《はう》にある象の銀行《エレファンツバンク》にちやりんと入れる。

時々赤い眼を動かしては鼻をつき出し、
「彼等《かれら》」のいふ此《こ》のジャップに白銅《ニツケル》をくれといふ。
象がさういふ。
さう言はれるのが嬉《うれ》しくて白銅《ニツケル》を又《また》投げる。

印度産のとぼけた象、
日本産のさびしい青年、
群衆なる「彼等《かれら》」は見るがいい、
どうしてこんなに二人の仲が好過《よす》ぎるかを。

夕日を浴びてセントラル・パアクを歩いて来ると、
ナイル河《がは》から来たオベリスクが俺《おれ》を見る。

ああ憤《いきどほ》る者が此処《ここ》にも居《ゐ》る。
天井裏の部屋に帰つて「彼等《かれら》」のジャップは血に鞭《むち》
うつのだ。

メモ　動物園の象に自己を投影した作品。詩人はニューヨーク留学中、人種差別による疎外感に悩んだ。象・オベリスク・詩人は、みな非西洋に属している。

出典　『現代日本文学全集』第三十七篇、改造社、一九二九（昭和四）年四月。初出未詳。

あどけない話《はなし》

ちゑ子は東京に空が無いといふ、
ほんとの空が見たいといふ。
私は驚いて空を見る。
桜若葉の間《あひだ》にあるのは
切つても切れない
むかしなじみのきれいな空だ。
どんよりけむる地平のぼかしは
うすもも色の朝のしめりだ。
ちゑ子は遠くを見ながら言ふ、
阿多多羅山《あたたらやま》の山の上に
毎日出てゐる青い空が
ちゑ子のほんとの空だといふ。
あどけない空の話である。

メモ　智恵子は精神の危機を訴えた。高村光太郎は異変に気付かず、満四十一歳の妻を「あどけない」と評する。詩人の理想像が優先し、対話は成立しない。

出典　『現代日本文学全集』第三十七篇、改造社、一九二九（昭和四）年四月。初出は『東方』第二号、一九二八（昭和三）年六月。再録は『智恵子抄』龍星閣、一九四一（昭和十六）年八月。

ぼろぼろな駝鳥《だてう》

何が面白くて駝鳥を飼《か》ふのだ。
動物園の四坪半《よんつぼはん》のぬかるみの中では、
脚《あし》が大股《おほまた》過ぎるぢやないか。
頸《くび》があんまり長過ぎるぢやないか。
雪の降る国に此《これ》では羽《はね》がぼろぼろ過ぎるぢやないか。
腹がへるから堅《かた》パンも喰ふだらうが、
駝鳥の眼は遠くばかり見てゐるぢやないか。

身も世もない様《やう》に燃えてゐるぢやないか。
瑠《る》璃《り》色《いろ》の風が今にも吹いて来るのを待ちかまへてゐるぢやないか。
あの小さな素朴な頭が無辺大の夢で逆《さか》まいてゐるぢやないか。
此《これ》はもう駝鳥ぢやないぢやないか。
人間よ、
もう止《よ》せ、こんな事は。

メモ 精神的にぼろぼろな詩人が、檻の中の動物に自己投影した詩。父は裕福な著名彫刻家で、光太郎に金銭的な制約は皆無。自縄自縛の閉塞感に悩んでいる。

出典 『現代日本文学全集』第三十七篇、改造社、一九二九（昭和四）年四月。初出は『銅鑼』第十四号、一九二八（昭和三）年三月。再録は『現代詩人全集』第九巻、新潮社、一九二九年十月。

あなたはだんだんきれいになる

をんなが附属品をだんだん棄てると
どうしてこんなにきれいになるのか
年で洗はれたあなたのからだは
無辺際を飛ぶ天の金属。
見えも外聞もてんで歯の立たない
中身ばかりの清冽《せいれつ》な生きものが
生きて動いてさつさつと意欲する。
をんながをんなを取りもどすのは
かうした世紀の修行によるのか。
あなたが黙つて立つてゐると
まことに神の造りしものだ。
時時内心おどろくほど
あなたはだんだんきれいになる。

メモ 妻の老化を精神的理想論で美化した詩。高村光太郎訳ヴェルハーレン「午後の時十三」の影響が強い。「一切が凋落」「しかしそれでも」「年が何であらう」。

出典 『現代詩人全集』第九巻、新潮社、一九二九（昭和四）年十月。初出は『詩壇消息』第一巻第二号、一九二七（昭和二）年二月（現物未確認）。再録は『智恵子抄』龍星閣、一九四一（昭和十六）年八月。

人《じん》生《せい》遠《ゑん》視《し》

足もとから鳥がたつ

自分の妻が狂気する
自分の著《き》ものがぼろになる
照尺《せうしやく》距離三千メエトル
ああ此《こ》の鉄砲は長すぎる

メモ　妻の狂気で人生の展望が見えない困惑の詩。昼夜の絶叫狂暴で詩人の服は破れる。近隣迷惑、睡眠不足。詩人は智恵子をゼームス坂病院に収容させた。
出典　『現代詩集』第一巻、河出書房、一九三九（昭和十四）年十二月。初出は『いづかし』第五巻第三号、一九三五（昭和十）年八月（現物未確認）。再録は『智恵子抄』龍星閣、一九四一（昭和十六）年八月。

鯰《なまづ》

盥《たらひ》の中でぴしやりとはねる音がする。
夜が更《ふ》けると小刀の刃が冴《さ》える。
木を削るのは冬の夜の北風の為事《しごと》である。
暖炉に入《い》れる石炭が無くなつても、
鯰よ、
お前は氷の下でむしろ莫大な夢を喰ふか。
檜《ひのき》の木片《こつぱ》は私の眷属《けんぞく》、
智恵子は貧におどろかない。
鯰よ、
お前の鰭《ひれ》に剣があり、
お前の尻尾《しつぽ》に触角があり、
お前の鰓《あぎと》に黒金の覆輪《ふくりん》があり、
さうしてお前の楽天にそんな石頭があるといふのは、
何と面白い私の為事《しごと》への挨拶であらう。
風が落ちて板の間《ま》に蘭の香《にほ》ひがする。
智恵子は寝た。
私は彫りかけの鯰を傍へ押しやり、
研《と》水《みづ》を新しくして
更に鋭い明日の小刀を瀏瀏《りうりう》と研《と》ぐ。

メモ　孤独な創作活動に打ち込む充実感を語った詩。彫刻家たる詩人は、寒い冬の夜、貧乏に耐えながら鯰と向き合っている。木彫《鯰》は高村光太郎の代表作。
出典　『道程　改訂版』山雅房、一九四〇（昭和十五）年十一月。初出は『詩人倶楽部』創刊号、一九二六（大正十五）年四月。初出総題「生きもの二つ」。再録は『智恵子抄』龍星閣、一九四一（昭和十六）年八月。

風《かぜ》にのる智恵子《ちゑこ》

狂つた智恵子は口をきかない
ただ尾長《をなが》や千鳥《ちどり》と合図する
防風林の丘つづき
いちめんの松の花粉は黄いろく流れ
五月晴《さつきばれ》の風に九十九里《くじふくり》の浜はけむる
智恵子の浴衣《ゆかた》が松にかくれ又あらはれ
白い砂には松露《しようろ》がある
わたしは松露《しようろ》をひろひながら
ゆつくり智恵子のあとをおふ
尾長《をなが》や千鳥《ちどり》が智恵子の友だち
もう人間であることをやめた智恵子に
恐ろしくきれいな朝の天空は絶好の遊歩場
智恵子飛ぶ

メモ　昭和九年の真亀（まがめ）が舞台。創作は翌年。彫刻仕事をするため、妻を実母実妹の家に預けた。詩人は最終行で、智恵子の美化理想化を試みている。

出典　『智恵子抄』龍星閣、一九四一（昭和十六）年八月。初出は『書窓』第一巻第二号、一九三五（昭和十）年五月。

千鳥《ちどり》と遊《あそ》ぶ智恵子《ちゑこ》

人つ子ひとり居《ゐ》ない九十九里《くじふくり》の砂浜の
砂にすわつて智恵子は遊ぶ
無数の友だちが智恵子の名をよぶ。
ちい、ちい、ちい、ちい、ちい――
砂に小さな趾《あし》あとをつけて
千鳥が智恵子に寄つて来る。
口の中でいつでも何か言つてる智恵子が
両手をあげてよびかへす。
ちい、ちい、ちい――
両手の貝を千鳥がねだる。
智恵子はそれをぱらぱら投げる。
群れ立つ千鳥が智恵子をよぶ。
ちい、ちい、ちい、ちい、ちい――
人間商売さらりとやめて、
もう天然の向うへ行つてしまつた智恵子の
うしろ姿がぽつんと見える。

二丁も離れた防風林の夕日の中で
松の花粉をあびながら私はいつまでも立ち尽《つく》す。

メモ　精神病に陥った妻を呆然と眺めつつ、童心を持つ清らかな存在として描いた詩。「人間商売さらりと」は、西條八十作詞の流行歌「女給の唄」に由来。

出典　『智恵子抄』龍星閣、一九四一（昭和十六）年八月。初出は『改造』第十九巻第八号、一九三七（昭和十二）年八月。初出総題「詩五篇」。

山麓《さんろく》の二人《ふたり》

二つに裂《さ》けて傾く磐梯山《ばんだいさん》の裏山は
険《けは》しく八月の頭上の空に目をみはり
裾《すそ》野《の》とほく靡《なび》いて波うち
芒《すすき》ぼうぼうと人をうづめる
半《なか》ば狂へる妻は草を藉《し》いて坐《ざ》し
わたくしの手に重くもたれて
泣きやまぬ童《どう》女《ぢょ》のやうに慟哭する
――わたしもうぢき駄目になる
意識を襲ふ宿命の鬼にさらはれて
のがれる途《みち》無《な》き魂《たましひ》との別離

その不可抗《ふかかう》の予感
――わたしもうぢき駄目になる
涙にぬれた手に山風《やまかぜ》が冷たく触れる
わたくしは黙つて妻の姿を見入《みい》る
意識の境から最後にふり返つて
わたくしに縋《すが》る
この妻をとりもどすすべが今は世に無い
わたくしの心はこの時二つに裂《さ》けて脱落し
闃《げき》として二人をつつむ此《こ》の天地と一つになつた

メモ　裏磐梯旅行は昭和八年だが、詩は智恵子が死亡する三か月半前、昭和十三年の創作。この頃詩人は妻の予後を諦めていた。作品には無力感が見られる。

出典　『智恵子抄』龍星閣、一九四一（昭和十六）年八月。初出は『新女苑』第二巻第八号、一九三八（昭和十三）年八月。

レモン哀歌《あいか》

そんなにもあなたはレモンを待つてゐた
かなしく白くあかるい死の床《とこ》で

わたしの手からとつた一つのレモンを
あなたのきれいな歯がりりと嚙《か》んだ
トパアズいろの香気が立つ
その数滴《すうてき》の天のものなるレモンの汁は
ぱつとあなたの意識を正常にした
あなたの青く澄んだ眼がかすかに笑ふ
わたしの手を握るあなたの力の健康さよ
あなたの咽喉《のど》に嵐はあるが
かういふ命の瀬戸ぎはに
智恵子はもとの智恵子となり
生涯の愛を一瞬にかたむけた
それからひと時
昔山巓《さんてん》でしたやうな深呼吸を一つして
あなたの機関はそれなり止まつた
写真の前に挿《さ》した桜の花かげに
すずしく光るレモンを今日も置かう

メモ　妻の追悼詩。レモンの逸話は事実。全てが終わった安堵感から、レモン・白・歯・トパアズ色・青・桜と、明るい色彩に満ちている。四か月半後の創作。

出典　『智恵子抄』龍星閣、一九四一（昭和十六）年八月。初出は『新女苑』第三巻第四号、一九三九（昭和十四）年四月。

梅酒《うめしゆ》

死んだ智恵子が造《つく》つておいた瓶《びん》の梅酒は
十年の重みにどんより澱《よど》んで光を葆《つつ》み、
いま琥《こ》珀《はく》の杯に凝《こ》つて玉《たま》のやうだ。
ひとりで早春の夜ふけの寒いとき、
これをあがつてくださいと、
おのれの死後に遺《のこ》していつた人を思ふ。
おのれのあたまの壊れる不安に脅かされ、
もうぢき駄目《だめ》になると思ふ悲に
智恵子は身のまはりの始末をした。
七年の狂気は死んで終つた。
厨《くりや》に見つけたこの梅酒の芳《かを》りある甘さを
わたしはしづかにしづかに味はふ。
狂《きやう》瀾《らん》怒《ど》濤《たう》の世界の叫《さけび》も
この一瞬を犯しがたい。
あはれな一個の生命を正視する時、

世界はただこれを遠巻《とほまき》にする。
夜風も絶えた。

メモ　一年半後に書かれた追憶の詩。梅酒を味わうことで、遺された者は生前の故人を思い、後悔し、感謝し、悲しみを癒して、静かな忘却の道に入ってゆく。

出典　『智恵子抄』龍星閣、一九四一（昭和十六）年八月。初出は『蠟人形』第十一巻第四号、一九四〇（昭和十五）年五月。

荒涼《くわうりやう》たる帰宅《きたく》

あんなに帰りたがつてゐた自分の内《うち》へ
智恵子は死んでかへつて来た。
十月の深夜のがらんどうなアトリエの
小さな隅《すみ》の埃《ほこり》を払つてきれいに浄《きよ》め、
私は智恵子をそつと置く。
この一個の動かない人体の前に
私はいつまでも立ちつくす。
人は屏風をさかさにする。
人は燭をともし香《かう》をたく。
人は智恵子に化粧する。
さうして事がひとりでに運ぶ。
夜が明けたり日がくれたりして
そこら中《ぢゆう》がにぎやかになり、
家の中は花にうづまり、
何処《どこ》かの葬式のやうになり、
いつのまにか智恵子が居《ゐ》なくなる。
私は誰も居《ゐ》ない暗いアトリエにただ立つてゐる。
外は名月といふ月夜らしい。

メモ　妻没後の虚脱感を述べた作品。死の三年後、詩集刊行直前の作。詩人はこの一篇を創作し、智恵子追憶に終止符を打った。精神的な二度目の別れである。

出典　『智恵子抄』龍星閣、一九四一（昭和十六）年八月。初出同上。

典型《てんけい》

今日も愚直な雪がふり
小屋はつんぼのやうに黙りこむ。
小屋にゐるのは一つの典型、

一つの愚劣の典型だ。
三代を貫く特殊国の
特殊の倫理に鍛《きた》へられて、
内に反逆の鷲《わし》の翼を抱きながら
いたましい強引の爪をといで
みづから風《かざ》切《きり》の自力をへし折り、
六十年の鉄の網に蓋《おほ》はれて、
端《たん》坐《ざ》粛《しゆく》服《ふく》、
まことをつくして唯《ただ》一《ひと》つの倫理に生きた
降りやまぬ雪のやうに愚直な生きもの。
今放たれて翼を伸ばし、
かなしいおのれの真実を見て、
三列の羽《はね》さへ失ひ、
眼に暗緑の盲点をちらつかせ、
四方の壁の崩れた廃墟に
それでも静かに息をして
ただ前方の広漠に向ふといふ
さういふ一つの愚劣の典型。
典型を容《い》れる山の小屋、
小屋を埋める愚直な雪、

雪は降らねばならぬやうに降り、
一切をかぶせて降りにふる。

メモ　高村光太郎は戦争詩を書いたことを恥じ、花巻の山小屋に籠った。日本を劣った特殊国とする占領下の西洋中心主義的言説を無批判に受け入れている。

出典　『典型』中央公論社、一九五〇（昭和二十五）年十月。初出は『改造』第三十一巻第四号、一九五〇（昭和二十五）年四月。

山《やま》村《むら》暮《ぼ》鳥《ちょう》（一八八四―一九二四）

囈《げい》語《ご》

竊《せつ》盗《たう》金魚
強盗喇《らつ》叭《ぱ》
恐喝胡《こ》弓《きゆう》
賭博ねこ
詐欺更《さら》紗《さ》

瀆職《とくしょく》天鵞絨《びらうど》
姦淫《かんいん》林檎《りんご》
傷害雲雀《ひばり》
殺人ちゆりつぷ
堕胎《だたい》陰影
騒擾《さうぜう》ゆき
放火まるめろ
誘拐かすてえら。

メモ　犯罪用語と好ましい言葉とを組み合わせ、意外な面白さを作り出した実験的作品。異質なものの取り合わせは、典型的なモダニズムの技法。その先駆。

出典　『聖三稜玻璃』にんぎよ詩社、一九一五（大正四）年十二月。初出は『アルス』第一巻第三号、一九一五年六月。

岬《みさき》

岬の光り
岬のしたにむらがる魚ら
岬にみち尽き
そら澄み
岬に立てる一本の指。

メモ　モダニズムの技法で岬の灯台を描写した作品。まず陸海空の三世界を立体的に描いた上で、灯台を「一本の指」に喩えた。祈りの要素を見る解釈もある。

出典　『聖三稜玻璃』にんぎよ詩社、一九一五（大正四）年十二月。初出は『詩歌』第五巻第四号、一九一五年四月。

だんす

あらし
あらし
しだれやなぎに光あれ
あかんぼの
へその芽
水銀歇私的利亜《ヒステリア》
はるきたり
あしうらぞ
あらしをまろめ

愛のさもわるに
烏《ウウ》龍《ロン》茶をかなしましむるか
あらしは
天に蹴《け》上《あ》げられ。

メモ　ダンスの動きを直観的な言葉で表現したモダニズムの詩。刻々と変化する身体を言語化した。舞踏家は女性だろう。萩原朔太郎による見事な解説がある。

出典　『聖三稜玻璃』にんぎよ詩社、一九一五（大正四）年十二月。初出は『卓上噴水』第二集、一九一五年四月。

風《ふう》景《けい》

純銀もざいく

いちめんのなのはな
いちめんのなのはな
いちめんのなのはな
いちめんのなのはな
いちめんのなのはな
いちめんのなのはな
いちめんのなのはな

かすかなるむぎぶえ
いちめんのなのはな

いちめんのなのはな
いちめんのなのはな
いちめんのなのはな
いちめんのなのはな
いちめんのなのはな
いちめんのなのはな
いちめんのなのはな
ひばりのおしやべり
いちめんのなのはな

いちめんのなのはな
いちめんのなのはな
いちめんのなのはな
いちめんのなのはな
いちめんのなのはな
いちめんのなのはな
いちめんのなのはな

やめるはひるのつき
いちめんのなのはな。

メモ　広大な菜の花畑の「風景」を文字で表現した視覚的実験詩。各連は九字九行の正方形。「純銀もざいく」とは、鉛活字で作ったモザイク画という意味。

出典『聖三稜玻璃』にんぎよ詩社、一九一五（大正四）年十二月。初出は『詩歌』第五巻第六号、一九一五年六月。

いのり

つりばりぞそらよりたれつ
まぼろしのこがねのうをら
さみしさに
さみしさに
そのはりをのみ。

メモ　牧師山村暮鳥が信仰について考えた詩。孤独に陥った人は、身を滅ぼす危険を冒してでも、神や人との関係を求める。そのような人を黄金の魚と表現。

出典『聖三稜玻璃』にんぎよ詩社、一九一五（大正四）年十二月。初出は『新評論』第二巻第六号、一九一五年六月（現物未確認）。

キリストに与《あた》へる詩《し》

キリストよ
こんなことはあえてめづらしくもないのだが
けふも年《とし》若《わか》な婦人がわたしのところに来た
そしてどうしたら
聖書の中にかいてあるあの罪深い女のやうに
泥まみれなおん足をなみだで洗つて
黒い房《ふさ》房《ふさ》したこの髪の毛で
それを拭《ふ》いてあげるやうなことができるかとたづね
　るのだ
わたしはちよつとこまつたが
斯《か》う言つた
一人がくるしめばそれでいいのだ
それでみんな救はれるんだと
婦人はわたしの此《こ》の言葉によろこばされていそいそ
　と帰つた
婦人は大きなお腹《なか》をしてゐた

それで独《ひと》り身だといつてゐた
キリストよ
それでよかつたか
何だかおそろしいやうな気がしてならない

メモ　牧師としての悩みを語った詩。キリスト教の教えでは姦通は罪である。詩人は、婚姻外で妊娠した信者を励ました。宗教教義と人間的感情が相反する。

出典　『風は草木にささやいた』白日社、一九一八（大正七）年十一月。初出は『感情』第二年第七号、一九一七（大正六）年七月。初出題名「キリストに与ふ」。

自分《じぶん》はいまこそ言《い》はう

なんであんなにいそぐのだらう
どこまでゆかうとするのだらう
どこで此《こ》の道がつきるのだらう
此《こ》の生の一本みちがどこかでつきたら
人間はそこでどうなるだらう
おお此《こ》の道はどこまでも人間とともにつきないのではないか
谿《たに》間《ま》をながれる泉のやうに
自分はいまこそ言はう
人生はのろさにあれ
のろのろと蝸牛《ででむし》のやうであれ
そしてやすまず
一生に二どと通らぬみちなのだからつつしんで
自分は行かうと思ふと

メモ　詩人が人生観を語った詩。人の生涯を果てしのない道になぞらえた。ゆっくりと着実に、かつ誠実に人生を歩んでゆきたいと、自らの志を述べている。

出典　『風は草木にささやいた』白日社、一九一八（大正七）年十一月。初出未詳。

春《はる》の河《かは》

たつぷりと
春の河《かは》は
ながれてゐるのか
ゐないのか
ういてゐる

藁《わら》くずのうごくので
それとしられる

メモ 療養中に体験した穏やかな時の流れを描いた詩。川は人生の象徴。茨城県大洗近くの涸沼（ひぬま）川が舞台。
出典 『雲』イデア書院、一九二五（大正十四）年一月。初出未詳。

雲《くも》

丘の上で
としよりと
こどもと
うつとりと雲を
ながめてゐる

メモ 流れる雲を見つつ、老荘的な気分を語った詩。老人・子供・詩人は、みな勤労から離れた存在である。当時山村暮鳥は、茨城県大洗で病を養っていた。
出典 『雲』イデア書院、一九二五（大正十四）年一月。初出は『銅鑼』第六号、一九二五年一月。

おなじく［雲《くも》］

おうい雲よ
ゆうゆうと
馬鹿にのんきさうぢやないか
どこまでゆくんだ
ずつと磐城平《いはきたひら》の方《はう》までゆくんか

メモ 福島県平は、牧師山村暮鳥の最初の赴任地。詩人を慕う信者齋藤千枝が住む。大洗で病気療養中の暮鳥は、胸を患っているこの信者に思いを馳せた。
出典 『雲』イデア書院、一九二五（大正十四）年一月。初出は『みみづく』第二年第一号、一九二四（大正十三）年一月。初出総題「病床にて 他三編」、初出題名「友らをおもふ」。

ある時《とき》

雲もまた自分のようだ
自分のように
すつかり途方にくれてゐるのだ

あまりにあまりにひろすぎる
涯《はて》のない蒼空なので
おう老子よ
こんなときだ
にこにことして
ひよつこりとでてきませんか

メモ　悠然と行く雲を見て、老荘的価値観に思いを馳せた詩。どう生きるべきかわからず困惑した詩人は、勤勉努力の対極にある老子の考え方に魅かれている。
出典　『雲』イデア書院、一九二五（大正十四）年一月。初出は『内観』第四十七号、一九二四（大正十三）年二月。初出総題「貧賤を愛す」。再録は『層雲』第十四巻第一・二号、一九二四年六月。再録総題「貧賤小詩——寂しき井泉水氏におくる——」、再録題名「雲に就て」。

野《の》糞《ぐそ》先《せん》生《せい》

かふもりが一本
地べたにつき刺されて
たつてゐる

だあれもゐない
どこかで
雲雀《ひばり》が鳴いてゐる

ほんとにだれもゐないのか
首を廻してみると
ゐた、ゐた
いいところをみつけたもんだな
すぐ土手下《どてした》の
あの新緑の
こんもりした灌木《くわんぼく》のかげだよ

ぐるりと尻をまくつて
しやがんで
こつちをみてゐる

メモ　ユーモアの詩。雲雀や新緑といった優雅で風流な要素と、野糞という卑俗なテーマを取り合わせた。素朴でのんびりした春の野は、一種の桃源郷である。
出典　『雲』イデア書院、一九二五（大正十四）年一月。初出は『新短歌』第三巻第四号、一九二四（大正十三）

年八月。

竹《たけ》久《ひさ》夢《ゆめ》二《じ》

（一八八四—一九三四）

宵《よひ》待《まち》草《ぐさ》

まてどくらせどこぬひとを
宵《よひ》待《まち》草《ぐさ》のやるせなさ
こよひは月もでぬさうな。

メモ　失恋の詩。犬吠埼での長谷川カタとのひと夏の恋に基づく。翌年同地を再訪した時、カタは既に音楽家に嫁いでいた。多忠亮（おおのただすけ）作曲。

出典　『どんたく』実業之日本社、一九一三（大正二）年十一月。初出は『少女』第四巻第六号、一九一二（明治四十五）年六月。

北《きた》原《はら》白《はく》秋《しゅう》

（一八八五—一九四二）

邪宗門《じゃしゅうもん》秘《ひ》曲《きょく》

われは思ふ、末世《まつせ》の邪宗、切支丹《きりしたん》でうすの魔法。
黒船の加比丹《かひたん》を、紅毛の不可思議国《ふかしぎこく》を、
色赤きびいどろを、匂鋭《にほひと》きあんじやべいいる、
南蛮の桟留縞《さんとめじま》を、はた、阿刺吉《あらき》、珍酡《ちんた》の酒を。
目見《まみ》青きドミニカびとは陀羅尼《だらに》誦《ず》し夢にも語る、
禁制の宗門神《しゅうもんしん》を、あるはまた、血に染む聖磔《くるす》、
芥子粒《けしつぶ》を林檎《りんご》のごとく見すといふ欺罔《けれん》の器《うつは》、
波羅葦僧《はらいそ》の空をも覗《のぞ》く伸び縮む奇なる眼鏡《めがね》を。
屋《いへ》はまた石もて造り、大理石《なめいし》の白き血潮《ちしほ》は、
ぎやまんの壺に盛られて夜《よ》となれば火点《とも》るといふ。
かの美《は》しき越歴機《えれき》の夢は天鵝絨《びらうど》の薫《くゆり》にまじり、
珍《めづ》らなる月の世界の鳥獣《とりけもの》映像《うつ》すと聞けり。

あるは聞く、化粧《けはひ》の料《しろ》は毒草の花よりしぼり、
腐《くさ》れたる石の油に画《ゑが》くてふ《(ちょう)》麻利耶《まりや》の像よ、
はた羅甸《らてん》、波爾杜瓦爾《ほるとがる》らの横つづり青なる仮名は
美くしき、さいへ悲しき歓楽の音《ね》にかも満つる。

いざさらばわれらに賜へ、幻惑の伴天連《ばてれん》尊者《そんじや》、
百年《ももとせ》を刹那《せつな》に縮め、血の磔脊《はりきせ》にし死すとも
惜《を》しからじ、願ふは極秘、かの奇《く》しき紅《くれなゐ》の夢、
善主麿《ぜんすまろ》、今日を祈《いのり》に身も霊《たま》も薫《くゆ》りこがるる。

メモ　南蛮時代へのあこがれを語った作品。異国趣味的な語彙が次々と並べられている。「百年を刹那に縮め」とあるように、耽美主義的陶酔が肯定される。

出典　『邪宗門』易風社、一九〇九（明治四十二）年三月。初出は『中央公論』第二十三年第九号、一九〇八（明治四十一）年九月。初出総題「新詩六篇」。

空《そら》に真赤《まつか》な

空に真赤な雲のいろ。
玻璃《はり》に真赤な酒の色。
なんでこの身が悲しかろ。
空に真赤な雲のいろ。

メモ　青春の頽廃的享楽と哀感をうたった七五調四行詩。グラスにはハイカラな西洋の酒が注がれている。行末「いろ」「色」「かろ」「いろ」が脚韻を踏む。

出典　『邪宗門』易風社、一九〇九（明治四十二）年三月。初出は『八少女（やをとめ）』第二巻第一号、一九〇九年一月。ローマ字による再録は『方寸』第三巻第二号、一九〇九年二月。

謀叛《むほん》

ひと日、わが精舎《しやうじや》の庭に、
晩秋《おそあき》の静かなる落日《いりひ》のなかに、
あはれ、また、薄黄《うすぎ》なる噴水《ふきあげ》の吐息《といき》のなかに、
いとほのにヰ《(ヴィ)》オロンの、その絃《いと》の、
その夢の、哀愁《かなしみ》の、いとほのにうれひ泣く。

蠟《らふ》の火と懺悔《ざんげ》のくゆり
ほのぼのと、廊《らう》いづる白き衣《ころも》は
夕暮に言《もの》もなき修道女《め》の長き一列《ひとつら》。

さあれ、いま、ギ《(ヴィ)》オロンの、くるしみの、
刺すがごと火の酒の、その絃《いと》のいたみ泣く。

またあれば落日《いりひ》の色に、
夢燃ゆる噴水《ふきあげ》の吐息《といき》のなかに、
さらになほ歌もなき白鳥《しらとり》の愁《うれひ》のもとに、
いと強き硝薬《せうやく》の、黒き火の、
地の底の導火《みちび》燬《や》き、ギ《(ヴィ)》オロンぞ狂ひ泣く。

跳《をど》り来《く》る車輌の響《ひびき》、
毒の弾丸《たま》、血の烟《けむり》、閃《ひら》めく刃《やいば》、
あはれ、驚破《すは》、火とならむ、噴水《ふきあげ》も、精舎《しやうじや》も、空も。
紅《くれなゐ》の、戦慄《わななき》の、その極《はて》の
瞬間《たまゆら》の叫喚《さけび》燬《や》き、ギ《(ヴィ)》オロンぞ盲《めし》ひたる。

メモ　知的に構築された象徴詩。修道院が舞台。作品は、悲しみ、苦しみ、激情、戦慄へと推移する。最終連は、戦乱謀叛の叫び声の中で血と火の色に染まる。

出典　『邪宗門』易風社、一九〇九（明治四十二）年三月。初出は『新思潮』第四号、一九〇八（明治四十一）年一月。

序詩《じよし》

思ひ出は首すぢの赤い蛍の
午後《ひるすぎ》のおぼつかない触覚《てざはり》のやうに、
ふうわりと青みを帯びた
光るとも見えぬ光？

あるひはほのかな穀物《こくもつ》の花か、
落穂ひろひの小唄《こうた》か、
暖かい酒倉の南で
ひき揉《む》しる鳩《はと》の毛の白いほめき？

音色《ねいろ》ならば笛の類《るい》、
蟾蜍《ひきがへる》の啼《な》く
医師の薬のなつかしい晩、
薄らあかりに吹いてるハーモニカ。

匂《にほひ》ならば天鵝絨《びらうど》、
骨牌《かるた》の女王《クイン》の眼、

道化《だうけ》たピエローの面《かほ》の
なにかしらさみしい感じ。

放埒《はうらつ》の日のやうにつらからず、
熱病のあかるい痛みもないやうで、
それでゐて暮春のやうにやはらかい
思ひ出か、たゞし、わが秋の中古伝説《レヂエンド》？

メモ　詩集『思ひ出』序詩として、思い出を様々な比喩で言い換えた作品。故郷福岡県柳川の風物が多い。思い出は、ほのかで繊細なものにたとえられている。
出典　『思ひ出』東雲堂書店、一九一一（明治四十四）年六月。初出は『創作』第一巻第八号、一九一〇（明治四十三）年十月。初出題名「『思ひ出』序詩」。

秋《あき》の日《ひ》

小さいその児《こ》があかあかと
とんぼがへりや、皿まはし………
小さいその児《こ》はしなしなと身体《からだ》反《そ》らして逆《さか》さまに、
足を輪にして、手に受けて、
顔を踵《かかと》にちよと挾《はさ》む、
足のあひだにその顔の坐《すわ》るかなしさ、生《なま》じろさ。
落つる夕日のまんまろな光ながめてひと雫《しづく》。

あかい夕日のまんまろな光眺めてまじまじと、
足を輪にして、顔据ゑて、小さいその児《こ》はまた涙。
傍《そば》にや親爺《おやぢ》が真面目がほ、
鉦《かね》や太鼓でちんからと、俵《たはら》くづしの軽業《かるわざ》の
浮いた囃子《はやし》がちんからと。

知らぬ他国の潟《がた》海《うみ》に鴨《かも》の鳴くこゑほのじろく、
魚市場《さかないちば》の夕映《ゆふばえ》が血なまぐさそに照るばかり、
人立ちもないけうときに秋も過ぎゆく、ちんから
と。——

小さいその児《こ》がたゞひとり、
とんぼがへりや、皿まはし………

メモ　故郷の秋祭で見た角兵衛（越後）獅子と思われる。近代的児童観の成立で、この見世物関係者は明治後期に差別され始め、大正期にはほぼ消滅した。

出典　『思ひ出』東雲堂書店、一九一一（明治四十四）年六月。初出未詳。

初《はつ》恋《こひ》

薄らあかりにあかあかと
踊るその子はただひとり。
薄らあかりに涙して
消ゆるその子もただひとり。
薄らあかりに、おもひでに、
踊るそのひと、そのひとり。

メモ　北原白秋の脳裡に浮かんだ初恋の人の幻を描いている。詩集の序文には、「七歳（ななつ）の日の水祭に始めてその児を見てからといふものは」とある。
出典　『思ひ出』東雲堂書店、一九一一（明治四十四）年六月。初出未詳。

意《い》気《き》なホテルの

意気なホテルの煙《けむ》突《だし》に
けふも粉雪のちりかかり、
青い灯《ひ》が点《つ》きや、わがこころ
何《い》時《つ》もちらちら泣きいだす。

メモ　七五調四行の俗謡風小曲。「青い灯」は、築地明石町の居留地にあったホテル・メトロポールのガス灯がモデルか。ハイカラで都会的な憂愁が描かれる。
出典　『思ひ出』東雲堂書店、一九一一（明治四十四）年六月。初出未詳。

時《とき》は逝《ゆ》く

時は逝く。赤き蒸汽の船《ふな》腹《ばら》の過ぎゆくごとく、
穀《こく》倉《ぐら》の夕日のほめき、
黒猫の美くしき耳《みみ》鳴《なり》のごと、
時は逝く。何《い》時《つ》しらず、柔《やはら》かに陰《か》影《げ》してぞゆく。
時は逝く。赤き蒸汽の船《ふな》腹《ばら》の過ぎゆくごとく。

メモ　目に見えない時間の推移を比喩で表現した詩。時は船のように音もなく過ぎてゆく。視覚「赤」「夕日」「黒」や聴覚「耳鳴」等、時間を感覚に転換した。
出典　『思ひ出』東雲堂書店、一九一一（明治四十四）年六月。

年六月。初出は『創作』第二巻第五号、一九一一年五月。
初出総題「思ひ出」。

接吻《せつぷん》

臭《にほひ》のふかき女きて
身体《からだ》も熱くすりよりぬ。
そのときそばの車百合《くるまゆり》
赤く逆上《のぼ》せて、きらきらと
蜻蛉《とんぼ》動かず、風吹かず。
後退《あとし》ざりつつ恐るれば
汗ばみし手はまた強く
つと抱きあげて接吻《くちつ》けぬ。
くるしさ、つらさ、なつかしさ、
草は萎《しを》れて、きりぎりす
暑き夕日にはねかへる。

メモ　幼少期の性の目覚めを回想した作品。年上の女に「抱きあげ」られ、恐れと緊張を感じている。季節は夏から初秋。嗅覚・触覚・視覚が効果的である。

出典　『思ひ出』東雲堂書店、一九一一（明治四十四）年六月。初出未詳。

糸車《いとぐるま》

糸車、糸車、しづかにふかき手のつむぎ
その糸車やはらかにめぐる夕《ゆふべ》ぞわりなけれ。
金《きん》と赤との南瓜《たうなす》のふたつ転《ころ》がる板の間《ま》に、
「共同医館」の板の間《ま》に、
ひとり坐《すわ》りし留守番のその媼《おうな》こそさみしけれ。
耳もきこえず、目も見えず、かくて五月となりぬれば、
微《ほの》かに匂ふ綿くづのそのほこりこそゆかしけれ。
硝子戸棚《がらすとだな》に白骨《はつこつ》のひとり立てるも珍《めづ》らかに、
水路《すいろ》のほとり月光の斜《ななめ》に射すもしをらしや。
糸車、糸車、しづかに黙《もだ》す手の紡《つむ》ぎ、
その物思《ものおもひ》やはらかにめぐる夕《ゆふべ》ぞわりなけれ。

メモ　故郷福岡県柳川の「感覚の記憶」（序）を述べた詩。五月にカボチャは穫れない。「金と赤との南瓜」も感覚的表現。老女・糸車・白骨は能《黒塚》に通じる。

出典　『思ひ出』東雲堂書店、一九一一（明治四十四）

年六月。初出は『創作』第一巻第七号、一九一〇（明治四十三）年九月。初出総題「幼年の日」、初出題名「糸ぐるま」。

銀《ぎん》のやんま

二人《ふたり》ある日はやうもなき
銀のやんまも飛び去らず。
君の歩みて去りしとき
銀のやんまもまた去りぬ。
銀のやんまのろくでなし。

メモ　七五調の俗謡詩。ギンヤンマは雌雄が池などで連結産卵する。二人も水辺にいたのだろう。失恋した語り手は、恋が成就したトンボにやつあたりする。
出典　『思ひ出』東雲堂書店、一九一一（明治四十四）年六月。初出未詳。

片恋《かたこひ》

あかしやの金と赤とがちるぞえな。
かはたれの秋の光にちるぞえな。
片恋の薄着《うすぎ》のねるのわがうれひ
「曳舟《ひきふね》」の水のほとりをゆくころを。
やはらかな君が吐息《といき》のちるぞえな。
あかしやの金と赤とがちるぞえな。

メモ　片思いをうたった五七五調新俗謡詩。曳舟川や「ぞえな」の江戸趣味と、ニセアカシヤやネルの近代風物が混在する。上田敏『海潮音』の影響がある。
出典　『東京景物詩及其他』東雲堂書店、一九一三（大正二）年七月。初出は『スバル』第二年第四号、一九一〇（明治四十三）年四月。

あかい夕日《ゆふひ》に

あかい夕日につまされて、
酔うて珈琲《カツフエ》店を出は出たが、
どうせわたしはなまけもの
明日《あす》の墓場をなんで知ろ。

メモ　耽美主義的刹那主義的な七五調俗謡詩。舞台はパンの会の文学者に愛された東京初のカフェー「メゾン鴻（こう）の巣」。「わたし」は昼間から飲んでいる。

出典 『東京景物詩及其他』東雲堂書店、一九一三（大正二）年七月。初出未詳。

掌《てのひら》

光リカガヤク掌《てのひら》ニ
金ノ仏ゾオハスナレ。
光リカガヤク掌《てのひら》ニ
ハツト思ヘバ仏ナシ。
光リカガヤク掌《てのひら》ヲ
ウチカヘシテゾ日モスガラ。

メモ 明治四十四年発見の中世歌謡集『梁塵秘抄』の刺激下で作られた仏教風の詩。「仏は常にいませども現（うつつ）ならぬぞあはれなる」を連想させる。

出典 『白金之独楽』金尾文淵堂、一九一四（大正三）年十二月。初出は『地上巡礼』第一巻第三号、一九一四年十一月。

薔薇《ばら》二《に》曲《きょく》

一

薔薇《ばら》ノ木ニ
薔薇《ばら》ノ花サク。

ナニゴトノ不思議ナケレド。

二

薔薇《ばら》ノ花。
ナニゴトノ不思議ナケレド。

照《て》リ極《きは》マレバ木ヨリコボルル。
光リコボルル。

メモ 自然の摂理の不思議さを描いた作品。明治四十五年、詩人は姦通罪で収監され、実家も傾く。心を鎮めようと眺めたバラには、確固たる理が宿っていた。

出典 『白金之独楽』金尾文淵堂、一九一四（大正三）

年十二月。初出未詳。

野晒《のざらし》

死ナムトスレバイヨイヨニ
命恋シクナリニケリ、
身ヲ野晒《のざらし》ニナシハテテ、
マコトノ涙イマゾ知ル。

人妻ユヱニヒトノミチ
汚《けが》シハテタルワレナレバ、
トメテトマラヌ煩悩《ぼんなう》ノ
罪ノヤミヂニフミマヨフ。

メモ　明治四十五年の不倫事件の詩。北原白秋と松下俊子は、囚人馬車に乗せられて市ヶ谷の東京監獄に収監された。姦通罪による「野晒」の恥であった。
出典　『白金之独楽』金尾文淵堂、一九一四（大正三）年十二月。初出は『朱欒（ザムボア）』第三巻第四号、一九一三（大正二）年四月。

ビール樽《だる》

コロガセ、コロガセ、ビール樽、
赤イ落日《イリヒ》ノナダラ坂、
トメテモトマラヌモノナラバ
コロガセ、コロガセ、ビール樽。

メモ　不倫の詩。北原白秋は隣家の人妻松下俊子との密通をやめられず、いっそなるようになれと考えた。ビールは不倫同様に陶酔をもたらす。後に両人逮捕。
出典　『白金之独楽』金尾文淵堂、一九一四（大正三）年十二月。初出未詳。再録は『白金帖』第一巻第一集、一九一五（大正四）年正月。再再録は『白秋小唄集』アルス、一九一九（大正八）年九月。

五十音《ごじふおん》

水馬《あめんぼ》赤いな。ア、イ、ウ、エ、オ。
浮藻《うきも》に小蝦《こえび》もおよいでる。
柿の木、栗の木。カ、キ、ク、ケ、コ。
啄木鳥《きつつき》こつこつ、枯れけやき。

大角豆《ささげ》に醋《す》をかけ、サ、シ、ス、セ、ソ。
その魚《うを》浅瀬で刺しました。

立ちましよ、喇叭《らつぱ》で、タ、チ、ツ、テ、ト。
トテトテタツタと飛び立つた。

蛞蝓《なめくぢ》のろのろ、ナ、ニ、ヌ、ネ、ノ。
納戸《なんど》にぬめつて、なにねばる。

鳩《はと》ぽつぽ、ほろほろ。ハ、ヒ、フ、ヘ、ホ。
日向《ひなた》のお部屋にや笛を吹く。

蝸牛《まひまひ》、螺旋巻《ねぢまき》、マ、ミ、ム、メ、モ。
梅の実落ちても見もしまい。

焼栗《やきぐり》、ゆで栗《ぐり》。ヤ、イ、ユ、エ、ヨ。
山田《やまだ》に灯《ひ》のつく宵《よひ》の家。

雷鳥《らいてう》は寒かろ、ラ、リ、ル、レ、ロ。
蓮花《れんげ》が咲いたら、瑠璃《るり》の鳥。

わい、わい、わつしよい。ワ、ヰ、ウ、ヱ、ヲ。
植木屋、井戸換《が》へ、お祭りだ。

メモ　五十音表を取り入れた定型詩。しばしば発声練習に使われる。単なる語呂合わせではなく、「各行の音の本質」にかかわると、北原白秋は主張している。
出典　『祭の笛』アルス、一九二二（大正十一）年六月。初出は『大観』第五巻第一号、一九二二年一月。初出総題「叡智と感覚――童謡四十五篇――」「第一部」。

落葉松《からまつ》

一

からまつの林を過ぎて、
からまつをしみじみと見き。
からまつはさびしかりけり。
たびゆくはさびしかりけり。

二

からまつの林を出《い》でて、
からまつの林に入《い》りぬ。
からまつの林に入《い》りて、
また細く道はつづけり。

三

からまつの林の奥も
わが通る道はありけり。
霧雨《きりさめ》のかかる道なり。
山風のかよふ道なり。

四

からまつの林の道は
われのみか、ひともかよひぬ。
ほそぼそと通ふ道なり。
さびさびといそぐ道なり。

五

からまつの林を過ぎて、
ゆゑしらず歩みひそめつ。

からまつはさびしかりけり、
からまつとささやきにけり。

六

からまつの林を出《い》でて、
浅間嶺《あさまね》にけぶり立つ見つ。
浅間嶺《あさまね》にけぶり立つ見つ。
からまつのまたそのうへに。

七

からまつの林の雨は
さびしけどいよよしづけし。
かんこ鳥鳴けるのみなる。
からまつの濡《ぬ》るるのみなる。

八

世の中よ、あはれなりけり。
常なけどうれしかりけり。
山川に山がはの音、
からまつにからまつのかぜ。

メモ　林を行く道に人生行路を重ね合わせた五七調の詩。孤独な散策の中で、詩人は生きる喜びをかみしめる。大正十年八月の軽井沢滞在を契機に創作された。

出典　『水墨集』アルス、一九二三（大正十二）年六月。初出は『明星』第一巻第一号、一九二一（大正十）年十一月。初出総題「詩二十五章」、初出題名「落葉松　七章」。「四」の初出は『明星』第一巻第五号、一九二二（大正十一）年三月。初出題名「からまつ遺抄」。再録は『白秋パンフレット2落葉松　短章』アルス、一九二二年八月。

露《つゆ》

草の葉に揺れゐる露の
落ちんとし、いまだ落ちぬを、
落ちよとし、見つつ待ちゐて、
落ちにけり。驚きにけり。

メモ　小さな自然を見つめた五七調の詩。一滴の露の重みとたわんだ草の均衡が崩れる瞬間を描く。禅的な境地。態の異なる同一動詞の反復が効果的である。

出典　『水墨集』アルス、一九二三（大正十二）年六月。初出は『明星』第一巻第六号、一九二二（大正十一）年四月。初出総題「短詩五十三章」。

水上《みなかみ》

水上は思ふべきかな。
　苔《こけ》清水湧きしたたり、
　日の光透《す》きしたたり、
　橿《かし》、馬酔木《あしび》、枝さし蔽《おほ》ひ、
　鏡葉《かがみは》の湯津真椿《ゆづまつばき》の真洞《まほら》なす
水上は思ふべきかな。

水上は思ふべきかな。
　山の気の神処《こころど》の澄み、
　岩が根の言問《ことと》ひ止み、
　かいかがむ荒素膚《あらすはだ》の
　荒魂《あらみたま》の神魂《かみむす》び、神つどへる
水上は思ふべきかな。

水上は思ふべきかな。
　雲、狭霧《さぎり》、立ちはばかり、
　丹《に》の雉子《きぎし》立ちはばかり、

白き猪《ゐ》の横《よこ》伏《ふ》し喘《あへ》ぎ、
毛の荒《あら》物《もの》のことごとに道塞《ふた》ぎ寝《ぬ》る
水上は思ふべきかな。

水上は思ふべきかな。
清《さわ》清《さわ》に湧きしたたり、
いやさやに透《す》きしたたり、
神《かん》ながら神《かみ》寂《さ》び古《ふ》る
うづの、をを、うづの幣帛《みてぐら》の緒《を》の鎮《しづ》もる
水上は思ふべきかな。

水上は思ふべきかな。
青《あを》水《み》沫《なわ》とよみたぎち、
うろくづの堰《せ》かれたぎち、
たまきはる命の渦の
渦巻の湯《ゆ》津《づ》石《いは》村《むら》をとどろき揺《ゆす》る
水上は思ふべきかな。

メモ　水源の清らかさを讃美した作品。水上は日本文化の源泉としての神道的崇高さを帯びている。『古事記』『万葉集』の古語を動員し、知的に構築した詩。

出典　『海豹と雲』アルス、一九二九（昭和四）年八月。
初出は『近代風景』第三巻第二号、一九二八（昭和三）年二月。

武《む》者《しゃの》小《こう》路《じ》実《さね》篤《あつ》　（一八八五―一九七六）

レンブラント

レンブラント！
お前は立つてゐるな！
耐《こら》えて耐《こら》えて立つてゐるな
帝王のやうに
一人で
帽子を阿《あ》弥《み》陀《だ》にかぶつて、
両手を腰にあてゝ、しつかと。
レンブラント！
お前は立つてゐるな！

メモ　自分の理想像をレンブラントに投影した詩。孤高の芸術家という十九世紀的イメージだが、現実の画家は、商品としての絵を集団工房で作っていた。
出典　『無車詩集』甲鳥書林、一九四一（昭和十六）年四月。初出は『白樺』第六巻第四号、一九一五（大正四）年四月。

一《いっ》個《こ》の人《にん》間《げん》

自分は一個の人間でありたい。
誰にも利用されない
誰にも頭をさげない
一個の人間でありたい。
他人を利用したり
他人をいびつにしたりしない
そのかはり自分もいびつにされない
一個の人間でありたい。

自分の最も深い泉から
最も新鮮な
生命の泉をくみとる
一個の人間でありたい。
誰もが見て
これでこそ人間だと思ふ
一個の人間でありたい。
一個の人間は
一個の人間でいゝのではないか
一個の人間

○

独立人同志が
愛しあひ、尊敬しあひ、力をあはせる。
それは実《じつ》に美しいことだ。
だが他人を利用して得《とく》をしようとするものは、いか
　に醜いか。
その醜さを本当に知るものが一個の人間。

メモ　人道主義的な人間像を語った作品。普通の人は、誰かに雇われて頭を下げる。働く必要のない武者小路実篤のような資産家にのみ可能な価値観である。
出典　『無車詩集』甲鳥書林、一九四一（昭和十六）年四月。初出は『湖畔の画商』甲鳥書林、一九四〇（昭和

十五）年六月。再録は『欧米旅行日記』河出書房、一九四一年三月。どちらも一九三六（昭和十一）年十二月一日の日記に出る。

木《きの》下《した》杢《もく》太《た》郎《ろう》　（一八八五—一九四五）

林檎屋《りんごや》の小娘《こむすめ》

林檎屋の小娘が
今日もまた前《まへ》掛《かけ》で
赤い林檎を磨《みが》いて居《ゐ》る。
息をかけては拭《ふ》いて居《ゐ》る。
だがまだ林檎は堅《かた》さうだ。
丁度《ちやうど》お前の心のやうに。
せめて、あの人にでもとねえ、拭《ふ》けば可《よ》いのに。
まだ情《なさけ》を知らないね。

メモ　俗謡風の小曲。「築地の渡し」と同時発表。木下杢太郎は、芸術至上主義的な集まり「パンの会」で活躍していた。この詩は東京・下町の光景であろう。

出典　『食後の唄』アララギ発行所、一九一九（大正八）年十二月。初出は『スバル』第二年第二号、一九一〇（明治四十三）年二月。初出総題「町の小唄」、初出題名「林檎屋の娘」。

築地《つきぢ》の渡《わた》し　竝序《ならびにじよ》

築地の渡しより明石町《あかしちやう》に出《い》づれば、あなたの岸は月島《つきしま》、また佃島《つくだじま》燈《ともしび》ところぐ。実《げ》に夜《よる》の川口《かはぐち》の眺めはパン会勃興当時の芸術的感興の源《みなもと》にてありき。永代橋《えいたいばし》を渡つての袂《たもと》に、当時永代亭《えいたいてい》といへる西洋料理屋ありき。その二階の窓より眺むるに、春月《しゆんげつ》の宵《よひ》などには川の面《おもて》鍍金《めつき》したるがごとく銀白《ぎんぱく》に、月影《つきかげ》往々《わうわう》その上に瀲灎《れんえん》たる光を流しぬ。かゝる折しもあれや、一艘《いつさう》の小さき舟来《きた》る。形あたかも陰画《かげゑ》の如く、白光《はくくわう》の面《おもて》に劃然《くわくぜん》たる黒影《くろかげ》を現して、舟中《ふねなか》の人々の拳《けん》を闘《たたか》はし嬉遊《きいう》する様《さま》、真《しん》に滑稽の極みにてありき。我等《われら》パン会同志は屢《しばしば》この家の階上に集《つど》ひてパンを祭るの酒宴を開きたり。

房州通《ばうしうがよ》ひか、伊豆ゆきか、
笛が聞える、あの笛が。
渡しわたれば佃島《つくだじま》。
メトロポオルの燈が見える。

メモ　民謡風の七五調四行詩。明石町は明治三十二年まで西洋風の外国人居留地だった。詩人の出身地は伊豆の伊東。木下杢太郎は故郷に思いを馳せている。
出典『食後の唄』アララギ発行所、一九一九（大正八）年十二月。初出は『スバル』第二年第二号、一九一〇（明治四十三）年二月。初出総題「町の小唄」。

街頭初夏《がいとうしよか》

紺《こん》の背広《せびろ》の初燕《はつつばめ》
地をするやうに飛びゆけり。

まづはいよいよ夏の曲、
西《ざい》——東西《とうざい》と簾《みす》巻《ま》けば
濃いお納戸《なんど》の肩衣《かたぎぬ》の
花の「昇菊《しようぎく》昇之助《しようのすけ》」＊
義太夫節《ぎだいふぶし》のびら札《ふだ》の
藍《あゐ》の匹田《しつた》もすずしげに
街は五月に入《い》りにけり。

赤の襟巾《ねくたい》初燕《はつつばめ》
心も軽く舞ひゆけり。
　＊
　珈琲《コーヒー》の中《なか》にヰ《(ウィ)》スキイの酒入《い》るるを好み給《たま》ふ
　ほどの人は、この行の次に
　「いよ御両人《ごりやうにん》待《まつ》てました」
　の一行を入《い》れ試み給《たま》へ。

メモ　初夏五月の軽やかな気持ちをうたった作品。木下杢太郎は、当時のアイドルである女義太夫姉妹の三味線昇菊に熱を上げていた。「匹田」は染色技法。
出典『食後の唄』アララギ発行所、一九一九（大正八）年十二月。初出は『スバル』第三年第一号、一九一一（明治四十四）年一月。初出総題「後街歌」。

春《はる》の夜《よ》の大雪《おほゆき》

静《しづ》かなるホテルの夜《よる》、

或《あ》る露西亜《ろしあ》将官の夫人は
涙して我等《われら》の物語を聴きければ、
半《なか》ば、われ童話書く心になりつつ、
美しき日本にありし
わかき日の事ども、いと真《まこと》しやかに、
其実《そのじつ》はいたく誇張しつつぞ物語りける。
「あな、新《あらた》に茶を呼ばむ、
ベルタ、鈴押したまへ」——いたいけの童女《どうぢよ》に、
「汝《な》もいまの話し解《と》き得《え》たるや」といひかけ、
窓に倚《よ》り「あれ、雪また強くなりぬ、
春なるに」と独語《ひとりご》ちつつ、静かに
暮方《くれがた》の街うち眺むるけはひ。
是《こ》れもわが羇旅《たび》の一《ひと》とき。

メモ　皮膚科医として奉天在勤中の作。北原白秋「冬の夜の物語」を模した虚構だろう。ベルタという名のロシア人は少ない。ツルゲーネフの小説に由来するか。
出典　『木下杢太郎詩集』第一書房、一九三〇（昭和五）年一月。初出未詳。

石《いし》川《かわ》啄《たく》木《ぼく》（一八八六—一九一二）

はてしなき議論《ぎろん》の後

われらの且《か》つ読み、且《か》つ議論を闘《たたか》はすこと、
しかしてわれらの眼の輝けること、
五十年前の露西亜《ロシア》の青年に劣らず。
われらは何を為《な》すべきかを議論す。
されど、誰一人、握りしめたる拳《こぶし》に卓《たく》をたたきて、
‘V NAROD《フナロード》!’と叫び出《い》づるものなし。

われらはわれらの求むるものの何なるかを知る、
また、民衆の求むるものの何なるかを知る、
しかして、我等《われら》の何を為《な》すべきかを知る。
実に五十年前の露西亜《ロシア》の青年よりも多く知れり。
されど、誰一人、握りしめたる拳《こぶし》に卓《たく》をたたきて、
‘V NAROD《フナロード》!’と叫び出《い》づるものなし。

此処《ここ》にあつまれる者は皆青年なり、

常に世に新らしきものを作り出《い》だす青年なり。
われらは老人の早く死に、しかして遂《つひ》に勝つべきを知る。
見よ、われらの眼の輝けるを、またその議論の激しきを。
されど、誰一人、握りしめたる拳《こぶし》に卓《たく》をたたきて、
‘V NAROD《フナロード》!’と叫び出《い》づるものなし。

ああ、蠟燭《らふそく》はすでに三度も取りかへられ、
飲料《のみもの》の茶碗には小さき羽虫《はむし》の死骸浮び、
若き婦人の熱心に変りはなけれど、
その眼には、はてしなき議論の後の疲れあり。
されど、なほ、誰一人、握りしめたる拳《こぶし》に卓《たく》をたたきて、
‘V NAROD《フナロード》!’と叫び出《い》づるものなし。

メモ　クロポトキン自伝に触発され、急進的革命青年の会合を描いた詩。日本の知識人「われら」の議論は観念的で、「人民の中へ」の行動を起こす者はいない。
出典　土岐善麿篇『啄木遺稿』東雲堂書店、一九一三（大正二）年五月。初出は『創作』第二巻第七号、一九一一（明治四十四）年七月。初出題名「はてしなき議論の後二」。

ココアのひと匙《さじ》

われは知る、テロリストの
かなしき心を——
言葉とおこなひとを分《わか》ちがたき
ただひとつの心を、
奪はれたる言葉のかはりに
おこなひをもて語らんとする心を、
われとわがからだを敵に擲《な》げつくる心を——
しかして、そは真面目《まじめ》にして熱心なる人の常に有《も》つかなしみなり。

はてしなき議論の後の
冷《さ》めたるココアのひと匙《さじ》を啜《すす》りて、
そのうすにがき舌触《したざは》りに、
われは知る、テロリストの
かなしき、かなしき心を。

メモ　自暴自棄に陥りがちな詩人が、テロリストに共感した作品。幸徳秋水の内縁の妻で、天皇暗殺を計画した管野スガがモデル。大逆事件関連作品の一つ。

出典　土岐善麿篇『啄木遺稿』東雲堂書店、一九一三（大正二）年五月。初出は『創作』第二巻第七号、一九一一（明治四十四）年七月。初出題名「はてしなき議論の後二」。

激《げき》論《ろん》

われはかの夜の激論を忘るること能《あた》はず、
新らしき社会に於《お》ける「権力」の処置に就《つ》きて、
はしなくも、同志の一人なる若き経済学者Nと
我との間に惹《ひ》き起されたる激論を、
かの五時間に亘《わた》れる激論を。

「君の言ふ所は徹頭徹尾煽《せん》動《どう》家《か》の言なり。」
かれは遂《つひ》にかく言ひ放ちき。
その声はさながら咆《ほ》ゆるごとくなりき。
若《も》しその間に卓子《テエブル》のなかりせば、
かれの手は恐らくわが頭《かうべ》を撃《う》ちたるならむ。
われはその浅黒き、大いなる顔の
男らしき怒りに漲《みなぎ》れるを見たり。

五月の夜はすでに一《いち》時《じ》なりき。
或《あ》る一人の立ちて窓を明けたるとき、
Nとわれとの間なる蠟《らふ》燭《そく》の火は幾度か揺れたり。
病みあがりの、しかして快く熱したるわが頬に、
雨をふくめる夜風の爽《さはや》かなりしかな。

さてわれは、また、かの夜の、
われらの会合に常にただ一人の婦人なる
Kのしなやかなる手の指《ゆび》環《わ》を忘るること能《あた》はず。
ほつれ毛をかき上ぐるとき、
また、蠟《らふ》燭《そく》の心《しん》を截《き》るとき、
そは幾度かわが眼の前に光りたり。
しかして、そは実にNの贈れる約婚のしるしなりき。
されど、かの夜のわれらの議論に於《お》いては、
かの女《ちょ》は初めよりわが味方なりき。

メモ　ある会合を描いた虚構作品。知人丸谷喜市がNの

モデル。Kは七宮きよ。詩人の分身「われ」は、非現実的・理想主義的な社会主義を主張したと思われる。

出典　土岐善麿篇『啄木遺稿』東雲堂書店、一九一三（大正二）年五月。初出は『創作』第二巻第七号、一九一一（明治四十四）年七月。初出題名「はてしなき議論の後　四」。

墓碑銘《ぼひめい》

われは常にかれを尊敬せりき、
しかして今も猶《なほ》尊敬す——
かの郊外の墓地の栗の木の下に
かれを葬《はうむ》りて、すでにふた月を経《へ》たれど。

実に、われらの会合の席に彼を見ずなりてより、
すでにふた月は過ぎ去りたり。
かれは議論家にてはなかりしかど、
なくてかなはぬ一人なりしが。

或《あ》る時、彼の語りけるは、
「同志よ、われの無言をとがむることなかれ。
われは議論すること能《あた》はず、
されど、我には何時《いつ》にても起つことを得る準備あり。」

「彼の眼は常に論者の怯懦《けふだ》を叱責《しつせき》す。」
同志の一人はかくかれを評しき。
然《しか》り、われもまた度《たび》度《たび》しかく感じたりき。
しかして、今や再びその眼より正義の叱責《しつせき》をうくることなし。

かれは労働者——一個の機械職工なりき。
かれは常に熱心に、且《か》つ快活に働き、
暇《ひま》あれば同志と語り、またよく読書したり。
かれは煙草《たばこ》も酒も用ゐざりき。

かれの真摯《しんし》にして不屈、且《か》つ思慮深き性格は、
かのジユラの山地のバクウニンが友を忍《しの》ばしめたり。
かれは烈《はげ》しき熱に冒《をか》されて、病《やまひ》の床《とこ》に横《よこた》はりつつ、
なほよく死にいたるまで譫語《うはごと》を口にせざりき。

「今日は五月一日なり、われらの日なり、」
これかれのわれに遺《のこ》したる最後の言葉なり。
その日の朝、われはかれの病《やまひ》を見舞ひ、
その日の夕、かれは遂《つひ》に永き眠りに入《い》れり。

ああ、かの広き額《ひたひ》と、鉄《てつ》槌《つい》のごとき腕《かひな》と、
しかして、また、かの生を恐れざりしごとく
死を恐れざりし、常に直視する眼と、
眼つぶれば今も猶《なほ》わが前にあり。

彼の遺《ゐ》骸《がい》は、一個の唯物論者として
かの栗の木の下に葬《はうむ》られたり。
われら同志の撰《えら》びたる墓碑銘は左の如し、
「われには何《い》時《つ》にても起つことを得る準備あり。」

メモ　暴力革命思想に基づき、理想的労働者像を創作した詩。機械職工宮下太吉を連想させる。宮下は天皇陛下暗殺用爆弾を準備したテロリスト。大逆事件で刑死。

出典　土岐善麿篇『啄木遺稿』東雲堂書店、一九一三（大正二）年五月。初出は『創作』第二巻第七号、一九一一（明治四十四）年七月。初出題名「はてしなき議論の後五」。

飛行機《ひかうき》

見よ、今日も、かの蒼《あを》空《ぞら》に
飛行機の高く飛べるを。

給仕づとめの少年が
たまに非番の日曜日、
肺病やみの母親とたつた二人の家にゐて、
ひとりせつせとリイダアの独学をする眼の疲れ……

見よ、今日も、かの蒼《あを》空《ぞら》に
飛行機の高く飛べるを。

メモ　希望・絶望の両様に解釈可能な詩。空を行く最先端の飛行機は未来を感じさせる。一方、通常は日曜日も働く貧困少年の努力が報われる可能性は低い。

出典　土岐善麿篇『啄木遺稿』東雲堂書店、一九一三（大正二）年五月。初出同上。

夏《なつ》の街《まち》の恐怖《きょうふ》

焼けつくやうな夏の日の下《した》に
おびえてぎらつく軌条《れーる》の心。
母親の居睡《ゐねむ》りの膝から辷《すべ》り下《お》りて、
肥《ふと》つた三歳《みつ》ばかりの男の児《こ》が
ちよこ〳〵と電車線路へ歩いて行く。

八百屋《やほや》の店には萎《な》えた野菜。
病院の窓の窓掛《まどかけ》は垂れて動かず。
閉《とざ》された幼稚園の鉄の門の下《した》には
耳の長い白犬《しろいぬ》が寝そべり、
すべて、限りもない明るさの中《なか》に
どこともなく、芥子《けし》の花が死《しに》落《お》ち、
生《なま》木《き》の棺《くわん》に裂罅《ひび》の入《い》る夏の空気のなやましさ。

病身《びやうしん》の氷屋の女房が岡持《をかもち》を持ち、
骨折れた蝙蝠傘《かうもりがさ》をさしかけて門《かど》を出《いづ》れば、
横町《よこちやう》の下宿から出《で》て進み来《く》る、
夏の恐怖に物も言はぬ脚気《かつけ》患者の葬《はうむ》りの列。

それを見て辻の巡査は出《で》かゝつた欠伸《あくび》嚙《か》みしめ、
白犬《しろいぬ》は思ふさまのびをして、
塵溜《ごみため》の蔭に行く。

焼けつくやうな夏の日の下《した》に、
おびえてぎらつく軌条《れーる》の心。
母親の居睡《ゐねむ》りの膝から辷《すべ》り下《お》りて、
肥《ふと》つた三歳《みつ》ばかりの男の児《こ》が
ちよこ〳〵と電車線路へ歩いて行く。

メモ　夏の昼間の明るい街を舞台に、不安や恐怖を表現した口語詩。時が止まったような強い光の中で、死の危機を連想させる描写が続く。電車は路面電車。

出典　土岐善麿篇『啄木遺稿』東雲堂書店、一九一三（大正二）年五月。初出は『東京毎日新聞』一九〇九（明治四十二）年十二月十二日。初出総題「心の姿の研究」「（一）」。

事《こと》ありげな春《はる》の夕暮《ゆふぐれ》

遠い国には戦《いくさ》があり……
海には難破船の上の酒宴《さかもり》……

質屋の店には蒼《あを》ざめた女が立ち、
燈光《あかり》にそむいてはなをかむ。
其処《そこ》を出て来れば、路次《ろじ》の口に
情夫《まぶ》の背を打つ背低い女――
うす暗がりに財布を出《だ》す。

何か事ありげな――
春の夕暮の町を圧《あつ》する
重く淀《よど》んだ空気の不安。
仕事の手につかぬ一日が暮れて、
何に疲れたとも知れぬ疲《つかれ》がある。

遠い国には沢山《たくさん》の人が死に……
また政庁に推寄《おしよ》せる女壮士《をんなさうし》のさけび声……
海には信天翁《あはうどり》の疫病《えきびやう》……

あ、大工の家では洋燈《らんぷ》が落ち、
大工の妻が跳《と》び上《あが》る。

メモ　漠然たる不安を語った詩。戦争・革命・疫病・貧困・徒労感が見られる。詩は「感情生活の」「報告」で、「断片的でなければならぬ」（評論「食ふべき詩」）。
出典　土岐善麿篇『啄木遺稿』東雲堂書店、一九一三（大正二）年五月。初出は『東京毎日新聞』一九〇九（明治四十二）年十二月十六日。初出総題「心の姿の研究」「（三）」。

拳《こぶし》

おのれより富める友に愍《あはれ》まれて、
或《あるひ》はおのれより強い友に嘲《あざけ》られて、
くわつと怒《いか》つて拳《こぶし》を振《ふり》上《あ》げた時、
怒《いか》らない心が、
罪人《ざいにん》のやうにおとなしく、
その怒《いか》つた心の片隅《かたすみ》に
目をパチくして蹲《うづくま》つてゐるのを見付けた――
たよりなさ。

あゝ、そのたよりなさ。

やり場《ば》にこまる拳《こぶし》をもて、
お前は
誰《たれ》を打つか。
友をか、おのれをか、
それとも又罪のない傍《かたは》らの柱をか。

メモ　劣等感や悲哀、やり場のない怒りを表現した作品。自分の憤怒に正当性がないことも自覚している。後に詩人は個人的感情のはけ口を社会主義に求めた。

出典　土岐善麿篇『啄木遺稿』東雲堂書店、一九一三（大正二）年五月。初出は『東京毎日新聞』一九〇九（明治四十二）年十二月二十日。初出総題「心の姿の研究」「(四)」。

萩《はぎ》原《わら》朔《さく》太《た》郎《ろう》

（一八八六―一九四二）

地面《ぢめん》の底《そこ》の病《びやう》気《き》の顔《かほ》

地面の底に顔があらはれ、
さみしい病人の顔があらはれ。

地面の底のくらやみに、
うらうら草の茎《くき》が萌《も》えそめ、
鼠《ねずみ》の巣が萌《も》えそめ、
巣にこんがらかつてゐる、
かずしれぬ髪の毛がふるえ出し、
冬至のころの、
さびしい病気の地面から、
ほそい青竹の根が生えそめ、
生えそめ、
それがじつにあはれふかくみえ、
けぶれるごとくに視《み》え、
じつに、じつに、あはれふかげに視《み》え。

地面の底のくらやみに、
さみしい病人の顔があらはれ。

メモ　苦悩する詩人の自画像。薄気味悪い「ふるえ」る毛や「けぶれる」根などが病的戦慄のイメージを生む。萩原朔太郎の魂は不安や恐怖に支配されている。

出典　『月に吠える』感情詩社・白日社出版部、一九一

七（大正六）年二月。初出は『地上巡礼』第二巻第二号、一九一五（大正四）年三月。初出題名「白い朔太郎の病気の顔」。

竹《たけ》

ますぐなるもの地面に生え、
するどき青きもの地面に生え、
凍れる冬をつらぬきて、
そのみどり葉光る朝の空路《そらぢ》に、
なみだたれ、
なみだをたれ、
いまはや懺悔《ざんげ》をはれる肩の上より、
けぶれる竹の根はひろごり、
するどき青きもの地面に生え。

メモ　明るく上昇する心と後悔し下降する魂が交錯する作品。佐藤（旧姓馬場）ナカへの思いが背景にある。ナカ（洗礼名エレナ）の結婚後も関係は続いた。

出典　『月に吠える』感情詩社・白日社出版部、一九一七（大正六）年二月。初出は『詩歌』第五巻第二号、一九一五（大正四）年二月。

竹《たけ》

光る地面に竹が生え、
青竹が生え、
地下には竹の根が生え、
根がしだいにほそらみ、
根の先より繊毛《せんもう》が生え、
かすかにけぶる繊毛《せんもう》が生え、
かすかにふるえ。

かたき地面に竹が生え、
地上にするどく竹が生え、
まつしぐらに竹が生え、
凍れる節《ふし》節《ぶし》りんりんと、
青空のもとに竹が生え、
竹、竹、竹が生え。

メモ　詩人の心を竹に託して語った作品。竹の上昇と根の下降の対比がある。萩原朔太郎は明るい方向を望みながら、強い不安や恐れに暗く落ち込んでゆく。

出典　『月に吠える』感情詩社・白日社出版部、一九一七（大正六）年二月。初出は『詩歌』第五巻第二号、一九一五（大正四）年二月。

天上《てんじやう》縊死《いし》

遠夜《とほよ》に光る松の葉に、
懺悔《ざんげ》の涙したたりて、
遠夜《とほよ》の空にしも白ろき、
天上の松に首をかけ。
天上の松を恋ふるより、
祈れるさまに吊《つる》されぬ。

メモ　人妻エレナへの愛を「懺悔」する気持ちから、精神的自殺を描いた作品。大正三年にエレナに冷たくされた後の日記には、自己嫌悪や自殺願望が見られる。

出典　『月に吠える』感情詩社・白日社出版部、一九一七（大正六）年二月。初出は『詩歌』第五巻第一号、一九一五（大正四）年一月。

殺人事件《さつじんじけん》

とほい空でぴすとるが鳴る。
またぴすとるが鳴る。
ああ私の探偵は玻璃《はり》の衣装をきて、
こひびとの窓からしのびこむ、
床《ゆか》は晶玉、
ゆびとゆびとのあひだから、
まつさをの血がながれてゐる、
かなしい女の屍体《したい》のうへで、
つめたいきりぎりすが鳴いてゐる。

しもつき上旬《はじめ》のある朝、
探偵は玻璃《はり》の衣装をきて、
街の十字巷路《よつつじ》を曲つた。
十字巷路《よつつじ》に秋のふんする。
はやひとり探偵はうれひをかんず。

みよ、遠いさびしい大理石の歩道を、
曲者《くせもの》はいつさんにすべつてゆく。

メモ　当時流行の探偵趣味を取り入れた作品。「玻璃の衣装」「晶玉」「ふんすゐ」「大理石」など、冷たく透明な幻想世界が人工的に構築されている。季節は秋。
出典　『月に吠える』感情詩社・白日社出版部、一九一七（大正六）年二月。初出は『地上巡礼』創刊号、一九一四（大正三）年九月。

天景《てんけい》

しづかにきしれ四輪《しりん》馬車、
ほのかに海はあかるみて、
麦は遠きにながれたり、
しづかにきしれ四輪《しりん》馬車。
光る魚鳥の天景を、
また窓青き建築を、
しづかにしきれ四輪《しりん》馬車。

メモ　初夏の明るく軽快な風景をうたった詩。行の反復、シ音の多用、七五調など、音楽を作曲するように制作した。「天景」は北原白秋の詩「魚」に由来する。
出典　『月に吠える』感情詩社・白日社出版部、一九一七（大正六）年二月。初出は『地上巡礼』第一巻第三号、一九一四（大正三）年十一月。

悲《かな》しい月夜《つきよ》

ぬすつと犬めが、
くさつた波止場《はとば》の月に吠えてゐる。
たましひが耳をすますと、
陰気くさい声をして、
黄いろい娘たちが合唱してゐる、
合唱してゐる、
波止場《はとば》のくらい石垣で。

いつも、
なぜおれはこれなんだ、
犬よ、
青白いふしあはせの犬よ。

メモ　詩人が自らの魂を犬に仮託した作品。不幸と自己嫌悪の暗い心象風景が、月夜の港に構築されている。「ぬすつと犬」は、人妻エレナとの不倫を暗示するか。
出典　『月に吠える』感情詩社・白日社出版部、一九一

七（大正六）年二月。初出は『地上巡礼』第一巻第四号、一九一四（大正三）年十二月。

蛙《かへる》の死《し》

蛙が殺された、
子供がまるくなつて手をあげた、
みんないつしよに、
かわゆらしい、
血だらけの手をあげた、
月が出た、
丘の上に人が立つてゐる。
帽子の下に顔がある。

メモ　生理的な恐怖を描いた探偵趣味の詩。蛙は無邪気な子供たちの無自覚な犯罪によって殺害された。詩集に「幼年思慕篇」とあり、幼少期の体験に基づく。

出典　『月に吠える』感情詩社・白日社出版部、一九一七（大正六）年二月。初出は『詩歌』第五巻第六号、一九一五（大正四）年六月。

およぐひと

およぐひとのからだはななめにのびる、
二本の手はながくそろへてひきのばされる、
およぐひとの心臓《こころ》はくらげのやうにすきとほる、
およぐひとの瞳《め》はつりがねのひびきをききつつ、
およぐひとのたましひは水のうへの月をみる。

メモ　泳ぐ人の体を幻想的に表現した実験的作品。透明な水を平仮名で視覚的に印象づけている。一行目の即物的な体の描写に始まり、最終行は魂で終わる。

出典　『月に吠える』感情詩社・白日社出版部、一九一七（大正六）年二月。初出は『LE・PRISME』第二号、一九一六（大正五）年五月。

猫《ねこ》

まつくろけの猫が二《に》疋《ひき》、
なやましいよるの家《や》根《ね》のうへで、
ぴんとたてた尻尾《しつぽ》のさきから、
糸のやうなみかづきがかすんでゐる。
『おわあ、こんばんは』

『おわあ、こんばんは』
『おぎやあ、おぎやあ、おぎやあ』
『おわああ、ここの家の主人は病気です』

メモ　さかりのついた猫に託して性欲の苦悩を表現した詩。欲情を示す言葉と礼儀正しい「こんばんは」が対照的。大正三年末から詩人は病臥しがちだった。
出典　『月に吠える』感情詩社・白日社出版部、一九一七（大正六）年二月。初出は『アルス』第一巻第二号、一九一五（大正四）年五月。

愛《あい》憐《れん》

きつと可愛《かはい》いかたい歯で
草のみどりをかみしめる女よ
女よ
このうす青い草のいんきで
まんべんなくお前の顔をいろどつて
おまへの情慾をたかぶらしめ
しげる草むらでこつそりあそばう
みたまへ

ここにはつりかね草《さう》がくびをふり
あそこではりんどうの手がしなしなと動いてゐる
ああわたしはしつかりとお前の乳房《ちぶさ》を抱きしめる
お前はお前で力いつぱいに私のからだを押《おさ》へつける
さうしてこの人気《ひとけ》のない野原の中で
わたしたちは蛇のやうなあそびをしよう
ああ私は私できりきりとお前を可愛《かはい》がつてやり
おまへの美しい皮膚の上に青い草の葉の汁をぬりつ
　けてやる。

メモ　性欲を文学的に表現した作品。野外情事のため、「草」が五例見られる。検閲で風俗壊乱とされ、詩集から削除された。釣鐘草と竜胆は開花期が異なる。
出典　『月に吠える』感情詩社・白日社出版部、一九一七（大正六）年二月、検閲のため題名のみ記載。未流通の無削除版『月に吠える』も少数存在する。本文典拠は『月に吠える　第二版』アルス、一九二二（大正十一）年三月。初出同上。

恋《こひ》を恋《こひ》する人《ひと》

わたしはくちびるにべにをぬつて

あたらしい白樺の幹に接吻《せつぶん》した
よしんば私が美男であらうとも
わたしの胸にはごむまりのやうな乳房《ちぶさ》がない
わたしの皮膚からはきめのこまかい粉《こな》おしろひのに
　ほひがしない
わたしはしなびきつた薄命男《はくめいをとこ》だ
ああ　なんといふいぢらしい男だ
けふのかぐはしい初夏の野原で
きらきらする木立の中で
手には空色の手ぶくろをすつぽりとはめてみた
腰にはこるせつとのやうなものをはめてみた
襟《えり》には襟《えり》おしろひのやうなものをぬりつけた
かうしてひつそりとしなをつくりながら
わたしは娘たちのするやうに
こころもちくびをかしげて
あたらしい白樺の幹に接吻《せつぷん》した
くちびるにばらいろのべにをぬつて
まつしろの高い樹木《じゆもく》にすがりついた。

メモ　恋に憧れる人の空想上の女装の詩。紅白の対比が見られる。「愛憐」同様、検閲で詩集から削除された。無削除版『月に吠える』も少数ながら存在する。
出典　『月に吠える』感情詩社・白日社出版部、一九一七（大正六）年二月、検閲のため題名のみ記載。本文典拠は『月に吠える 第二版』アルス、一九二二（大正十一）年三月。初出は『詩歌』第五巻第六号、一九一五（大正四）年六月。

見《み》しらぬ犬《いぬ》

この見もしらぬ犬が私のあとをついてくる、
みすぼらしい、後足でびつこをひいてゐる不具《かたわ》の犬
　のかげだ。

ああ、わたしはどこへ行くのか知らない、
わたしのゆく道路の方角では、
長屋の家根《やね》がべらべらと風にふかれてゐる、
道ばたの陰気な空地では、
ひからびた草の葉つぱがしなしなとほそくうごいて
　居《ゐ》る。

ああ、わたしはどこへ行くのか知らない、
おほきな、いきもののやうな月が、ぼんやりと行手
に浮んでゐる、
そうして背後《うしろ》のさびしい往来では、
犬のほそながい尻尾《しつぽ》の先が地べたの上をひきづつて
居《ゐ》る。

ああ、どこまでも、どこまでも、
この見もしらぬ犬が私のあとをついてくる、
きたならしい地べたを這《は》ひまはつて、
わたしの背後《うしろ》で後足をひきづつてゐる病気の犬だ、
とほく、ながく、かなしげにおびえながら、
さびしい空の月に向つて遠白く吠えるふしあはせの
犬のかげだ。

メモ　陰鬱な運命を犬に託して述べた作品。「私」は不吉な犬につきまとわれながら、月に向かってあてどなくさ迷う。相馬御風の詩「痩犬」にヒントを得た。

出典　『月に吠える』感情詩社・白日社出版部、一九一七（大正六）年二月。初出は『感情』第二巻第二号、一九一七年二月。

田舎《ゐなか》を恐《おそ》る

わたしは田舎をおそれる、
田舎の人気《ひとけ》のない水田の中にふるへて、
ほそながくのびる苗の列をおそれる。
くらい家屋の中に住むまづしい人間のむれをおそ
れる。
田舎のあぜみちに座《すわ》つてゐると、
おほなみのやうな土壌の重みが、わたしの心をくら
くする、
土壌のくさつたにほひが私の皮膚をくろづませる、
冬枯れのさびしい自然が私の生活をくるしくする。

田舎の空気は陰欝で重くるしい、
田舎の手触りはざらざらして気もちがわるい、
わたしはときどき田舎を思ふと、
きめのあらい動物の皮膚のにほひに悩まされる。
わたしは田舎をおそれる、
田舎は熱病の青じろい夢である。

メモ　郷里前橋の人々を恐れる気持ちを述べた作品。生涯無職の詩人は、故郷で指弾されていると感じていた。都会を讃美する詩「青猫」などと表裏をなす。
出典　『月に吠える』感情詩社・白日社出版部、一九一七（大正六）年二月。初出は『感情』第二年第一号、一九一七年一月。初出題名「田舎をおそる」。

群集《ぐんしふ》の中《なか》を求《もと》めて歩《ある》く

私はいつも都会をもとめる
都会のにぎやかな群集の中に居《ゐ》ることをもとめる
群集はおほきな感情をもつた浪《なみ》のやうなものだ
どこへでも流れてゆくひとつのさかんな意志と愛欲とのぐるうぷだ
ああ　ものがなしき春のたそがれどき
都会の入《い》り混みたる建築と建築との日影をもとめ
おほきな群集の中にもまれてゆくのはどんなに楽しいことか
みよこの群集のながれてゆくありさまを
ひとつの浪《なみ》はひとつの浪《なみ》の上にかさなり
浪《なみ》はかずかぎりなき日影をつくり　日影はゆるぎつつひろがりすすむ
人のひとりひとりにもつ憂《うれ》ひと悲しみと　みなそこの日影に消えてあとかたもない
ああ　なんといふやすらかな心で　私はこの道をも歩いて行くことか
ああ　このおほいなる愛と無心のたのしき日影
たのしき浪《なみ》のあなたにつれられて行く心もちは涙ぐましくなるやうだ。
うらがなしい春の日のたそがれどき
このひとびとの群《むれ》は　建築と建築との軒をおよいで
どこへどうしてながれ行かうとするのか
私のかなしい憂鬱をつつんでゐる　ひとつのおほきな地上の日影
ただよふ無心の浪《なみ》のながれ
ああ　どこまでも　どこまでも　この群集の浪《なみ》の中をもまれて行きたい
浪《なみ》の行方《ゆくへ》は地平にけむる
ひとつの　ただひとつの「方角」ばかりさしてながれ行かうよ。

メモ　都会の人混みを歩く心地よさを述べた詩。春の夕日が横から射し、建築や群集が長い「日影」を作る。明暗が交差する近代的都市風景。群集の中の孤独。

出典　『青猫』新潮社、一九二三（大正十二）年一月。初出は『感情』第二年第六号、一九一七（大正六）年六月。

その手《て》は菓子《くわし》である

そのじつにかはゆらしい　むつくりとした工合《ぐあひ》はど
　うだ
そのまるまるとして菓子のやうにふくらんだ工合《ぐあひ》は
　どうだ
指なんかはまことにほつそりとしてしながよく
まるでちひさな青い魚類のやうで
やさしくそよそよとうごいてゐる様子はたまらない
ああ　その手の上に接吻がしたい
そつくりと口にあてて喰べてしまひたい
なんといふすつきりとした指先のまるみだらう
指と指との谷間に咲く　このふしぎなる花の風情《ふぜい》は
　どうだ
その匂ひは麝香《じやかう》のやうで　薄く汗ばんだ桃の花のや
　うにみえる。
かくばかりも麗《うる》はしくみがきあげた女性の指
すつぽりとしたまつ白のほそながい指
ぴあのの鍵盤《けんばん》をたたく指
針をもて絹をぬふ仕事の指
愛をもとめる肩によりそひながら
わけても感じやすい皮膚のうへに
かるく爪先をふれ
かるく爪でひつかき
かるくしつかりと押《おさ》へつけるやうにする指のはたらき
そのぷるぷるとみぶるひをする愛のよろこび　はげ
　しく狡猾《かうくわつ》にくすぐる指
おすまして意地悪のひとさし指
卑怯で快活なこゆびのいたづら
親指の肌へ太つたうつくしさと　その暴虐なる野蛮性
ああ　そのすべすべとみがきあげたいつぽんの指を
　おしいただき
すつぽりと口にふくんでしやぶつてゐたい　いつま
　でたつてもしやぶつてゐたい

その手の甲《かふ》はわつぷるのふくらみで
その手の指は氷砂糖のつめたい食慾
ああ　この食慾
子供のやうに意地のきたない無恥の食慾。

メモ　女の子の手の魅力を語り尽くした詩。食欲と性欲が重ねられている。次々と言葉を繰り出す萩原朔太郎の天才的表現力には、ただただ感嘆するほかない。
出典　『青猫』新潮社、一九二三（大正十二）年一月。初出は『感情』第二年第六号、一九一七（大正六）年六月。

青《あを》猫《ねこ》

この美しい都会を愛するのはよいことだ
この美しい都会の建築を愛するのはよいことだ
すべてのやさしい女性をもとめるために
すべての高貴な生活をもとめるために
この都にきて賑《にぎ》やかな街路を通るのはよいことだ
街路にそうて立つ桜の並木
そこにも無数の雀がさへづつてゐるではないか。

ああ　このおほきな都会の夜にねむれるものは
ただ一《いつ》疋《ぴき》の青い猫のかげだ
かなしい人類の歴史を語る猫のかげだ
われの求めてやまざる幸福の青い影だ。
いかならん影をもとめて
みぞれふる日にもわれは東京を恋しと思ひしに
そこの裏町の壁にさむくもたれてゐる
このひとのごとき乞食はなにの夢を夢みて居《ゐ》るのか。

メモ　造語「青猫」を用いて都会への憧れを語った詩。青猫は田舎で思い描いた美しい理想の都市像である。「電線の青白いスパーク」の人工的なイメージ。
出典　『青猫』新潮社、一九二三（大正十二）年一月。初出は『詩歌』第七巻第四号、一九一七（大正六）年四月。

黒《くろ》い風《ふう》琴《きん》

おるがんをお弾《ひ》きなさい　女のひとよ
あなたは黒い着物をきて

おるがんの前に坐《すわ》りなさい
あなたの指はおるがんを這《は》ふのです
かるく　やさしく　しめやかに　雪のふつてゐる音
　のやうに
おるがんをお弾《ひ》きなさい　女のひとよ。

だれがそこで唱《うた》つてゐるの
だれがそこでしんみりと聴いてゐるの
ああこのまつ黒な憂鬱の闇のなかで
べつたりと壁にすひついて
おそろしい巨大の風琴を弾《ひ》くのはだれですか
宗教のはげしい感情　そのふるへ
けいれんするぱいぷおるがん　れくれえむ！
お祈りなさい　病気のひとよ
おそろしいことはない　おそろしい時間はないのです
お弾《ひ》きなさい　おるがんを
やさしく　とうえんに　しめやかに
大雪のふりつむときの松葉のやうに
あかるい光彩をなげかけてお弾《ひ》きなさい
お弾《ひ》きなさい　おるがんを
おるがんをお弾《ひ》きなさい　女のひとよ。

ああ　まつくろのながい着物をきて
しぜんに感情のしづまるまで
あなたはおほきな黒い風琴をお弾《ひ》きなさい
おそろしい暗闇の壁のなかで
あなたは熱心に身をなげかける
あなた！
ああ　なんといふはげしく陰鬱なる感情のけいれ
　んよ。

メモ　パイプオルガンを弾く病気の女は、波打つ感情を抑えて祈りの鎮魂歌を奏でる。詩人はマンドリン演奏者でもある。オ音の頭韻が詩に音楽性を生んだ。

出典　『青猫』新潮社、一九二三（大正十二）年一月。初出は『感情』第三年第三号、一九一八（大正七）年四月。

鶏《にはとり》

しののめきたるまへ

家《いへ》家《いへ》の戸《と》の外で鳴いてゐるのは鶏《にはとり》です
声をばながくふるはして
さむしい田舎の自然からよびあげる母の声です
とをてくう、とをるもう、とをるもう。

朝のつめたい臥床《ふしど》の中で
私のたましひは羽《は》ばたきをする
この雨戸《あまど》の隙間《すきま》からみれば
よもの景色はあかるくかがやいてゐるやうです
されどもしののめきたるまへ
私の臥床《ふしど》にしのびこむひとつの憂愁
けぶれる木木《きぎ》の梢《こずゑ》をこえ
遠い田舎の自然からよびあげる鶏《とり》のこゑです
とをてくう、とをるもう、とをるもう。

恋びとよ
恋びとよ
有明《ありあけ》のつめたい障子《しやうじ》のかげに
私はかぐ　ほのかなる菊のにほひを
病みたる心霊《しんれい》のにほひのやうに
かすかにくされゆく白菊《しらぎく》のはなのにほひを
恋びとよ
恋びとよ。

しののめきたるまへ
私の心は墓場のかげをさまよひあるく
ああ　なにものか私をよぶ苦しきひとつの焦燥《せうさう》
このうすい紅《べに》いろの空気にはたへられない
恋びとよ
母上《ははうへ》よ
早くきてともしびの光を消してよ
私はきく　遠い地角《ちかく》のはてを吹く大風《たいふう》のひびきを
とをてくう、とをるもう、とをるもう。

メモ　鶏の鳴き声は、詩人が嫌悪した田舎の象徴。「憂愁」「墓場」「焦燥」「たへられない」がこれを示している。気の抜けた憂鬱なオノマトペが印象的である。
出典　『青猫』新潮社、一九二三（大正十二）年一月。初出は『文章世界』第十三巻第一号、一九一八（大正七）年一月。

艶《なま》めかしい墓場《はかば》

風は柳を吹いてゐます
どこにこんな薄暗い墓地の景色があるのだらう。
なめくぢは垣根を這《は》ひあがり
みはらしの方から生《なま》あつたかい潮《しほ》みづがにほつて
　くる。
どうして貴女《あなた》はここに来たの
やさしい　青ざめた　草のやうにふしぎな影よ
貴女《あなた》は貝でもない　雉《きじ》でもない　猫でもない
さうしてさびしげなる亡霊よ
貴女《あなた》のさまよふからだの影から
まづしい漁村の裏通りで　魚《さかな》のくさつた臭《にほ》ひがする
その腸《はらわた》は日にとけてどろどろと生《なま》臭《ぐさ》く
かなしく　せつなく　ほんとにたへがたい哀傷のに
　ほひである。
ああ　この春夜のやうになまぬるく
べにいろのあでやかな着物をきてさまよふひとよ
妹のやうにやさしいひとよ
それは墓場の月でもない　燐《りん》でもない　影でもない
　真理でもない
さうしてただなんといふ悲しさだらう。
かうして私の生命《いのち》や肉体《からだ》はくさつてゆき
「虚無」のおぼろげな景色のかげで
艶《なま》めかしくも　ねばねばとしなだれて居《ゐ》るのですよ。

メモ　詩人が恋した馬場ナカ（一八九〇—一九一七）の墓を空想した詩。エレナ（洗礼名）は大磯で療養し、鎌倉で病死した。「潮みづ」「漁村」は湘南のイメージ。
出典　『青猫』新潮社、一九二三（大正十二）年一月。初出は『詩聖』第九号、一九二二（大正十一）年六月。初出題名「艶かしい墓場」。再録は詩話会編『日本詩集一九二三版』新潮社、一九二三年五月。再録題名「艶めかしい墓場」。

野《の》鼠《ねずみ》

どこに私らの幸福があるのだらう
坭《でい》土《ど》の砂を掘れば掘るほど
悲しみはいよいよふかく湧《わ》いてくるではないか。
春は幔《まん》幕《まく》のかげにゆらゆらとして

遠く俥《くるま》にゆすられながら行つてしまつた。
どこに私らの恋人があるのだらう
ばうばうとした野原に立つて口笛を吹いてみても
もう永遠に空想の娘らは来やしない。
なみだによごれためるとんのづぼんをはいて
私は日雇人《ひやうとり》のやうに歩いてゐる
ああもう希望もない　名誉もない　未来もない。
さうしてとりかへしのつかない悔恨《くわいこん》ばかりが
野鼠のやうに走つて行つた。

メモ　結婚に絶望し後悔した詩。「叙情詩物語」の自解では、家庭を「夢の墓場」と述べる。幸福・春・恋人・口笛・希望・未来を、語り手は次々と否定する。
出典　『青猫』新潮社、一九二三（大正十二）年一月。初出未詳。再録は詩話会編『日本詩集一九二三版』新潮社、一九二三年五月。

閑雅《かんが》な食慾《しよくよく》

松林の中を歩いて
あかるい気分の珈琲店《かふえ》をみた。

遠く市街を離れたところで
だれも訪づれてくるひとさへなく
林間の　かくされた　追憶の夢の中の珈琲店《かふえ》である。
をとめは恋恋《れんれん》の羞をふくんで
あけぼののやうに爽快な　別製《べつせい》の皿を運んでくる仕組《しくみ》
私はゆつたりとふほふくを取つて
おむれつ　ふらいの類を喰べた。
空には白い雲が浮んで
たいさう閑雅な食慾である。

メモ　理想のカフェを描いた詩。胃も心も満たしてくれる空想の店である。「叙情詩物語」では、海近くのこの林間料理屋について、より詳しく語られている。
出典　『青猫』新潮社、一九二三（大正十二）年一月。初出は『日本詩人』第一巻第三号、一九二一（大正十）年十二月。

遺伝《ゐでん》

人家は地面にへたばつて
おほきな蜘蛛《くも》のやうに眠つてゐる。

さびしいまつ暗《くら》な自然の中で
動物は恐れにふるへ
なにかの夢魔におびやかされ
かなしく青ざめて吠えてゐます。
　のをあある　とをあある　やわあ

もろこしの葉は風に吹かれて
さわさわと闇に鳴つてる。
お聴き！　しづかにして
道路の向ふで吠えてゐる
あれは犬の遠吠《とほぼえ》だよ。
　のをあある　とをあある　やわあ

「犬は病んでゐるの？　お母あさん。」
「いいえ子供
犬は飢《う》ゑてゐるのです。」
遠くの空の微光の方から
ふるへる物象のかげの方から
犬はかれらの敵を眺めた
遺伝の　本能の　ふるいふるい記憶のはてに
あはれな先祖のすがたをかんじた。
犬のこころは恐れに青ざめ
夜陰の道路にながく吠える。
　のをあある　とをあある　のをあある　やわああ

「犬は病んでゐるの？　お母あさん。」
「いいえ子供
犬は飢《う》ゑてゐるのですよ。」

メモ　暗闇を恐れる人間の原始的本能を描いた詩。「まつ暗」「闇」「夜陰」から、風に揺れる不気味な葉音が聞こえてくる。犬の声や母子の会話も薄気味悪い。
出典　『青猫』新潮社、一九二三（大正十二）年一月。初出は『日本詩人』第一巻第三号、一九二一（大正十）年十二月。

夜汽車《よぎしや》

有明《ありあけ》のうすらあかりは
硝子戸《がらすど》に指のあとつめたく

ほの白みゆく山の端《は》は
みづがねのごとくにしめやかなれども
まだ旅びとのねむりさめやらねば
つかれたる電燈のためいきばかりこちたしや。
あまたるきにすのにほひも
そこはかとなきはまきたばこの烟《けむり》さへ
夜汽車にてあれたる舌には侘《わび》しきを
いかばかり人妻は身にひきつめて嘆くらむ。
まだ山科《やましな》は過ぎずや
空気まくらの口金《くちがね》をゆるめて
そつと息をぬいてみる女ごころ
ふと二人かなしさに身をすりよせ
しののめちかき汽車の窓より外《そと》をながむれば
ところもしらぬ山里に
さも白く咲きてゐたるをだまきの花。

メモ　「人妻」との虚構の逃避行。佐藤（旧姓馬場）ナカが念頭にある。熊本や岡山の学校との往復の記憶による。山科駅は徳富蘆花『不如帰』の悲恋の舞台。

出典　『純情小曲集』新潮社、一九二五（大正十四）年八月。初出は『朱欒（ザムボア）』第三巻第五号、一九一三（大正二）年五月。初出題名「みちゆき」。

こころ

こころをばなににたとへん
こころはあぢさゐの花
ももいろに咲く日はあれど
うすむらさきの思ひ出ばかりはせんなくて。

こころはまた夕闇《ゆふやみ》の園生《そのふ》のふきあげ
音なき音のあゆむひびきに
こころはひとつによりて悲しめども
かなしめどもあるかひなしや
ああこのこころをばなににたとへん。

こころは二人の旅びと
されど道づれのたえて物言ふことなければ
わがこころはいつもかくさびしきなり。

メモ　不可視の心を目に見えるものにたとえた詩。郷愁・悲哀・孤独を、紫陽花・噴水・旅人になぞらえている。ジブリアニメの主題歌「テルーの唄」の原拠。

出典　『純情小曲集』新潮社、一九二五（大正十四）年八月。初出は『朱欒（ザムボア）』第三巻第五号、一九一三（大正二）年五月。初出題名「こゝろ」。

女《をんな》よ

うすくれなゐにくちびるはいろどられ
粉《こな》おしろいのにほひは襟《えり》脚《あし》に白くつめたし。
女よ
そのごむのごとき乳《ち》房《ぶさ》をもて
あまりに強くわが胸を圧するなかれ
また魚のごときゆびさきもて
あまりに狡《かう》猾《くわつ》にわが背中をばくすぐるなかれ
女よ
ああそのかぐはしき吐《と》息《いき》もて
あまりにちかくわが顔をみつむるなかれ
女よ
そのたはむれをやめよ
いつもかくするゆゑに

女よ　汝《なんぢ》はかなし。

メモ　詩人の願望を禁止形「なかれ」「やめよ」を用いて述べた、愛の戯れの詩。北原白秋に傾倒し、詩「断章 八」の影響を受けた。白秋編集の雑誌に掲載。

出典　『純情小曲集』新潮社、一九二五（大正十四）年八月。初出は『朱欒（ザムボア）』第三巻第五号、一九一三（大正二）年五月。

旅《りよ》上《じやう》

ふらんすへ行きたしと思へども
ふらんすはあまりに遠し
せめては新しき背《せ》広《びろ》をきて
きままなる旅にいでてみん。
汽車が山道をゆくとき
みづいろの窓によりかかりて
われひとりうれしきことをおもはむ
五月の朝のしののめ
うら若草のもえいづる心まかせに。

メモ　無職の詩人は、永井荷風『ふらんす物語』に刺激され欧州渡航を希望した。しかし、父の支援を得られず、せめて国内旅行で夢心地になりたいと願う。

出典　『純情小曲集』新潮社、一九二五（大正十四）年八月。初出は『朱欒（ザムボア）』第三巻第五号、一九一三（大正二）年五月。初出無題。

利根川《とねがは》のほとり

きのふまた身を投げんと思ひて
利根川のほとりをさまよひしが
水の流れはやくして
わがなげきせきとむるすべもなければ
おめおめと生きながらへて
今日もまた河原《かはら》に来《きた》り石投げてあそびくらしつ。
きのふけふ
ある甲斐《かひ》もなきわが身をばかくばかりいとしと思ふ
　うれしさ
たれかは殺すとするものぞ
抱きしめて抱きしめてこそ泣くべかりけれ。

メモ　自己憐憫と自己愛の感情を語った作品。詩集では総題「愛憐詩篇」のもとに掲載されている。詩人の自殺願望は、人妻エレナとの関係にかかわるか。

出典　『純情小曲集』新潮社、一九二五（大正十四）年八月。初出は『創作』第三巻第一号、一九一三（大正二）年八月。初出題名「きのふけふ」。

中学《ちゆうがく》の校庭《かうてい》

われの中学にありたる日は
艶《なま》めく情熱になやみたり
いかりて書物をなげすて
ひとり校庭の草に寝ころび居《をり》しが
なにものの哀傷ぞ
はるかに青きを飛びさり
天日《てんじつ》直射して熱く帽子に照りぬ。

メモ　前橋中学校がモデル。中学四年の満十六歳頃、萩原朔太郎は妹の同級生馬場ナカに恋をした。短歌に熱中し成績は急降下、五年生には進級できなかった。

出典　『純情小曲集』新潮社、一九二五（大正十四）年八月。初出は『薔薇』第七号、一九二三（大正十二）年一月（現物未確認）。

小出新道《こいでしんだう》

ここに道路の新開せるは
直《ちよく》として市街に通ずるならん。
われこの新道の交路に立てど
さびしき四方《よも》の地平をきはめず
暗鬱なる日かな
天日《てんじつ》家並の軒に低くして
林の雑木まばらに伐《き》られたり。
いかんぞ　いかんぞ思惟《しゐ》をかへさん
われの叛《そむ》きて行かざる道に
新しき樹木《じゆもく》みな伐《き》られたり。

メモ　思い出の林が開発で失われたことを嘆き憤った詩。激しい感情が漢文訓読調で表現されている。詩人はこの地を二度と訪れない決意をするのだった。
出典　『純情小曲集』新潮社、一九二五（大正十四）年八月。初出は『日本詩人』第五巻第六号、一九二五年六月。初出総題「郷土望景詩」。

大渡橋《おほわたりばし》

ここに長き橋の架したるは
かのさびしき惣社《そうじや》の村より　直《ちよく》として前橋の町に通
　ずるならん。
われここを渡りて荒寥《くわうれう》たる情緒の過ぐるを知れり
往《ゆ》くものは荷物を積み車に馬を曳《ひ》きたり
あわただしき自転車かな
われこの長き橋を渡るときに
薄暮の飢《う》ゑたる感情は苦しくせり。

ああ故郷にありてゆかず
塩のごとくにしみる憂患《いうくわん》の痛みをつくせり
すでに孤独の中に老いんとす
いかなれば今日の烈《はげ》しき痛恨の怒りを語らん
いまわがまづしき書物を破り
過ぎゆく利根川の水にいつさいのものを捨てんとす。
われは狼《おほかみ》のごとく飢《う》ゑたり
しきりに欄干《らんかん》にすがりて歯を噛《か》めども

せんかたなしや、涙のごときもの溢《あふ》れ出て
頰につたひ流れてやまず
ああ我れはもと卑《ひ》陋《ろう》なり。
往《ゆ》くものは荷物を積みて馬を曳《ひ》き
このすべて寒き日の　平野の空は暮れんとす。

メモ　橋の上で人生を嘆いた詩。実利実益のために往来する人々と、本を抱えた無職詩人の対比がある。大渡橋は大正十年完成。橋の中間地点に詩碑がある。
出典　『純情小曲集』新潮社、一九二五（大正十四）年八月。初出は『日本詩人』第五巻第六号、一九二五年六月。初出総題「郷土望景詩」。

広《ひろ》瀬《せ》川《がは》

広瀬川白く流れたり
時さればみな幻想は消えゆかん。
われの生涯《らいふ》を釣らんとして
過去の日川《かは》辺《べ》に糸をたれしが
ああかの幸福は遠きにすぎさり
ちいさき魚は眼にもとまらず。

メモ　広瀬川は前橋市内を流れる小河川。流速が極めて速い。詩人はこの故郷の川の急流を時の流れと重ね合わせ、幸福がたちまちに去っていった人生を嘆く。
出典　『純情小曲集』新潮社、一九二五（大正十四）年八月。初出未詳。

公《こう》園《ゑん》の椅《い》子《す》

人《ひと》気《け》なき公園の椅子にもたれて
われの思ふことはけふもまた烈《はげ》しきなり。
いなかれば故《こ》郷《きやう》のひとのわれに辛《つら》く
かなしきすももの核《たね》を噛《か》まむとするぞ。
遠き越《ゑち》後《ご》の山に雪の光りて
麦もまたひとの怒りにふるへをののくか。
われを嘲《あざ》けりわらふ声は野《の》山《やま》にみち
苦しみの叫びは心臓を破裂せり。
かくばかり
つれなきものへの執着をされ。
ああ生れたる故郷の土を踏み去れよ。
われは指にするどく研《と》げるナイフをもち
葉桜のころ

さびしき椅子に「復讐」の文字を刻みたり。

メモ　怒りと復讐の詩。開業医の長男萩原朔太郎は生涯無職だった。詩人は、郷里前橋の人々に指弾軽蔑されていると感じ続けた。前橋公園が舞台である。

出典　『純情小曲集』新潮社、一九二五（大正十四）年八月。初出は『上州新報』一九二四（大正十三）年一月一日（現物未確認）。再録は『日本詩人』第五巻第六号、一九二五（大正十四）年六月。初出総題「郷土望景詩」。

大砲《たいはう》を撃《う》つ

わたしはびらびらした外套《ぐわいたう》をきて
草むらの中から大砲をひきだしてゐる。
なにを撃《う》たうといふでもない
わたしのはらわたのなかに火薬をつめ
ひきがへるのやうにむつくりとふくれてゐよう。
さうしてほら貝みたいな瞳《め》だまをひらき
まつ青な顔をして
かうばうたる海や陸地をながめてゐるのさ。
この辺のやつらにつきあひもなく
どうせろくでもない貝肉のばけものぐらゐに見える

だらうよ。
のらくら息子のわたしの部屋には
春さきののどかな光もささず
陰鬱な寝床のなかにごろごろとねころんでゐる。
わたしをののしりわらふ世間のこゑごゑ
だれひとりきてなぐさめてくれるものもなく
やさしい婦人のうたごゑもきこえはしない。
それゆゑわたしの瞳《め》だまはますますひらいて
へんにとうめいなる硝子玉《がらすだま》になつてしまつた。
なにを喰《た》べようといふでもない
妄想のはらわたに火薬をつめこみ
さびしい野原に古ぼけた大砲をひきずりだして
どおぼん　どおぼんとうつてゐようよ。

メモ　無為徒食の詩人は、前橋の人々に白眼視されたという被害者意識を持つ。漠然たる欲求不満や憤怒にははけ口はなく、不平不満ばかりが募るのだった。

出典　『萩原朔太郎詩集』第一書房、一九二八（昭和三）年四月。初出は『新潮』第三十八巻第六号、一九二三（大正十二）年六月。

漂泊者《へうはくしや》の歌《うた》

日は断崖《だんがい》の上に登り
憂《うれ》ひは陸橋の下を低く歩めり。
無限に遠き空の彼方《かなた》
続ける鉄路の柵《さく》の背後《うしろ》に
一つの寂しき影は漂《ただよ》ふ。

ああ汝《なんぢ》　漂泊者！
過去より来《きた》りて未来を過ぎ
久遠《くをん》の郷愁を追ひて行くもの。
いかなれば滄爾《さうじ》として
時計の如くに憂《うれ》ひ歩むぞ。
石もて蛇を殺すごとく
一つの輪廻《りんね》を断絶して
意志なき寂寥《せきれう》を踏み切れかし。

ああ　悪魔よりも孤独にして
汝《なんぢ》は氷霜《ひようさう》の冬に耐えたるかな！
かつて何物をも信ずることなく
汝《なんぢ》の信ずるところに憤怒《ふんぬ》を知れり。
かつて欲情の否定を知らず
汝《なんぢ》の欲情するものを弾劾《だんがい》せり。
いかなればまた愁《うれ》ひ疲れて
やさしく抱かれ接吻《きす》する者の家に帰らん。
かつて何物をも汝《なんぢ》は愛せず
何物もまたかつて汝《なんぢ》を愛せざるべし。

ああ汝《なんぢ》　寂寥《せきれう》の人
悲しき落日の坂を登りて
意志なき断崖《だんがい》を漂泊《さまよ》ひ行けど
いづこに家郷《かきやう》はあらざるべし。
汝《なんぢ》の家郷《かきやう》は有らざるべし！

メモ　稲子との離別より約二年後の作品。萩原朔太郎の心は、虚無感・寂寥感・郷愁に満ちている。漢文訓読調の文体は、生田長江訳『ニイチエ全集』の影響。

出典　『氷島』第一書房、一九三四（昭和九）年六月。初出は『改造』第十三巻第六号、一九三一（昭和六）年六月。

乃木坂倶楽部《のぎざかくらぶ》

十二月また来《きた》れり。
なんぞこの冬の寒きや。
去年はアパートの五階に住み
荒漠たる洋室の中
壁に寝台《べつと》を寄せてさびしく眠れり。
わが思惟《しゐ》するものは何ぞや
すでに人生の虚妄に疲れて
今も尚《なほ》家畜の如くに飢《う》えたるかな。
我れは何物をも喪失せず
また一切を失ひ尽せり。
いかなれば追はるる如く
歳暮の忙がしき街を憂《うれ》ひ迷ひて
昼もなほ酒場の椅子に酔はむとするぞ。
虚空を翔《か》け行く鳥の如く
情緒もまた久しき過去に消え去るべし。

十二月また来《きた》れり。
なんぞこの冬の寒きや。
訪ふものは扉《どあ》を叩《の》つくし
われの懶惰《らんだ》を見て憐れみ去れども
石炭もなく暖炉もなく
白堊《はくあ》の荒漠たる洋室の中
我れひとり寝台《べつと》に醒めて
白昼《ひる》もなほ熊の如くに眠れるなり。

メモ　乃木坂倶楽部は三好達治が紹介したアパート。「五階」は虚構で、実際は二階建てだった。稲子との離婚協議を終えて単身上京、荒れた生活をしていた。

出典　『氷島』第一書房、一九三四（昭和九）年六月。
初出は『詩・現実』第四冊、一九三一（昭和六）年三月。
初出総題「叙情詩七篇」、初出題名「乃木坂倶楽部アパートメント」。

帰《き》郷《きやう》

昭和四年の冬、妻と離別し二児を抱へて
故郷に帰る

わが故郷に帰れる日
汽車は烈風の中を突き行けり。
ひとり車窓に目醒《めざ》むれば

汽笛は闇に吠え叫び
火焔《ほのほ》は平野を明るくせり。
まだ上州《じやうしう》の山は見えずや。
夜汽車《よぎしや》の仄暗《ほのぐら》き車燈《しやとう》の影に
母なき子供等《ら》は眠り泣き
ひそかに皆わが憂愁を探れるなり。
嗚呼《ああ》また都を逃れ来て
何所《いづこ》の家郷《かきやう》に行かむとするぞ。
過去は寂寥《せきれう》の谷に連なり
未来は絶望の岸に向へり。
砂礫《されき》のごとき人生かな!
われ既に勇気おとろへ
暗憺《あんたん》として長《とこし》なへに生きるに倦《う》みたり。
いかんぞ故郷に独《ひと》り帰り
さびしくまた利根川《とねがは》の岸に立たんや。
汽車は曠野《くわうや》を走り行き
自然の荒寥《くわうれう》たる意志の彼岸《ひがん》に
人の憤怒《いきどほり》を烈《はげ》しくせり。

メモ　失意のうちに故郷に帰る男の、悲哀と憤りの詩。

強い感情が漢文訓読調で表現されている。実際の帰郷は七月だが、悲壮な内容から冬に虚構された。
出典　『氷島』第一書房、一九三四(昭和九)年六月。初出は『詩・現実』第四冊、一九三一(昭和六)年三月。初出総題「叙情詩七篇」。

家庭《かてい》

古き家の中に座《すわ》りて
互《たがひ》に黙《もだ》しつつ語り合へり。
仇敵《きうてき》に非《あら》ず
債鬼《さいき》に非《あら》ず
「見よ!　われは汝《なんぢ》の妻
死ぬるとも尚《なほ》離れざるべし。」
眼は意地悪《あ》しく　復讐に燃え　憎《にく》々《にく》しげに刺し貫
　ぬく。
古き家の中に座《すわ》りて
脱《のが》るべき術《すべ》もあらじかし。

メモ　家庭不和を描いた詩。上田稲子との離婚体験がもとになっている。感情的に激しい主張をする妻に対し、おっとりした男はどうすることもできない。

出典　『氷島』第一書房、一九三四（昭和九）年六月。
初出は『詩・現実』第四冊、一九三一（昭和六）年三月。
初出総題「叙情詩七篇」。

郵便局《いうびんきよく》の窓口《まどぐち》で

郵便局の窓口で
僕は故郷《こきやう》への手紙をかいた。
鴉《からす》のやうに零落《れいらく》して
靴も運命もすり切れちやつた
煤煙《ばいえん》は空に曇つて
けふもまだ職業は見つからない。

父上《ちちうへ》よ
何が人生について残つて居《ゐ》るのか。
僕はかなしい虚無感から
貧しい財布の底をかぞへて見た。
すべての人生を銅貨にかへて
道路の敷石《しきいし》に叩きつけた。
故郷《こきやう》よ！
老いたまへる父上《ちちうへ》よ。

僕は港の方へ行かう
空気のやうに蹌踉《さうらう》として
波止場《はとば》の憂鬱な道を行かう。
人生よ！
僕は出帆《しゆつぱん》する汽船の上で
笛の吠えさけぶ響《ひびき》をきいた。

メモ　零落した「僕」が人生の前途を考える虚構作品。父は医業を廃しており、朔太郎は財産を食い潰していた。手紙は金の無心。詩人が求職した形跡はない。

出典　『定本青猫』版画荘、一九三六（昭和十一）年三月。初出は『婦人之友』第二十一巻第六号、一九二七（昭和二）年六月。

折《おり》口《くち》信《しの》夫《ぶ》

（一八八七―一九五三）

独逸《ドイツ》には　生《うま》れざりしも

あはれ　我がめづる
　りるけの集《しふ》―。
ひとの集《しふ》ゆゑに　悔いなくて
我は　読みけり―
この年の　いたるまで―。
この年にして、なほたのし
　りるけの集《しふ》。
　ひとの集《しふ》のよろしさ―。
悲しめど、悲しみ淡《あは》く
よろこべど、むさぼることなし。
若き日のぼへみやを　悲しめる
歌こそは　あはれなれ―。
麦の原に　木立《こだ》ちまじり、
風車　青空にめぐる
あゝ音や。　時過ぎてなほ　聞《きこ》え、
　見わたしの国原《くになか》は、
髣髴《おもかげ》に　人を哭《な》かしむ。
どいつには　生れざりしも、
我は知る。りるけの愁《うれ》ひ―。
我は知る。りるけすら思ひ得《え》ざりし
ちぇこ　すらばきや人《びと》の
とこしへなる歎《なげ》きを―

メモ　若い頃からの愛読書たるリルケ（一八七五―一九二六）の詩集の魅力を語った作品。第二次大戦中、リルケの出身地プラハはドイツの占領下にあった。

出典『古代感愛集』青磁社、一九四七（昭和二十二）年三月。初出は『三田文学』第十九巻第七号、一九四四（昭和十九）年九月。初出総題「はるかなる思ひ　長歌并短歌十四首」。

大手拓次《おおてたくじ》

（一八八七―一九三四）

藍《あゐ》色《いろ》の蟇《ひき》

森の宝庫の寝間《ねま》に
藍色の蟇《ひき》は黄色い息をはいて
陰湿の暗い暖炉《だんろ》のなかにひとつの絵模様をかく。
太陽の隠し子のやうにひよわの少年は
美しい葡萄《ぶだう》のやうな眼をもつて、
行くよ、行くよ、いさましげに、
空想の猟人《かりうど》はやはらかいカンガルウの編靴《あみぐつ》に。

メモ　詩の理想を語った作品。蟇（ひき）は詩人、暗い暖炉は文学世界、絵模様は自作詩の暗喩、後半四行がその描写である。繊細純粋な少年が熱心に追う幻想世界。

出典　『藍色の蟇』アルス、一九三六（昭和十一）年十二月。初出は『朱欒（ザムボア）』第二巻第十二号、一九一二（大正元）年十二月。

千家元麿《せんげもとまろ》

（一八八八―一九四八）

初《はじ》めて小供《こども》を

初めて小供を
草原で地の上に下《お》ろして立たした時
小供は下許《したばか》り向いて、
立つたり、しやがんだりして
一歩も動かず
笑つて笑つて笑ひぬいた、
恐さうに立つては嬉《うれ》しくなり、そうつとしやがんで笑ひ
その可笑《をか》しかつた事
自分と小供は顔を見合はしては笑つた。
可笑《をか》しな奴《やつ》と自分はあたりを見廻《みまは》して笑ふと
小供はそつとしやがんで笑ひ
いつまでもいつまでも一つ所で
悠々と立つたりしやがんだり
小さな身をふるはして

喜《よろこ》んで居《ゐ》た。

メモ　初めて足裏で草や土を感じた子供の新鮮な喜びが、詩人自身の素朴な感受性と響き合った。モデルは大正五年八月生まれの長男宏。初出時一歳二か月。

出典　『自分は見た』玄文社、一九一八（大正七）年五月。初出は『愛の本』第一第三号、一九一七（大正六）年十一月。初出総題「詩」。

自分《じぶん》は見《み》た

自分は見た。
とある場末《ばすゑ》の貧しき往来に平行した下駄屋《げたや》の店で
夫《をつと》は仕事場の木屑《きくづ》の中に坐《すわ》り
妻は赤子《あかご》を抱いて座敷に通るあがりかまちに腰をかけ
老いたる父は板の間《ま》に立ち
凡《すべ》ての人は運動を停止し
同じ思ひに顔を曇《くも》らせ茫然として眼を見合《みあは》して居《ゐ》る
　のを
その顔に現はれた深い痛苦、
中央にありて思案に咽《むせ》ぶ如き痛ましき妻の顔
妻を頼りに思ふ如く片手に削りかけの下駄《げた》をもちて
その顔を仰《あふ》いだる弱々しき夫《をつと》の顔、
二人を見下《みお》ろして老いの愛情に輝く父の顔
無心に母の乳に食ひつく赤児《あかご》の顔
その暗き茫然として自失したる如き光景を自分は忘
　れない。
それを思ふ度《た》びに涙が出て来る。
何事のありしかは知らず
されど自分は未《いま》だかゝる痛苦に迫つた顔を見し事なし
かゝる暗き光景を見し事なし

メモ　下駄屋一家の危機的場面を描いた作品。経済上の急変に直面したのだろう。街頭の傍観者たる詩人は、事態の深刻さを一瞬で理解し印象的に描写する。

出典　『自分は見た』玄文社、一九一八（大正七）年五月。初出未詳。

三人《さんにん》の親子《おやこ》

或年《あるとし》の大晦日《おほみそか》の晩だ。
場末《ばすゑ》の小さな暇《ひま》さうな、餅屋《もちや》の前で

二人の小供《こども》が母親に餅《もち》を買つてくれとねだつて居《ゐ》た。
母親もそれが買ひたかつた。
小さな硝子戸《がらすど》から透《す》かして見ると
十三銭と云《い》ふ札《ふだ》がついて居《ゐ》る売れ残りの餅《もち》である。
母親は永い間その店の前の往来に立つて居《ゐ》た。
二人の小供は母親の右と左の袂《たもと》にすがつて
ランプに輝く店の硝子窓《がらすまど》を覗《のぞ》いて居《ゐ》た。
十三銭と云《い》ふ札《ふだ》のついた餅《もち》を母親はどこからか射すうす明りで
帯の間《あひだ》から出した小さな財布から金を出しては数へて居《ゐ》た。
買はふか買ふまいかと迷つて、
三人とも黙つて釘付けられたやうに立つて居《ゐ》た。
苦るしい沈黙が一層息を殺して三人を見守つた。
どんよりした白い雲も動かず、月もその間《あひだ》から顔を出して、
如何なる事かと眺めて居《ゐ》た。
然《さ》うして居《ゐ》る事が十分余り
母親は聞えない位の吐息《といき》をついて、黙つて歩き出した。
小供達もをとなしくそれに従つて、寒い町を三人は歩み去つた。
もう買へない餅《もち》の事は思《おも》は無《な》い様《やう》に、
やつと空気は楽々出来た。
月も雲も動き初めた。然《さ》うして凡《すべ》てが移り動き、過ぎ去つた。
人通りの無い町で、それを見て居《ゐ》た人は誰もなかつ
た。場末《ばすゑ》の町は永遠の沈黙にしづんで居《ゐ》た。
神だけはきつとそれを御覧になつたらう
あの静かに歩み去つた三人は
神のおつかはしになつた女と小供ではなかつたらうか
気高い美くしい心の母と二人のをとなしい天使ではなからうか。
それとも大晦日《おほみそか》の夜も遅く、人々が寝鎮《ねしづま》つてから
人目を忍《しの》んで、買物に出た貧しい人の母と子だつたらうか。

メモ　餅が買えない貧しい親子を聖なる存在として描いた詩。東京府知事の息子千家元麿は、庶民のつつましい生活を精神的に高貴で美しいものと考えた。

出典　『自分は見た』玄文社、一九一八（大正七）年五

月。初出は『生命の川』第二巻第一号、一九一七（大正
六）年二月。

雁

暖い静かな夕方の空を
百羽ばかりの雁が
一列になつて飛んで行く
天も地も動か無い静かな景色の中を、不思議に黙つて
同じ様《やう》に一つ一つセツセと羽《はね》を動かして
黒い列をつくつて
静かに音《おと》も立てずに横切つてゆく
側《そば》へ行つたら翅《はね》の音《おと》が騒がしいのだらふ
息切れがして疲れて居《ゐ》るのもあるのだらふ、
だが地上にはそれは聞えない
彼等《かれら》は皆んなが黙つて、心でいたはり合ひ助け合つ
　て飛んでゆく。
前のものが後になり、後《うし》ろの者が前になり
心が心を助けて、セツセセツセと
勇ましく飛んで行く。
その中には親子もあらふ、兄弟姉妹も友人もあるに
　ちがひない
この空気も柔《やは》いで静かな風のない夕方の空を選んで、
一団になつて飛んで行く
暖い一団の心よ。
天も地も動かない静かさの中を汝《なんぢ》許《ばか》りが動いてゆく
黙つてすてきな早さで
見て居《ゐ》る内に通り過ぎてしまふ

メモ　渡り鳥の群れに感情移入した作品。雁の仲間は、助け合う愛の一団として描かれた。わかりやすい口語自由律の形式が、平易な内容と響き合っている。

出典　『自分は見た』玄文社、一九一八（大正七）年五月。第一初出は『愛の本』第二巻第四号、一九一八年四月一日。第一初出総題「詩」。第二初出は『白樺』第九年四月号、一九一八年四月一日。第二初出総題「詩四ツ」。

秘密《ひみつ》

小供《こども》は眠る時
裸になつた嬉《うれ》しさに

籠《かご》を飛び出した小鳥か
魔法の箱を飛び出した王子のやうに
家の中を非常な勢ひでかけ廻《まは》る。
襖《ふすま》でも壁でも何にでも頭でも手でも尻でもぶつけて
冷たい空気にぢかに触れた嬉《うれ》しさにかけ廻《まは》る

母が小さな寝巻をもつてうしろから追ひかける。
裸になると小供は妖精のやうに痩《や》せてゐる
追ひつめられて壁の隅《すみ》に息が絶えたやうにひつつい
　てゐる
まるで小さく、うしろ向きで。
母は秘密を見せない様《やう》に
小供をつかまへるとすばやく着物で包んでしまふ。

メモ　家庭の一場面を描いた口語自由詩。「秘密」「魔法」「王子」「妖精」と、おとぎ話の縁語が見られる。長男千家宏は当時満一歳半余り。後にビルマで戦死した。
出典　『自分は見た』玄文社、一九一八（大正七）年五月。初出は『使命』第一巻第三号、一九一八年四月。

川《かわ》路《じ》柳《りゅう》虹《こう》

（一八八八—一九五九）

塵塚《はきだめ》

隣の家《いへ》の穀倉《こめぐら》の裏手に
臭《くさ》い塵溜《はきだめ》が蒸されたにほひ、
塵塚《はきだめ》のうちにはこもる
いろ〱の芥《ごもく》の臭《くさ》み、
梅雨《つゆ》晴《ば》れの夕《ゆふべ》をながれ漂《ただよ》つて
空はかつかと爛《ただ》れてる。

塵溜《はきだめ》の中《うち》には動く稲の虫、浮蛾《うんか》の卵、
また土を食《は》む蚯蚓《みみず》らが頭《かしら》を擡《もた》げ、
徳利《とつくり》壜の虧片《かけら》や紙の切れはしが腐《くさ》れ蒸されて
小さい蚊は喚《わめ》きながらに飛んでゆく。

そこにも絶えぬ苦しみの世界があつて
呻《うめ》くもの死するもの、秒《べう》刻《こく》に
かぎりも知れぬ生《せい》命《めい》の苦悶《くもん》を現《げん》じ、

闘《たたか》つてゆく悲哀《かなしみ》がさもあるらしく、
をりくは悪臭《をしう》にまじる虫螻《むしけら》が
種々《しゆじゆ》のをたけび、泣声もきかれる。

その泣声はどこまでも強い力で
重い空気を顫《ふる》はして、また軈《やが》て、
暗くなる夕《ゆふべ》の底に消え沈む。
惨《いたま》しい「運命」はたゞ悲しく
いく日《ひ》いく夜《よ》もこゝにきて手辛《てがら》く襲ふ。
塵溜《はきだめ》の重い悲《かなし》みを訴へて
蚊は群《むらが》つてまた喚《わめ》く。

メモ　初の口語自由律詩として、歴史的意義を持つ作品。自然主義的発想から、敢えて汚いはきだめを取り上げた。詩人は現実を苦悶と悲哀の世界と見る。

出典『路傍の花』東雲堂書店、一九一〇（明治四十三）年十月。初出は『詩人』第四号、一九〇七（明治四十）年九月。初出総題「新詩四章」、初出題名「塵溜（はきため）」。

三《み》木《き》露《ろ》風《ふう》

（一八八九―一九六四）

去《さ》りゆく五月《ごぐわつ》の詩《し》

われは見る。
廃園《はいゑん》の奥、
折ふしの音《おと》なき花の散りかひ。
風のあゆみ、
静かなる午後の光に、
去りゆく優しき五月のうしろかげを。

空の色やはらかに青みわたり
夢深き樹《き》には啼《な》く、空《むな》しき鳥。

あゝいま、園《その》のうち
「追憶《おもひで》」は頭《かうべ》を垂れ、
かくてまたひそやかに涙すれども
かの「時」こそは
哀《かな》しきにほひのあとを過ぎて

甘きこゝろをゆすりく
はやもわが楽しき住《すみ》家《か》の
屋《をく》を出《い》でゆく。

去りてゆく五月。
われは見る、汝《いまし》のうしろかげを。
地を匐《は》へるちいさき虫のひかり
うち群るゝ蜜《みつ》蜂《ばち》のものうき唄《うた》
その光り、その唄《うた》の黄《こ》金《がね》色《いろ》なし
日に咽《むせ》び夢みるなか…………
あゝ、そが中《なか》に、去りゆく
美しき五月よ。

またもわが廃《はい》園《ゑん》の奥、
苔《こけ》古《ふ》れる池《いけ》水《みづ》の上、
その上に散り落つる欝《う》紺《こん》の花、
わびしげに欝《う》紺《こん》の花、沈黙の層をつくり
日にうかびたゞよふほとり——

色青くきらめける蜻《せい》蛉《れい》ひとつ、
その瞳《ひとみ》、ひたとたゞひたと瞻《み》視《つ》む。

ああ去りゆく五月よ、
われは見る汝《いまし》のうしろかげを。

今ははや色青き蜻《せい》蛉《れい》の瞳《ひとみ》。
欝《う》紺《こん》の花。
「時」はゆく、真昼の水《すい》辺《へん》よりして——

メモ 時の推移を描いた詩。明治末期から五月を詠ずるのが流行した。雑司ヶ谷の根津嘉一郎別邸六合舎（りくごうしゃ）が舞台。「廃園」は美意識による虚構。
出典 『廃園』光華書房、一九〇九（明治四十二）年九月。初出は『新潮』第十一巻第一号、一九〇九年七月。初出総題「廃れし園」。

接《せつ》吻《ぷん》の後に

「眠りたまふや。」
「否《いな》」といふ。

皐月《さつき》、
花さく、
日なかごろ。
湖《うみ》べの草に、
日の下《もと》に、
「眼閉《と》ぢ死なむ」と
君こたふ。

メモ 五月・花・太陽・湖と、ロマンティックな要素が揃った恋愛詩。女は「もう死んでも良い」と言ったのである。上田敏訳「死の勝利」の影響が顕著。

出典 『廃園』光華書房、一九〇九（明治四十二）年九月。初出は『文章世界』第三巻第五号、一九〇八（明治四十一）年四月。

ふるさとの

ふるさとの
小野《をの》の木立《こだち》に
笛の音《ね》の
うるむ月夜や。
少女子《をとめご》は
熱きこゝろに
そをば聞き
涙ながしき。
十《と》年《とせ》経《へ》ぬ、
おなじ心に
君泣くや
母となりても。

メモ 感傷的な悲恋の詩。モデル太田小茂与（こもよ）は、詩人の父に結婚を反対され、やむを得ず別な男に嫁いだ。伊良子清白「漂泊」の影響が見られる。

出典 『廃園』光華書房、一九〇九（明治四十二）年九月。初出は『文庫』第三十五巻第六号、一九〇七（明治四十）年十二月。初出総題「冬夜集」。

現身《うつしみ》

春はいま空のながめにあらはるゝ
ありともしれぬうすぐもに
なやみて死ぬる蛾《が》のけはひ。

ねがひはありや日は遠し、花は幽《かすか》にうち薫《くん》ず。
ゆるき光に霊《たましひ》の
煙のごとく泣くごとく。

わが身のうつゝながむれば
紅《かう》玉《ぎよく》の靄《もや》たなびけり。
隠《かく》ろひわたり、染《そ》みわたり
入《いり》日《ひ》の中《なか》にしづく声。

心もかすむ日ぐれどき、
鳥は嫋《ね》びつゝ花は黄《き》に、
恍惚《くわうこつ》の中《なか》吹き過ぎて
色と色とは弾《ひ》きあそぶ。

慕《した》はしや、春うつす
永遠のゆめ、影のこゑ。

身には揺《ゆ》れどもいそがしく
入《いり》日《ひ》の花のとゞまらず。
春はわが身にとゞまらず。
ありともしれぬうすぐもに
なやみこがるゝ蛾《が》のけはひ。

メモ　春愁をうたった暗示的象徴詩。薄雲・気配・幽か・煙・靄・霞むと、朦朧曖昧な雰囲気を構築している。上田敏訳「薄暮の曲」「黄昏」の影響がある。
出典　『白き手の猟人』東雲堂書店、一九一三（大正二）年九月。初出は『朱欒（ザムボア）』第二巻第六号、一九一二（明治四十五）年六月。初出総題「勿忘草」。

室《むろ》生《う》犀《さい》星《せい》

（一八八九―一九六二）

小《せう》景《けい》異《い》情《じやう》

その一

白魚はさびしや
そのくろき瞳《め》はなんといふ
なんといふしほらしさぞよ
そとにひる餉《げ》をしたたむる
わがよそよそしさと
かなしさと
ききともなや雀しば啼《な》けり

その二

ふるさとは遠きにありて思ふもの
そして悲しくうたふもの
よしや
うらぶれて異土《いど》の乞食《かたゐ》となるとても
帰るところにあるまじや
ひとり都のゆふぐれに
ふるさとおもひ涙ぐむ
そのこころもて
遠きみやこにかへらばや
遠きみやこにかへらばや

その三

銀の時計をうしなへる
こころかなしや
ちよろちよろ川の橋の上
橋にもたれて泣いてをり

その四

わが霊《いのち》のなかより
緑もえいで
なにごとしなけれど
懺悔《ざんげ》の涙せきあぐる
しづかに土を掘りいでて
ざんげの涙せきあぐる

その五

なににこがれて書くうたぞ
一時にひらくうめすもも
すももの蒼《あを》さ身にあびて
田舎暮しのやすらかさ
けふも母ぢやに叱られて

すものしたに身をよせぬ

その六

あんずよ
花着け
地ぞ早やに輝やけ
あんずよ花着け
あんずよ燃えよ
ああ　あんずよ花着け

メモ　詩人は金沢帰省中に養母に冷遇され、喪失感疎外感を覚えた。東京で文筆に生きる決意をした室生犀星は、故郷のあんずの開花に自分の未来を重ねる。

出典　『抒情小曲集』感情詩社、一九一八（大正七）年九月。初出は『朱欒（ザムボア）』第三巻第五号、一九一三（大正二）年五月。再録は『感情』第一巻第二号、一九一六（大正五）年七月。「その六」の初出は『創作』第四巻第五号、一九一四（大正三）年五月。「その六」の初出題名「光耀」。「その六」の再録は『感情』第一巻第二号、一九一六年七月。再録題名「あんず」。

ふるさと

雪あたたかくとけにけり
しとしとしとと融《と》けゆけり
ひとりつつしみふかく
やはらかく
木の芽に息をふきかけり
もえよ　木の芽のうすみどり
もえよ　木の芽のうすみどり

メモ　故郷金沢の雪解けと芽吹きに託して、文学者としての成功を祈念した詩。七五調の韻律、シ音ト音キ音の反復や同一句の繰り返しが、快い律動感を生む。

出典　『抒情小曲集』感情詩社、一九一八（大正七）年九月。初出は『感情』第一巻第二号、一九一六（大正五）年七月。

寂《さび》しき春《はる》

したたり止《や》まぬ日のひかり
うつうつまはる水ぐるま
あをぞらに

越後《ゑちご》の山も見ゆるぞ
さびしいぞ
一日《いちにち》もの言はず
野にいでてあゆめば
菜種《なたね》のはなは波をつくりて
いまははや
しんにさびしいぞ

メモ　明るい春光のもとでの寂寥感をうたった。大正三年初春、前橋に萩原朔太郎を訪ねた際の作。波打つ花が心の動揺を示す。越後の先に故郷金沢がある。

出典　『抒情小曲集』感情詩社、一九一八（大正七）年九月。初出は『アララギ』第七巻第四号、一九一四（大正三）年四月。初出総題「草木信念」、初出題名「菜種の畑」。再録は『感情』第一巻第二号、一九一六（大正五）年七月。

靴下《くつした》

毛糸にて編《あ》める靴下をもはかせ
好《この》めるおもちやをも入《い》れ
あみがさ、わらじのたぐひをもおさめ
石をもてひつぎを打ち
かくて野に出《い》でゆかしめぬ。
おのれ父たるゆえに
野辺《のべ》の送りをすべきものにあらずと
われひとり留《とど》まり
庭などをながめあるほどに
耐えがたくなり
煙草《たばこ》を噛みしめて泣きけり。

メモ　第一子豹太郎は大正十一年六月没。享年満一歳。幼少期に家庭に恵まれず、温かい家族を切望した詩人にとって、子供の死は一層耐え難いものだった。

出典　『忘春詩集』京文社、一九二二（大正十一）年十二月。初出は『詩と音楽』第一巻第二号、一九二二年十月。初出総題「我が家の花」。

春《はる》の寺《てら》

うつくしきみ寺なり

み寺にさくられうらんたれば
うぐひすしたたり
さくら樹《ぎ》にすゞめら交《さか》り
かんかんと鐘鳴りてすずろなり。
かんかんと鐘鳴りてさかんなれば
をとめらひそやかに
ちちははのなすことをして遊ぶなり。
門もくれなゐ炎炎《えんえん》と
うつくしき春のみ寺なり。

メモ　伝統的題材を用いて少女のままごとを描いた作品。自由律詩だが、大部分は五音七音で構成されている。三好達治「甃（いし）のうへ」に影響を与えた。

出典　『青き魚を釣る人』アルス、一九二三（大正十二）年四月。初出は『風景』創刊号、一九一四（大正三）年五月。再録は『感情』第四年三月号、一九一九（大正八）年三月。再録総題「抒情小曲集補遺」。

朱《しゅ》の小箱《こばこ》

君がかはゆげなる卓《つくえ》のうへに
いろも朱なる小箱には
なにをひめたまへるものなりや
われきみが窓べをすぎむとするとき
小箱まづ目にうつり
こころおどりてやまず。
そは、やはらかきりぼんのたぐひか
もしくば
うらわかき娘ごころをのべたまふ
やさしかるうたのたぐひか。

メモ　少女を慕う純粋な少年の恋心を述べた作品。文語自由律形式。大人の詩人が十代の頃の気持ちで書いた作品だろう。詩集刊行時、室生犀星は満三十三歳。

出典　『青き魚を釣る人』アルス、一九二三（大正十二）年四月。初出は『感情』第四年三月号、一九一九（大正八）年三月。初出総題「抒情小曲集補遺」。

切《せつ》なき思《おも》ひぞ知《し》る

我は張《は》り詰《つ》めたる氷を愛す。
斯《かか》る切なき思ひを愛す。
我はその虹のごとく輝けるを見たり。

斯《かか》る花にあらざる花を愛す。
我は氷の奥にあるものに同感す、
その剣のごときものの中にある熱情を感ず、
我はつねに狭小なる人生に住めり、
その人生の荒涼《くわうりやう》の中に呻《しん》吟《ぎん》せり、
されぱこそ張《は》り詰《つ》めたる氷を愛す。
斯《かか》る切なき思ひを愛す。

メモ　不遇な半生を氷に象徴させ、これを肯定した巻頭詩。「自分の中に膠着してゐる何物かを蹶破る気持」（自序）で創作した。氷のような緊密な文語が特徴。
出典　『鶴』素人社書屋、一九二八（昭和三）年九月。初出は『不同調』第六巻第二号、一九二八年二月。初出総題「近作詩集」。

昨日《きのふ》いらつしつて下《くだ》さい

きのふ　いらつしつてください。
きのふの今ごろいらつしつてください。
そして昨日の顔にお逢《あ》ひください、
わたくしは何《い》時《つ》も昨日の中にゐますから。
きのふのいまごろなら、
あなたは何でもお出来になつた筈《はず》です。
けれども行停《どま》りになつたけふも
あすもあさつても
あなたにはもう何も用意してはございません。
どうぞ　きのふに逆戻りしてください。
きのふいらつしつてください。
昨日へのみちはご存じの筈《はず》です、
昨日の中でどうどう廻《めぐ》りなさいませ。
その突き当りに立つてゐらつしやい。
突き当りが開くまで立つてゐてください。
威《ゐ》張《ば》れるものなら威《ゐ》張《ば》つて立つてください。

メモ　「今頃になって…」という拒否と皮肉の詩。今さら好意を示されても手遅れだと怒る語り手には、悲しみの感情もある。発想源の実体験は明らかでない。
出典　『昨日いらつしつて下さい』五月書房、一九五九（昭和三十四）年八月。初出は『心』第十巻第六号、一九五七（昭和三十二）年六月。初出題名「昨日いらつしつてください」。

福《ふく》士《し》幸《こう》次《じ》郎《ろう》

（一八八九―一九四六）

自分《じぶん》は太陽《たいやう》の子《こ》である　――八月十一日

自分は太陽の子である
未だ燃えるだけ燃えたことのない太陽の子である

今口火《くちび》をつけられてゐる
そろそろ煤《くす》ぶりかけてゐる

ああこの煙りが焔《ほのほ》になる
自分はまつぴるまのあかるい幻想にせめられて止《や》ま
　ないのだ

明るい白光《びやつくわう》の原つぱである
ひかり充《み》ちた都会のまんなかである
嶺《みね》にはづかしさうに純白な雪が輝く山脈である

自分はこの幻想にせめられて
今煤《くすぶ》りつつあるのだ
黒いむせぼつたい重い烟《けむ》りを吐《は》きつつあるのだ

ああひかりある世界よ
ひかりある空中よ

ああひかりある人間よ
総《そう》身《しん》眼のごとき人よ
総《そう》身《しん》象《ざう》牙《げ》彫《ぼり》のごとき人よ
怜《り》悧《こう》で健康で力あふるる人よ

自分は暗い水ぼつたいじめじめした所から産《うぶ》声《ごゑ》をあ
　げたけれども
自分は太陽の子である
燃えることを憧れてやまない太陽の子である

メモ　絶望の中で希望の光を語った作品。恵まれない生い立ちの詩人は、明治四十二年の激しい失恋のどん底から今蘇りつつある。白樺派的理想主義が顕著。

出典　『太陽の子』洛陽社、一九一四（大正三）年四月。初出未詳。「私は太陽の子である」への改題は『現代詩

人全集』第十巻、新潮社、一九二九（昭和四）年十二月。

この残酷《ざんこく》は何処《どこ》から来《く》る

どこで見たのか知らない、
わたしは遠い旅でそれを見た。
寒《かん》ざらしの風が地をドツと吹いて行く。
低い雲は野天《のてん》を覆《おほ》つてゐる。
その時火のつく様《やう》な赤ん坊の泣き声が聞え、
さんばら髪《がみ》の女が窓から顔を出した。

ああ眼を真赤《まつか》に泣きはらしたその形相《ぎやうさう》、
手にぶらさげたその赤児《あかご》、
赤児《あかご》は寒い風に吹きつけられて、
ひいひい泣く。
女は金切《かなき》り声をふりあげて、ぴしや〱尻をひつ
　叩《ばた》く。
死んでしまへとひつ叩《ばた》く。
風に露《あば》かれて裸の赤児《あかご》は、
身も世も消えよとよよと泣く。

雪降り真中《まなか》に雪も降らない此《こ》の寒国《かんごく》の
見る眼も寒い朝景色、
暗い下界の地に添乳《そへぢ》して、
氷の胸をはだけた天、
冬はおどろに荒れ狂ふ。
ああ野中の端《はし》の一軒家、
涙も凍るこの寒空《さむぞら》に、
風は悲鳴をあげて行く棟《むね》の上、
ああこの残酷はどこから来る、
ああこの残酷はどこから来る、
またしてもごうと吹く風、
またしてもよよと泣く声。

メモ　客観描写の詩。非抒情的な内容にふさわしい口語自由律で書かれている。少年時代の経済的苦労や詩人の人道主義が、悲惨な現実描写の作品を生んだ。

出典　『展望』新潮社、一九二〇（大正九）年六月。初出は『文章世界』第十一巻第十一号、一九一六（大正五）年十一月。初出題名「この残酷はどこから来る」。

日《ひ》夏《なつ》耿《こう》之《の》介《すけ》

（一八九〇―一九七一）

かかるとき我《われ》生《い》く

大気　澄み　空晴れ　鳥は啼《な》けり
青き馬　流れに憩《いこ》ひ彳《た》ち
纖弱《かほそ》き草のひと葉ひと葉　日光《ひざし》に喘《あへ》ぎ
『今』の時圭《とけい》はあらく吐息《といき》す
かゝるとき我　生く

メモ　生きている実感を語った作品。平凡な自然が輝いて見える瞬間だが、詩は冷静な描写になっている。学者日夏耿之介は、衒学的で難解な用字を好んだ。

出典　『転身の頌』光風館書店、一九一七（大正六）年十二月。初出は『仮面』第三巻第十号、一九一四（大正三）年十月。初出総題「箴言体雑詩」、初出無題。

佐《さ》藤《とう》惣《そう》之《の》助《すけ》

（一八九〇―一九四二）

船乗《ふなの》りの母《はは》

息子は青い地球の玉《たま》を
二度も三度も廻つて来た
柘榴《ざくろ》色《いろ》の日のさす横の方の海原《うなばら》にゐたり
真下の異国の港にゐたり
赤道の帯を幾度もまたいで来た

しかし母は田舎にゐて
忍冬《にんどう》や野茨《のいばら》でこんがらかつた
垣根の内へ鶏《にはとり》をおひこみながら
いちにちぼろを縫《ぬ》つてゐる

世界は大きい
地球も大きい
息子は地球をとぶ靴を持つてゐる
しかしどこへも行かない母親は
世界の田舎をもつてゐる

メモ　グローバルな息子とローカルな母の対比。詩集表紙に帆船が描かれ、作中に海や船や田舎が頻りに登場する。実家は川崎宿で、「田舎」は観念的なもの。

出典『華やかな散歩』新潮社、一九二二（大正十一）年四月。初出未詳。

堀《ほり》口《ぐち》大《だい》学《がく》

（一八九二―一九八一）

雪《ゆき》

雪はふる！　雪はふる！
見よかし、天の祭なり！

空《そら》なる神の殿堂に
冬の祭ぞ酣《たけなは》なる！

たえまなく雪はふる、
おどれかし、鶫《つぐみ》等《ら》よ！
うたへかし、鶸《ひよどり》等《ら》！
ふる雪の白さの中《なか》にて！

いと聖《きよ》く雪はふる、
沈黙の中《うち》に散る花《くわ》弁《べん》！

雪はしとやかに
踊りつつ地上に来《きた》る。

雪はふる！　雪はふる！
白き翼《つばさ》の聖《せい》天《てん》使《し》！

われ等《ら》が庭に身のまはりに
ささやき歌ひ雪はふる！

ふり来《く》るは恵《めぐみ》の麵《パ》麭《ン》なり！
小さく白き雪の足！

地上にも屋根の上にも
いと白く雪はふる。

メモ　明るく祝祭的な雪の詩。「神の殿堂」「聖天使」等が西洋的教養を示しており、和歌の雪とは全く異なる。外交官子弟の詩人は欧州各地に居住経験があった。
出典　『月光とピエロ』籾山書店、一九一九（大正八）年一月。初出未詳。

秋《あき》のピエロ

泣笑《なきわら》ひしてわがピエロ
秋ぢや！　秋ぢや！　と歌ふなり。
O《オー》の形の口をして
秋ぢや！　秋ぢや！　と歌ふなり。

月の様《やう》なる白粉《おしろい》の
顔が涙を流すなり。

身すぎ世すぎの是非もなく
おどけたれどもわがピエロ、

秋はしみじみ身に滲《し》みて
真実《しんじつ》なみだを流すなり。

メモ　道化師の悲しみを述べた七五調の詩。ピエロはフランス語で歌っている。詩人は大正十三年、在ルーマニア英国大使館仮装舞踏会でピエロに扮した。
出典　『月光とピエロ』籾山書店、一九一九（大正八）年一月。初出未詳。

夕《ゆふ》ぐれの時《とき》はよい時《とき》

夕ぐれの時はよい時。
かぎりなくやさしいひと時。

それは季節にかかはらぬ、
冬なれば暖炉《だんろ》のかたはら、
夏なれば大樹《たいじゅ》の木《こ》かげ、
それはいつも神秘に満ち、
それはいつも人の心を誘ふ、
それは人の心が、
ときに、しばしば、
静寂を愛することを、
知つてゐるものの様《やう》に、
小声にささやき、小声にかたる……

夕ぐれの時はよい時。
かぎりなくやさしいひと時。

若さににほう人々の為《た》めには、
それは愛撫《あいぶ》に満ちたひと時、
それはやさしさに溢《あふ》れたひと時、
それは希望でいつぱいなひと時、
また青春の夢とほく
失ひはてた人々の為《た》めには、
それはやさしい思ひ出のひと時、
それは過ぎ去つた夢の酩酊《めいてい》、
それは今日《けふ》の心には痛いけれど
しかも全く忘れかねた
その上《かみ》の日のなつかしい移り香《が》。

夕ぐれの時はよい時。
かぎりなくやさしいひと時。

夕ぐれのこの憂鬱は何所《どこ》から来るのだらうか？
だれもそれを知らぬ！
（おお！　だれが何を知つてゐるものか？）
それは夜とともに密度を増し、
人をより強き夢幻へみちびく……

夕ぐれの時はよい時。
かぎりなくやさしいひと時。

夕ぐれ時《どき》、
自然は人に安息をすすめる様《やう》だ。
風は落ち、
ものの響《ひびき》は絶え、
人は花の呼吸をきき得るような気がする、
今まで風にゆられてゐた草の葉も
たちまちに静まりかへり、
小鳥は翼の間に頭《かうべ》をうづめる……

夕ぐれの時はよい時。
かぎりなくやさしいひと時。

メモ　夕暮れの魅力を平易な言葉で語った詩。幼くして母を失った堀口大学は、母に抱かれた幼児の幸福感を、「かぎりなくやさしい」夕暮れに重ね合わせた。

出典『月光とピエロ』籾山書店、一九一九（大正八）年一月。初出は『詩篇』第二編第六輯、一九一八（大正七）年六月。初出題名「夕ぐれの歌」。

ふる里《さと》

生れし国にある時は
家なき人となりにけり。
人は知らじな、ふる里を
外国《とつくに》と見るわがうれひ。

メモ　越境者の葛藤を表現した作品。詩人は十九歳から三十三歳まで海外で暮らした。外国で日本人を代表させられた堀口大学も、祖国では疎外感を味わった。

出典『月光とピエロ』籾山書店、一九一九（大正八）年一月。初出同上。

古風《こふう》な幻影《げんえい》

夕ぐれわれ水を眺むるに
流れよるオフエリアはなきか？
シモアスの水に白鳥《しらとり》住まず
水衣《みづぎ》まとはぬレダとてもなきに……
夕ぐれわれ水を眺むるに
流れよるオフエリアはなきか？
岸の葦《あし》いまもなほ昔の如く
夕風の草笛に合せて歌へるに……
夕ぐれわれ水を眺むるに
流れよるオフエリアはなきか？
白百合《しらゆり》はただづみて清けき水に
水鏡《みづかがみ》おのが姿に見惚れてあるに……
夕ぐれわれ水を眺むるに
流れよるオフエリアはなきか？

青き羊歯《しだ》太古めき生《お》ひしげり
黙し得《え》ぬ波の如《ごと》ふくらみたるに……
夕ぐれわれ水を眺むるに
流れよるオフエリアはなきか？
み空なるしろがね色の花のごと
夕月水にうかびただよふに……
夕ぐれわれ水を眺むるに
流れよるオフエリアはなきか

反　歌

オフエリアの墓と思ひて水を見る
夕暮の来て影をうつせば

メモ　ハイカラな抒情詩。古代神話や『ハムレット』の幻影である。ミレイの絵《オフィーリア》の影響が見られる。初出は美術評論家森口多里に捧げられた。

出典　『水の面に書きて』籾山書店、一九二一（大正十）年九月。初出は、『早稲田文学』第一六一号、一九一九（大正八）年四月。

失《うしな》はれた美酒《びしゅ》

ポール・ヴァレリー作

一《ひ》と日《ひ》われ海を旅して
（いづこの空の下なりけん、今は覚えず）
美酒《びしゅ》少し海へ流しぬ
「虚無」にする供物《くもつ》の為《ため》に。
おお酒よ、誰《たれ》か汝《な》が消失を欲したる？
あるはわれ易《えき》占に従ひたるか？
あるはまた酒流しつつ血を思ふ
わが胸の秘密の為《ため》にせしなるか？
つかのまは薔薇《ばら》いろの煙たちしが
たちまちに常の如《ごと》すきとほり
清げにも海はのこりぬ……

この酒を空《むな》しと云《い》ふや？……波は酔ひたり！
われは見き潮風《しほかぜ》のうちにさかまく
いと深きものの姿を！

メモ　一種の思想詩。ヴァレリーは評論「精神の危機」で、虚無（海）に対する精神（酒）を「深きもの」とした。堀口大学は「深きもの」を大自然（海）と解した。

出典『月下の一群』第一書房、一九二五（大正十四）年九月。初出は、『明星』第四巻第一号、一九二三（大正十二）年七月。初出総題「ヴァレリイ五章」。

ミラボオ橋《ばし》

ギヨーム・アポリネール作

ミラボオ橋の下をセエヌ河《がは》が流れ
われ等《ら》の恋が流れる
わたしは思ひ出す
悩みのあとには楽《たのし》みが来ると

日が暮れて鐘が鳴る
月日は流れわたしは残る

手と手をつなぎ顔と顔を向け合《あは》う
かうしてゐると
われ等《ら》の腕の橋の下を
疲れた無窮《むきゆう》の時が流れる

日が暮れて鐘が鳴る
月日は流れわたしは残る

流れる水のやうに恋もまた死んで逝く
恋もまた死んで逝く
生命《いのち》ばかりが長く
希望ばかりが大きい

日が暮れて鐘が鳴る
月日は流れわたしは残る

日が去り月が行き
過ぎた時も
昔の恋も、ふたたびは帰らない
ミラボオ橋の下をセエヌ河《がは》が流れる

日が暮れて鐘が鳴る
月日は流れわたしは残る

メモ　元恋人マリー・ローランサン宅近くの橋上で、失意のアポリネールは戻らぬ時を嘆く。シャンソンとしても有名。堀口大学はローランサンと親しかった。

出典　『月下の一群』第一書房、一九二五（大正十四）年九月。初出未詳。

狩《かり》の角笛《つのぶえ》

ギヨーム・アポリネール作

思ひ出は　狩の角笛
風のさなかに声は死にゆく

メモ　消えゆく角笛の音は、過ぎ去った思い出の比喩。原詩の一部分を切り取った翻訳。フランス短詩運動は俳句の影響を受けた。この訳詩は俳諧の里帰り。

出典　『月下の一群』第一書房、一九二五（大正十四）年九月。初出は『近代風景』第二巻第十一号、一九二七（昭和二）年十二月。初出総題「アポリネエル三章」。

火事《くわじ》

マックス・ジャコブ作

火事は
展《ひろ》げた孔雀《くじやく》の尾の上に咲いた
一輪の薔薇《ばら》ですね。

メモ　人間に災いをもたらす火事を、美しい比喩で表現した短詩。芸術至上主義的なボヘミアン詩人の価値観が背景にある。醜悪な現実よりも構築された美。

出典　『月下の一群』第一書房、一九二五（大正十四）年九月。初出は『明星』第三巻第一号、一九二三（大正十二）年一月。初出総題「仏蘭西現代詩抄」。

地平線《ちへいせん》

マックス・ジャコブ作

かの女の白い腕が
私の地平線のすべてでした。

メモ　盲目的な恋愛を振り返った短詩。過去形「でした」が恋の終了を暗示する。原文「すべてになった」を訳者が意図的に変えた。「地平線」の暗喩が効果的。

出典　『月下の一群』第一書房、一九二五（大正十四）

年九月。初出は『明星』第三巻第一号、一九二三（大正十二）年一月。初出総題「仏蘭西現代詩抄」。

シャボン玉《だま》　ジャン・コクトー作

シャボン玉の中へは
庭は這入《はいれ》ません
まはりをくるくる廻つてゐます

メモ　シャボン玉の膜に庭の風景が映り動く様子を描いた短詩。玉が潰れると庭が中に「這入」ることになる。保つ力と縮もうとする力の均衡状態を表現した。

出典　『月下の一群』第一書房、一九二五（大正十四）年九月。初出未詳。

耳《みみ》　ジャン・コクトー作

私の耳は貝のから
海の響《ひびき》をなつかしむ

メモ　連想が円環をなす短詩。耳の形は貝に似ており、貝は海にあり、海は響きを生む。これを聞くのが耳。貝殻を自然に耳に持ってゆく人間の動作を思わせる。

出典　『月下の一群』第一書房、一九二五（大正十四）年九月。初出は『明星』第二巻第二号、一九二二（大正十一）年七月。初出総題「サロメ 外五章」。

われの心《こころ》に涙《なみだ》ふる　ポール・ヴェルレーヌ作

巷《ちまた》に雨の降る如く
われの心に涙ふる。
かくも心に滲《にじ》み入《い》る
この悲しみは何ならん？

やるせなき心の為《ため》には
おお、雨の歌よ！
やさしき雨の響《ひびき》は
地上にも屋上にも！

消えも入《い》りなん心のうちに
故《ゆゑ》もなく雨は涙す。
何事ぞ！　裏切《うらぎり》もなきにあらずや？

この喪《も》その故《ゆゑ》を知らず。
故《ゆゑ》しれぬかなしみぞ
実《げ》にこよなくも堪《た》へがたし、
恋もなく恨《うらみ》もなきに
わが心かくもかなし！

メモ　理由のない漠然たる悲しみをうたった詩。生の根源的な悲哀である。仏文学者鈴木信太郎訳でも知られる。「都に雨の降るごとく／わが心にも涙ふる。」
出典　『月下の一群』第一書房、一九二五（大正十四）年九月。初出は『新潮』第二十六巻第一号、一九一七（大正六）年一月。初出題名「われの心に雨は降る」。

砂《すな》の枕《まくら》

砂の枕はくづれ易《やす》い
少女《をとめ》よ　お行儀《ぎやうぎ》よくしませう
沢山《たくさん》な星が見てゐますれば
あらはな膝はかくしませう

メモ　少女の性的純粋さを愛惜した詩。ブラジルの海岸で創作された。モデルは年上の女という。米大使館付武官の妻スパロウ夫人か。枕には性的含意がある。
出典　『砂の枕』第一書房、一九二六（大正十五）年二月。初出は、『改造』第六巻第一号、一九二四（大正十三）年一月。初出総題「五厘の笛」。

海《うみ》の風景《ふうけい》

空《そら》の石盤《せきばん》に
鷗《かもめ》がＡＢＣを書く
海は灰色の牧場《まきば》です
白波《しらなみ》は綿羊《めんやう》の群《むれ》であらう
船が散歩する
煙草《たばこ》を吸ひながら
船が散歩する
口笛を吹きながら

メモ　空を石盤に、海を牧場にたとえた瀟洒な詩。汽船の煙をタバコに、汽笛を口笛になぞらえる。若き日の詩人は、外交官の父に従って世界の海を旅した。

出典　『砂の枕』第一書房、一九二六（大正十五）年二月。初出未詳。

要《かなめ》

海が扇子《せんす》をひろげる
ああ　私は要《かなめ》だ
遠い白帆《しらほ》はさびしい
私に似て
ありありと一人《ひとり》ぼつちだ

メモ　海を眺めた時の孤独感を、扇子の比喩で表現した洒落た詩。広大な海と小さな自分の対比がある。佐藤春夫は堀口大学を「海の若者」として詩に描いた。

出典　『砂の枕』第一書房、一九二六（大正十五）年二月。初出は『婦人公論』第八年第十号、一九二三（大正十二）年九月。初出総題「暑中休暇（詩）」。

母《はは》の声《こゑ》

母は四つの僕を残して世を去つた。
若く美しい母だつたさうです。

母よ、
僕は尋《たづ》ねる、
耳の奥に残るあなたの声を、
あなたが世に在《あ》られた最後の日、
幼い僕を呼ばれたであらうその最後の声を。
三半器官《さんはんきくわん》よ、
耳の奥に住む巻貝《まきがひ》よ、
母のいまはの、その声を返へせ。

メモ　死別した母への哀切極まる思いを述べた詩。母親の記憶がないことが、伝聞を示す「その」に表れている。次第に長くなる行は、感情の高ぶりの表現。

出典　『人間の歌』宝文館、一九四七（昭和二十二）年五月。初出は『令女界』第十八巻第九号、一九三九（昭和十四）年九月。

蟬《せみ》

ラ・フォンテエヌのは寓話
さてこれはわたくしの愚話

蟬《せみ》がゐた
夏ぢゆう歌ひくらした
秋が来た
困つた、困つた！
（教訓）
それでよかつた

メモ 初老を迎えた詩人が、人生を肯定的に振り返った作品。堀口大学は父と同様外交官を目指したが失敗。仏文学の翻訳と詩作という不安定な仕事を続けた。
出典『人間の歌』宝文館、一九四七（昭和二十二）年五月。初出は『文芸世紀』第一巻第三号、一九三九（昭和十四）年十月。初出総題「詩篇」。

西《さい》條《じょう》八《や》十《そ》

（一八九二—一九七〇）

かなりや

——唄《うた》を忘れた金糸雀《かなりや》は、後《うしろ》の山に棄《す》てましよか。
——いえ、いえ、それはなりませぬ。
——唄《うた》を忘れた金糸雀《かなりや》は、背戸《せど》の小藪《こやぶ》に埋《い》けましよか。
——いえ、いえ、それもなりませぬ。
——唄《うた》を忘れた金糸雀《かなりや》は、柳の鞭《むち》でぶちましよか。
——いえ、いえ、それはかはいさう。
——唄《うた》を忘れた金糸雀《かなりや》は、
象牙《ざうげ》の船に、銀の櫂《かい》、
月夜の海に浮《うか》べれば、
忘れた唄《うた》をおもひだす。

メモ 駄目な自分への応援歌。生活費を稼ぐために西條八十は株屋になったが、しだいに大切な詩作を忘れてしまう。本末転倒を反省し、自らを鼓舞した。

出典　『砂金』尚文堂書店、一九一九（大正八）年六月。初出は『赤い鳥』第一巻第五号、一九一八（大正七）年十一月。初出題名「かなりあ」。再録は『赤い鳥』第二巻第五号、一九一九年五月。再再録は『赤い鳥』第二巻第六号、一九一九年六月。

書物《しよもつ》

月の夜《よ》は
大きな書物、
ひらきゆく
ましろき頁《ぺいぢ》。

人、車、
橋の柳は
美しくならべる活字《くわつじ》。

樹《こ》がくれの
夜《よる》の小鳥は、
ちりぼひて
黒きふり仮名《がな》。

しらじらと
ひとりし繰《く》れば、
懐《なつか》しく、うれしく、
悲し。

月の夜《よ》は
やさしき詩集、
夢のみをかたれる詩集。

メモ　月夜の世界を、本や詩集になぞらえた作品。最終連で「書物」は、美しい夢を語る「詩集」に限定される。リルケや生田春月「誤植」の影響を受けたか。

出典　『見知らぬ愛人』尚文堂書店、一九二二（大正十一）年二月。初出は『赤い鳥』第六巻第二号、一九二一（大正十）年二月。

帽子《ぼうし》

——母《かあ》さん、僕のあの帽子、どうしたでせうね？
ええ、夏、碓氷《うすひ》から霧積《きりづみ》へゆくみちで、

谿底《たにそこ》へ落したあの麦稈《むぎわら》帽子ですよ。

——母《かあ》さん、あれは好きな帽子でしたよ、
僕はあの時、ずゐぶんくやしかつた、
だけど、いきなり風が吹いてきたもんだから。

——母《かあ》さん、あのとき、向《むか》ふから若い薬売《くすりうり》が来ましたつけね、
紺《こん》の脚絆《きやはん》に手甲《てつかふ》をした。——
そして拾《ひろ》はうとして、ずゐぶん骨折つてくれましたつけね。
けれど、たうとう駄目《だめ》だつた、
なにしろ深い谿《たに》で、それに草が
背《せい》たけぐらゐ伸びてゐたんですもの。

——母《かあ》さん、ほんとにあの帽子どうなつたでせう？
そのとき傍《そば》に咲いてゐた車百合《くるまゆり》の花は、
もうとうに枯れちやつたでせうね、そして、
秋には、灰色の霧があの丘をこめ、
あの帽子の下で毎晩きりぎりすが啼《な》いたかも知れませんよ。

——母《かあ》さん、そして、きつと今頃は、——今夜あたりは、
あの谿間《たにま》に、静かに雪がつもつてゐるでせう、
昔、つやつや光つた、あの伊太利麦《イタリーむぎ》の帽子と、
その裏に僕が書いた
Y・Sといふ頭《かしら》文字を
埋《うづ》めるやうに、静かに、寂《さび》しく。——

メモ　少年の郷愁を語った作品。失われた帽子は、戻らぬ日の思い出と重ねられている。森村誠一の推理小説『人間の証明』でこの詩が重要な素材となった。

出典　『少年詩集』大日本雄弁会講談社、一九二九（昭和四）年四月。初出は『コドモノクニ』第一巻第二号、一九二二（大正十一）年二月。初出題名「ぼくの帽子」。

蝶《てふ》

やがて地獄へ下《くだ》るとき、
そこに待つ父母《ちちはは》や

友人に私は何を持つて行かう。
たぶん私は懐《ふところ》から
蒼《あを》白《ざ》め、破れた
蝶の死骸をとり出すだらう。
さうして渡しながら言ふだらう。

一生を
子供のやうに、さみしく
これを追つてゐました、と。

メモ　蝶は、はかなく美しい詩の象徴。地獄に堕ちたのは、文学を追求した狂言綺語の罪によると思われる。父母や友人が地獄にいるのは、期せざる破綻か。

出典　『美しき喪失』神谷書店、一九二九（昭和四）年八月。初出未詳。

尾《お》崎《ざき》喜《き》八《はち》

（一八九二―一九七四）

秋《あき》

父よ、秋です、朝です、
あたらしい日光です。
山々がなんとまじめに、物《もの》思《おも》はしげに横《よこた》はり、
木々がなんと単純に落《おち》葉《ば》してゐる事でせう。
旅びとの川が遠くから今朝着きました。
椋《むく》鳥《どり》の一群が今日はじめて野に散りました。
まるい、明るい栗の穂が
老いたる者のたなごころの上で鳴ります。
雁《がん》来《らい》紅《こう》の赤い、村落の見える風景から、
あなたの青空の雲を逐《お》ひやらないで下さい。
すべての到着したものは此《こ》処《こ》に滞在し、
古くから在《あ》るものはいよいよ処《ところ》を得るでせう。
豊かな形象にそれぞれ秩序の陰影をあたへ、
もつとも貧しい者をも
「在《あ》ること」の偉大で鼓舞して下さい。

わたしも今日は遠く行かず、
家をいで、立ちどまり、やがて帰り、
つねに周囲の空間を身に感じ、
深く目ざめて世界と共にあるでせう。

メモ　昭和二年秋十一月没の亡父「あなた」への呼びかけ。郊外の荻窪へ転居後の昭和七年作か。「今日」は父の命日であろう。リルケの詩「秋」の影響がある。
出典『旅と滞在』朋文堂、一九三三（昭和八）年六月。初出未詳。

田舎《ゐなか》のモーツァルト

中学の音楽室でピアノが鳴っている。
生徒たちは、男も女も
両手を膝に、目をすえて、
きらめくような、流れるような、
音の造形に聴き入《い》っている。
そとは秋晴れの安曇平《あずみだいら》、
青い常念《じょうねん》と黄ばんだアカシア。
自然にも形成と傾聴のあるこの田舎で、

新任の若い女の先生が孜々《しし》として
モーツァルトのみごとなロンドを弾《ひ》いている。

メモ　自然や芸術に触れる感動を語った詩。常念岳を望む秋の安曇野が舞台。詩「安曇野」参照。純朴な生徒と純粋な新任教師の組合せ。曲はトルコ行進曲。
出典『田舎のモーツァルト』創文社、一九六六（昭和四十一）年一月。初出は『文藝春秋』第四十一巻第十号、一九六三（昭和三十八）年十月。

芥川《あくたがわ》龍《りゅう》之《の》介《すけ》（一八九二―一九二七）

相聞《さうもん》　三《さん》

また立ちかへる水無月《みなづき》の
歎《なげ》きを誰《たれ》にかたるべき。
沙羅《さら》のみづ枝《え》に花さけば、
かなしき人の目ぞ見ゆる。

メモ　恋の嘆きを詠じた七五調の詩。あさましい現実を突きつける知的作風の芥川にも、浪漫的な一面があった。修善寺・新井旅館での作。モデルは片山広子。
出典　『芥川龍之介全集』第九巻、岩波書店、一九三五（昭和十）年七月。一九二五（大正十四）年四月十七日付室生犀星宛書簡に見える。

生《いく》田《た》春《しゅん》月《げつ》

（一八九二―一九三〇）

誤《ご》植《しよく》

我《わ》が生涯はあはれなる夢、
我《わ》れは世界の頁の上の一つの誤植なりき、
我《わ》れはいかに空《むな》しく世界の著者に
その正《しやう》誤《ご》をば求めけん。
されど誰が否《いな》と云《い》ひ得《え》ん、
この世界自らもまた
あやまれる、無益なる書物なるを。

メモ　世界を本に、自分を誤植活字にたとえた作品。詩人は困窮の中で育ち、社会主義に関心を寄せた。末尾では、「そもそも社会が間違っている」と言い出す。
出典　『霊魂の秋』新潮社、一九一七（大正六）年十二月。初出未詳。

佐《さ》藤《とう》春《はる》夫《お》

（一八九二―一九六四）

水《すい》辺《へん》月《げつ》夜《や》の歌《うた》

せつなき恋をするゆゑに
月かげさむく身にぞ沁《し》む。
もののあはれを知るゆゑに
水のひかりぞなげかるる。
身をうたかたとおもふとも
うたかたならじわが思ひ。
げにいやしかるわれながら
うれひは清し、君ゆゑに。

メモ　谷崎潤一郎夫人千代への思いを語った七五調の詩。千代をめぐり谷崎と佐藤が絶交した小田原事件を背景とする。堀口大学訳「水辺悲歌」の影響がある。

出典　『殉情詩集』新潮社、一九二一（大正十）年七月。初出は『改造』第三巻第四号、一九二一年四月。初出総題「抒情詩鈔」、初出題名「水のほとりにて歌へる歌」。

或《あ》るとき人《ひと》に与《あた》へて

片こひの身にしあらねど
わが得《え》しはただこころ妻《づま》
こころ妻《づま》こころにいだき
いねがてのわが冬の夜《よ》ぞ。
うつつよりはかなしうつつ
ゆめよりもおそろしき夢。
こころ妻《づま》ひとにだかせて
身も霊《たま》をののきふるひ
冬の夜《よ》のわがひとり寝ぞ。

メモ　小田原事件の詩。合意の上で谷崎潤一郎夫人千代と結婚するはずだった詩人は、谷崎の翻意で「こころ妻」千代から遠ざけられた。「ひと」は谷崎を指す。

出典　『殉情詩集』新潮社、一九二一（大正十）年七月。初出は『改造』第三巻第四号、一九二一年四月。初出総題「抒情詩鈔」、初出題名「人に」。

海《うみ》辺《べ》の恋《こひ》

こぼれ松葉をかきあつめ
をとめのごとき君なりき、
こぼれ松葉に火をはなち
わらべのごときわれなりき。

わらべとをとめよりそひぬ
ただたまゆらの火をかこみ、
うれしくふたり手をとりぬ
かひなきことをただ夢み、

入《い》り日《ひ》のなかに立つけぶり
ありやなしやとただほのか、
海べのこひのはかなさは
こぼれ松葉の火なりけむ。

メモ　小田原事件の詩。谷崎夫人千代との幸福な時間を回想した。二人を「をとめ」「わらべ」とし、不倫の背徳性を排した。結婚は「かひなきこと」である。
出典『殉情詩集』新潮社、一九二一（大正十）年七月。初出は『改造』第三巻第四号、一九二一年四月。初出総題「抒情詩鈔」。

断章《だんしやう》

さまよひくれば秋ぐさの
一つのこりて咲きにけり、
おもかげ見えてなつかしく
手折《たを》ればくるし、花ちりぬ。

メモ　小田原事件を背景とする七五調四行詩。秋草の花は谷崎夫人千代を指す。千代に恋をして相思相愛の関係になったが、谷崎の心変わりで仲を裂かれた。
出典『殉情詩集』新潮社、一九二一（大正十）年七月。初出は『改造』第三巻第四号、一九二一年四月。初出総題「抒情詩鈔」。「秋くさ」への改題は『佐藤春夫詩集』第一書房、一九二六（大正十五）年三月。

ためいき

一

紀《き》の国《くに》の五月《ごぐわつ》なかばは
椎《しひ》の木のくらき下《した》かげ
うす濁《にご》るながれのほとり
野《の》うばらの花のひとむれ
人知れず白くさくなり、
佇《たたず》みてものおもふ目に
小さなるなみだもろげの
素直《すなほ》なる花をし見れば
恋人のためいきを聞くここちするかな。

二

柳の芽はやはらかく吐息《といき》して
丈《たけ》高くわかき梧桐《ごどう》はうれひたり
杉は暗くして消しがたき憂愁《うれひ》を秘め
椿《つばき》の葉日の光にはげしくすすり泣く……

三

ふといづこよりともなく君が声す
百合《ゆり》の花の匂ひのごとく君が声す。

四

なげきつつ黄昏《たそがれ》の山をのぼりき。
なげきつつ山に立ちにき。
なげきつつ山をくだりき。

五

蜜柑《みかん》ばたけに来て見れば
か弱き枝の夏蜜柑《なつみかん》
たのしげに
大《おほい》なる実をささへたり。
たへがたき重き愁《うれひ》を
わが恋の実《み》を。

六

ふるさとの柑子《かうじ》の山をあゆめども
癒《い》えぬなげきは誰《た》がたまひけむ。

七

遠く離れてまた得難《えがた》き人を思ふ日にありて
われは心からなるまことの愛を学び得《え》たり
そは求むるところなき愛なり
そは信ふかき少女《せうぢよ》の願ふことなき日も
聖母マリアの像の前に指を組む心なり。

八

死なんといふにあらねども
涙ながれてやみがたく
ひとり出《で》て佇《たたず》みぬ
海の明けがた海の暮れがた
——ただ青くとほきあたりは
たとふればふるき思ひ出
波よする近きなぎさは
けふの日のわれのこころぞ。

メモ　精神的恋愛の嘆きの歌。慶応義塾在学中の作。「恋人」尾竹ふくみとは、ほとんど話をすることもなかった。詩人は愁いを抱えながら、故郷新宮を歩む。

出典　『殉情詩集』新潮社、一九二一（大正十）年七月。

初出は『スバル』第五年第六号、一九一三（大正二）年六月。

少年《せうねん》の日《ひ》

1

野ゆき山ゆき海辺ゆき
真ひるの丘べ花を敷き
つぶら瞳の君ゆゑに
うれひは青し空よりも。

2

影おほき林をたどり
夢ふかきみ瞳を恋ひ
あたたかき真昼の丘べ
花を敷き、あはれ若き日。

3

君が瞳はつぶらにて
君が心は知りがたし。
君をはなれて唯《ただ》ひとり
月夜の海に石を投《な》ぐ。

4

君は夜《よ》な夜《よ》な毛糸編《あ》む
銀の編《あ》み棒に編《あ》む糸は
かぐろなる糸あかき糸
そのラムプ敷き誰《た》がものぞ。

メモ　故郷新宮での初恋の思い出を描いた詩。四連がそれぞれ春夏秋冬に相当する。少年時代の恋と小田原事件を二重写しにし、旧作に手を入れて発表した。

出典　『殉情詩集』新潮社、一九二一（大正十）年七月。初出は『改造』第三巻第四号、一九二一年四月。初出総題「抒情詩鈔」、初出題名「少年の恋」。

秋刀魚《さんま》の歌《うた》

あはれ
秋風よ
情《こころ》あらば伝へてよ

——男ありて
今日の夕餉《ゆふげ》に　ひとり
さんまを食《くら》ひて
思ひにふける　と。

さんま、さんま、
そが上に青き蜜柑《みかん》の酸《す》をしたたらせて
さんまを食《くら》ふはその男がふる里のならひなり。
そのならひをあやしみなつかしみて女は
いくたびか青き蜜柑《みかん》をもぎて夕餉《ゆふげ》にむかひけむ。
あはれ、人に捨てられんとする人妻と
妻にそむかれたる男と食卓にむかへば、
愛うすき父を持ちし女の児は
小さき箸《はし》をあやつりなやみつつ
父ならぬ男にさんまの腸《はら》をくれむと言ふにあらずや。

あはれ
秋風よ
汝《なれ》こそは見つらめ
世のつねならぬかの団欒《まどゐ》を。

いかに
秋風よ
いとせめて
証《あかし》せよ　かの一《ひと》ときの団欒《まどゐ》ゆめに非《あら》ずと。

あはれ
秋風よ
情《こころ》あらば伝へてよ、
夫《をつと》を失はざりし妻と
父を失はざりし幼児《をさなご》とに伝へてよ
——男ありて
今日の夕餉《ゆふげ》に　ひとり
さんまを食《くら》ひて
涙をながす　と。

さんま、さんま、
さんま苦いか塩つぱいか。
そが上に熱き涙をしたたらせて
さんまを食《くら》ふはいづこの里のならひぞや。
あはれ

げにそは問はまほしくをかし。

メモ 小田原事件を背景とした失恋詩。詩人は谷崎夫人千代との蜜月を回想する。女児は鮎子。谷崎邸には実際に蜜柑の木があった。伊勢物語を意識した作。

出典『我が一九二二年』新潮社、一九二三（大正十二）年二月。初出は『人間』第三巻十一月号、一九二一（大正十）年十一月。

つみ草《くさ》

風花日将老
佳期猶渺渺
不結同心人
空結同心草

しづこころなく散る花に
長息《なげき》ぞながきわがたもと
なさけをつくす君をなみ
摘《つ》むやうれひのつくづくし。

メモ 漢詩を大和言葉のみで訳した七五調四行詩。ナ音ツ音の反復や一・三・四行目のイ音の脚韻など、音韻上の工夫がある。千代への思いも重ねられている。

出典『我が一九二二年』新潮社、一九二三（大正十二）年二月。初出は『蜘蛛』第三巻第五号、一九二一（大正十）年八月。初出題名「支那の詩より」。「春のをとめ」への改題は『車塵集』武蔵野書院、一九二九（昭和四）年九月。

犬《いぬ》吠《ばう》岬《さき》旅情《りよじやう》のうた

ここに来て
をみなにならひ
名も知らぬ草花《くさばな》をつむ。
みづからの影踏むわれは
仰《あふ》がねば
燈台の高きを知らず。
波のうね〳〵
ふる里のそれには如《し》かず。
ただ思ふ
荒磯《ありそ》に生《お》ひて松のいろ
錆《さ》びて黒きを。

わがこころ
錆《さ》びて黒きを。

メモ　文学の悩みを述べた作品。詩人は「愚者の死」等の政治的傾向詩を発表した。しかし結局、「錆びて黒き」社会意識から離れ、「草花をつむ」抒情詩を選ぶ。

出典　『佐藤春夫詩集』第一書房、一九二六（大正十五）年三月。初出は『スバル』第三年第六号、一九一一（明治四十四）年六月。初出総題「小曲四章」、初出無題。

海《うみ》の若者《わかもの》

若者は海で生れた。
風を孕《はら》んだ帆の乳房《ちぶさ》で育つた。
すばらしく巨《おほき》くなつた。
或《あ》る日　海へ出て
彼は　もう　帰らない。
もしかするとあのどつしりとした足どりで
海へ大股《おほまた》に歩《あゆ》み込《こ》んだのだ。
とり残された者どもは
泣いて小さな墓をたてた。

メモ　海難事故を想像させる口語自由律詩。実際は、大学を中退し海外へ去った友人堀口大学との別れの淋しさがうたわれている。二人の再会時に作られた。

出典　『佐藤春夫詩集』第一書房、一九二六（大正十五）年三月。初出は『随筆』第一巻創刊号、一九二三（大正十二）年十一月。初出総題「消閑録」。

乳房《ちぶさ》をうたひて

浴罷檀郎捫弄処
露華涼沁紫葡萄
趙《てう》鸞《らん》鸞《らん》

湯あがりを
うれしき人になぶられて
露にじむ時
むらさきの葡萄《ぶだう》の玉《たま》ぞ

メモ　絶句「酥乳（そにゅう）」の後半を訳した五七五七五七形式の詩。『車塵集』によれば趙鸞鸞は「唐の妓」。難しい原詩を佐藤春夫は平易な日本語に移した。

出典　『車塵集』武蔵野書院、一九二九（昭和四）年九月。初出未詳。

恋《れん》愛《あい》天《てん》文《もん》学《がく》

儂作北斗星
千年無転移
歓行白日心
朝東暮還西
子《し》夜《や》

われは北《ほく》斗《と》の星にして
千年《ちとせ》ゆるがぬものなるを
君がこころの天《あま》つ日や
あしたはひがし暮《くれ》は西

メモ　漢詩を和文体七五調で訳した詩。恋愛を天文学と組み合わせ、瀟洒な雰囲気を生み出している。漢文訓読体を用いず、西洋詩と同じ発想で翻訳した。

出典『車塵集』武蔵野書院、一九二九（昭和四）年九月。初出は『改造』第十巻第八号、一九二八（昭和三）年八月。初出総題「支那名媛詩鈔」、初出題名「われとわが恋人と」。

酒《さけ》、歌《うた》、煙草《たばこ》、また女《をんな》

三田の学生時代を唄《うた》へる歌

ヴツカスホールの玄関に
咲きまつはつた凌《りよう》霄《せう》花《くわ》
感傷的でよかつたが
今も枯れずに残れりや

秋はさやかに晴れわたる
品川湾の海のはて
自分自身は木《もく》柵《さく》に
よりかかりつつ眺めたが

ひともと銀杏《いてふ》葉は枯れて
庭を埋《うづ》めて散りしけば
冬の試験も近づきぬ
一句も解けずフランス語

若き二十《はたち》のころなれや
三年《みとせ》がほどはかよひしも
酒、歌、煙草《たばこ》、また女
外《ほか》に学びしこともなし

孤蝶《こてふ》、秋骨《しうこつ》、はた薫《かをる》
荷風が顔を見ることが
やがて我等《われら》をはげまして
よき教《をしへ》ともなりしのみ

我等《われら》を指《さ》してなげきたる
人を尻目《しりめ》に見おろして
新らしき世の星なりと
おもひ傲《おご》れるわれなりき

若き二十《はたち》は夢にして
四十路《よそぢ》に近く身はなりぬ
人問ふままにこたへつつ
三田の時代を慕《した》ふかな。

メモ　学生生活懐古の詩。『三田文学』が創刊され、永井荷風・馬場孤蝶・戸川秋骨・小山内薫が活躍した初期黄金時代である。堀口大学も慶応大学に在学。

出典　『佐藤春夫全集』第二巻、改造社、一九三二（昭和七）年一月。初出は『三田文学』第三巻第一号、一九二八（昭和三）年一月。

望郷《ばうきやう》五《ご》月《ぐわつ》歌《か》

塵まみれなる街路樹に
哀《あは》れなる五月《さつき》来にけり
石だたみ都大路《みやこおほぢ》を歩みつつ
恋しきや何《なん》ぞわが古郷《ふるさと》
あさもよし紀《き》の国の
牟婁《むろ》の海山《うみやま》
夏みかんたわわに実《みの》り
橘《たちばな》の花さくなべに
とよもして啼《な》くほととぎす
心してな散らしそかのよき花を
朝霧《あさぎり》か若かりし日の
わが夢ぞ
そこに狭《さ》霧《ぎ》らふ
朝雲《あさぐも》か望郷の
わが心こそ
そこにいさよふ

空青し山青し海青し
日はかがやかに
南国の五月晴《さつきばれ》こそゆたかなれ　（以下略）

メモ　故郷新宮を思う歌。昭和五年八月に千代との結婚を実現した幸福感に満ちている。尾竹ふくみへの恋の嘆きを詠った望郷詩「ためいき」と好対照をなす。
出典　『閑談半日』白水社、一九三四（昭和九）年七月。初出は『婦人公論』第十六年第六号、一九三一（昭和六）年六月。

愚者《ぐしや》の死《し》

千九百十一年一月二十三日
大石誠之助《おほいしせいのすけ》は殺されたり。
げに厳粛なる多数者の規約を
裏切る者は殺さるべきかな。
死を賭《と》して遊戯を思ひ、
民族の歴史を知らず、
日本人ならざる者
愚なる者は殺されたり。
「偽《うそ》より出《い》でし真実《まこと》なり」と
絞首台上《かうしゆだいじやう》の一語その愚を極《きは》む。
われの郷里は紀州新宮《きしうしんぐう》。
渠《かれ》の郷里もわれの町。
聞く、渠《かれ》が郷里にして、わが郷里なる
紀州新宮《きしうしんぐう》の町は恐懼《きようく》せりと。
うべさかしかる商人《あきうど》の町は歎《なげ》かん、
――町人は慎《つつし》めよ。
教師らは国の歴史を更にまた説けよ。

メモ　大逆事件に関し政府を逆説的に批判した詩。単行本収録は戦後のこと。「偽より出でし真実」とは、冗談で言った襲撃計画が命取りになったことを指す。
出典　『春夫全詩抄』酣燈（かんとう）社、一九五〇（昭和二十五）年三月。初出は『スバル』第三年第三号、一九一一（明治四十四）年三月。

中《なか》川《がわ》一《かず》政《まさ》 （一八九三―一九九一）

幼《えう》児《じ》

かへりみればわが来し岡のうへに
わが日ごろ愛する幼児ゐてわれを呼べるなり
こゑは夕かぜにまぎれてきたらねど
そのあかき脣《くちびる》うごくがみゆ

なにごとを云《い》へるかわれ知らねど
幼児はみづからにきこゆるもの
人にも解しうるとかたく信ずるが如く
なほもとほき夕風のなかよりわれに語るなり

メモ　郷愁をうたった詩。丘の上の幼児は過去の詩人自身。幼少期の自分が大人の私に何か大切なことを語りかけてくる。幼き日の体験は人の原点である。

出典　『見なれざる人』叢文閣、一九二一（大正十）年二月。初出未詳。

西《にし》脇《わき》順《じゅん》三《ざぶ》郎《ろう》 （一八九四―一九八二）

天《てん》気《き》

（覆《くつがへ》された宝石）のやうな朝
何人か戸口にて誰かとさゝやく
それは神の生誕の日。

メモ　『カンタベリ物語』の挿絵を詩にした作品。古代ギリシャ風の世界を作り出している。西脇順三郎による新しいイマジズム文学の誕生宣言とも解釈可能。

出典　『Ambarvalia』椎の木社、一九三三（昭和八）年九月。初出同上。

カプリの牧人

春の朝でも
我がシゝリヤのパイプは秋の音がする。
幾千年の思ひをたどり。

メモ　英国留学のハイカラ詩人が、西洋憧憬の日本人読者の前で、悠久の欧州文化を意図的に捏造して見せた作品。カプリ島は牧畜に向かず、シチリア島から遠い。

出典　『Ambarvalia』椎の木社、一九三三（昭和八）年九月。初出は『尺牘（せきとく）』第一冊、一九三三年二月。初出総題「ギリシヤ的抒情詩」、初出題名「Ⅰ カプリの牧人」。

雨《あめ》

南風は柔《やはらか》い女神をもたらした。
青銅をぬらした、噴水をぬらした、
ツバメの羽《はね》と黄金の毛をぬらした、
潮をぬらし、砂をぬらし、魚をぬらした、
静かに寺院と風呂場と劇場をぬらした、
この静かな柔《やはらか》い女神の行列が
私の舌をぬらした。

メモ　南欧の明るい春の雨を題材とし、ユーモアを加えた作品。雨が噴水・海水・魚を濡らすのはナンセンス。舌を出したアッカンベーの顔で詩が結ばれる。

出典　『Ambarvalia』椎の木社、一九三三（昭和八）年九月。初出は『尺牘（せきとく）』第一冊、一九三三年二月。初出総題「ギリシヤ的抒情詩」、初出題名「Ⅱ 雨」。

太《たい》陽《やう》

カルモヂインの田舎は大理石の産地で
其処《そこ》で私は夏をすごしたことがあつた。
ヒバリもゐないし、蛇も出ない。
ただ青いスモヽの藪《やぶ》から太陽が出て
またスモヽの藪《やぶ》へ沈む。
少年は小川でドルフィンを捉《とら》へて笑つた。

メモ　虚構のヨーロッパ幻想を展開した作品。欧州の川にイルカは生息しない。カルモヂインは、日本の薬カルモチンから捏造した地名。人を食った詩である。

出典　『Ambarvalia』椎の木社、一九三三（昭和八）年九月。初出は『尺牘（せきとく）』第一冊、一九三三年二月。初出総題「ギリシヤ的抒情詩」、初出題名「Ⅳ 太陽」。

皿《さら》

黄色い菫《すみれ》が咲く頃の昔、
海豚《イルカ》は天にも海にも頭をもたげ、
尖《とが》つた船に花が飾られ
ディオニソスは夢みつゝ航海する
模様のある皿の中で顔を洗つて
宝石商人と一緒に地中海を渡つた
その少年の名は忘れられた。
麗《ウララカ》な忘却の朝。

メモ　紀元前の絵皿「エキゼキュアスの杯」をもとに作られた詩。古代ギリシャのイメージで構成されている。萩原朔太郎の解説「難解の詩について」がある。
出典　『Ambarvalia』椎の木社、一九三三（昭和八）年九月。『尺牘（せきとく）』第六冊、一九三三年十月、に再録。

旅《たび》人《びと》

汝《なんぢ》カンシヤクもちの旅人よ
汝《なんぢ》の糞は流れて、ヒベルニヤの海
北海、アトランチス、地中海を汚した
汝《なんぢ》は汝《なんぢ》の村へ帰れ
郷里の崖を祝福せよ
その裸の土は汝《なんぢ》の夜《よ》明《あけ》だ
あけびの実は汝《なんぢ》の霊魂の如く
夏《なつ》中《ぢゅう》ぶらさがつてゐる

メモ　欧州留学体験と、故郷新潟県小千谷（おじや）の風景を組み合わせた詩。フランソワ・レオン・ベヌヴィルが聖フランチェスコを描いた絵の影響がある。
出典　『Ambarvalia』椎の木社、一九三三（昭和八）年九月。初出同上。

旅《たび》人《びと》かへらず　一《いち》

旅人は待てよ
このかすかな泉に
舌を濡《ぬ》らす前に
考へよ人生の旅人
汝《なんぢ》もまた岩《いは》間《ま》からしみ出た

水霊にすぎない
この考へる水も永劫《えいごふ》には流れない
永劫《えいごふ》の或時《あるとき》にひからびる
ああかけすが鳴いてやかましい
時々この水の中から
花をかざした幻影の人が出る
永遠の生命を求めるは夢
流れ去る生命のせせらぎに
思ひを捨て遂《つひ》に
永劫《えいごふ》の断崖《だんがい》より落ちて
消え失《う》せんと望むはうつつ
さう言うはこの幻影の河童《かっぱ》
村や町へ水から出て遊びに来る
浮雲の影に水草ののびる頃

メモ　難解な思想詩。命は有限だが、優れた詩は永遠に残る。だが、作品の消滅を願うことこそが本来の詩人のあり方だと思う時もある。こう解釈したい。

出典　『旅人かへらず』東京出版、一九四七（昭和二十二）年八月。初出同上。

田《た》中《なか》冬《ふゆ》二《じ》（一八九四—一九八〇）

皿《さら》

しろい一枚の皿を　見てゐることはかなしいことだ
そこに季節の果物が　燈火のやうにもりあがり
あたたかいよい女性の肉があふれ
まづしいみづいろの　わたしの思想がみち・・・
ああ　一枚の
からの皿を　ぢつとながめてゐることは
まことにかなしいことだ

メモ　幸福を求める切ない思いを語った詩。まだ手に入れていない幸せを、薄幸の詩人は白い皿の上に思い描く。果物、女性、思想。その切実さが印象的。

出典　『青い夜道』第一書房、一九二九（昭和四）年十二月。初出は『オルフェオン』創刊号、一九二九年四月。初出総題「詩三篇」。

青《あを》い夜《よ》道《みち》

いつぱいの星だ
くらい夜みちは
星雲の中へでもはひりさうだ
とほい村は
青いあられ酒を　あびてゐる

ぼむ　ぼうむ　ぼむ

町で修繕《なほ》した時計を
風呂敷包《ふろしきづつみ》に脊負《せお》つた少年がゆく

ぼむ　ぼむ　ぼうむ　ぼむ……

少年は生きものを　脊負《せお》つてるやうにさびしい

ぼむ　ぼむ　ぼむ　ぼうむ……

ねむくなつた星が
水気を孕《はら》んで下りてくる
あんまり星が　たくさんなので
白い穀倉《こくぐら》のある村への路《みち》を迷ひさうだ

メモ　奉公人と思われる少年が背負う柱時計は、人生の重荷の象徴。両親と死別した田中冬二は、叔父に育てられた。そのため自ら進学を諦めて働き始めた。

出典　『青い夜道』第一書房、一九二九（昭和四）年十二月。初出未詳。

ふるさとにて

ほしがれひをやくにほひがする
ふるさとのさびしいひるめし時だ

板屋根に
石をのせた家々
ほそぼそと　ほしがれひをやくにほひがする
ふるさとのさびしいひるめし時だ

がらんとしたしろい街道を

山の雪売りが　ひとりあるいてゐる

少年の日郷土越中にて

メモ　富山県生地（いくじ）が舞台。父の故郷にすぎず、少年期に弟に会いに行っただけの場所。詩人が描く衰退した「ふるさと」は、疎外感に満ちている。

出典『青い夜道』第一書房、一九二九（昭和四）年十二月。初出は『パンテオン』第二号、一九二八（昭和三）年五月。

くずの花《はな》

ぢぢいと　ばばあが
だまつて　湯にはひつてゐる
山の湯のくずの花
山の湯のくずの花

黒薙温泉

メモ　庶民の人生に思いをはせた詩。苦労を重ねてきた老夫婦は、言葉を交わさずとも互いを理解している。目立たない小さなくずの花は、二人の生涯の象徴。

出典『青い夜道』第一書房、一九二九（昭和四）年十二月。初出は『パンテオン』第四号、一九二八（昭和三）年七月。初出題名「くずの花（黒薙温泉）」。

春《はる》

すぺいんささげの鉢を
外へだしてねてもよい頃となりました
今夜から明日の朝へかけて
太平洋の沿岸は
暖い雨になるだらうと
海洋測候所は報じてゐます

メモ　心寛ぐ春の訪れを描いた詩。幼くして父母と死別した詩人は、穏やかな日々を望んでいた。「すぺいんささげ」は架空の植物名。海洋測候所も虚構である。

出典『青い夜道』第一書房、一九二九（昭和四）年十二月。初出は『パンテオン』第四号、一九二八（昭和三）年七月。

新《あたら》しい沓下《くつした》

銀行へ出勤《で》てゐて
ふと苛《いら》立《だた》しい気になることがある
その時私は思ふ
今日私は新しい沓下《くつした》を穿《は》いてゐるのだと
その感情《おもひ》がわづかに悲しい心を
制してくれる

メモ　サラリーマンの心理を描いた作品。時間を会社に売り渡す勤め人の、ささやかな慰めを表現している。田中冬二は安田財閥一族で、第三銀行に勤めた。

出典『海の見える石段』第一書房、一九三〇（昭和五）年十二月。初出未詳。

雪《ゆき》の日《ひ》

雪がしんしんと降つてゐる
町の魚屋に赤い魚青い魚が美しい
町は人通りもすくなく
鶏《にはとり》もなかない　犬も吠えない

暗いので電燈をともしてゐる郵便局に
電信機の音だけがする
雪がしんしんと降つてゐる
雪の日はいつのまにか
どこからともなく暮れる
こんな日　山の獣《けもの》や鳥たちは
どうしてゐるだらう
あのやさしくて臆病《おくびやう》な鹿は
どうしてゐるだらうか
鹿はあたたかい春の日ざしと
若草を慕《した》つてゐる
ゐのししはこんな日の夜には
雪の深い山奥から雪の少い里近くまで
餌《ゑさ》をさがしに出てくるかも知れない
お寺の柱に大きな穴をあけた啄木鳥《きつつき》は
どうしてゐるだらう
みんな寒いだらう
すつかり暮れたのに
雪がしんしんと降つてゐる
夕餉《ゆふげ》の仕度《したく》の汁《しる》の匂ひがする

メモ 雪国を舞台にした抒情詩。郵便局の電灯や夕食の匂いが温かさを生み出している。雪・夜・啄木鳥・獣と、吉田一穂「少年思慕調」からの影響は明らか。

出典 『春愁』岩谷書店、一九四七（昭和二十二）年五月。初出は『銀河』第二巻第一号、一九四七年一月。

大《おお》木《き》惇《あつ》夫《お》

（一八九五—一九七七）

風《かぜ》・光《ひかり》・木《こ》の葉《は》

一すじの草にも
われはすがらむ、
風のごとく。

かぼそき蜘蛛《くも》の糸にも
われはかゝらむ、
木の葉のごとく。

蜻蛉《あきつ》のうすき羽《はね》にも
われは透《す》き入《い》らむ、
光のごとく。

風、光、
木の葉とならむ、
心むなしく。

メモ 繊細な感情を表現した詩。機会を得て詩壇に出たい気持ちが感じられる。光注ぐ小田原に転居し、北原白秋の知遇を得てアルス社の雑誌に掲載された。

出典 『風・光・木の葉』アルス、一九二五（大正十四）年一月。初出は『詩と音楽』第二巻第一号、一九二三（大正十二）年一月。初出総題「風、光、木の葉」、初出題名「心虚しく」。

戦《せん》友《いう》別《べつ》盃《ばい》の歌《うた》

南支那海の船上にて

言ふなかれ、君よ、わかれを、
世の常を、また生き死にを、
海《うな》原《ばら》のはるけき果てに
今や、はた何をか言はん、

熱き血を捧《ささ》ぐる者の
大いなる胸を叩けよ、
満月を盃《はい》にくだきて
暫《しば》し、たゞ酔ひて勢《きほ》へよ、
わが征《ゆ》くはバタビヤの街
君はよくバンドンを突け、
この夕べ相離《あひさか》るとも
かがやかし南十字を
いつの夜《よ》かまた共に見ん、
言ふなかれ、君よ、わかれを、
見よ、空と水うつところ
黙々と雲は行き雲はゆけるを。

メモ　最も人口に膾炙した大東亜戦争の詩。徴用作家としてジャワに赴く輸送船上で、死を覚悟して友との別れをうたった。戦後、俳優森繁久彌が愛誦した。

出典　『海原にありて歌へる』アジヤラヤ出版部、一九四二（昭和十七）年十一月。初出は『赤道報壁新聞』第十六号、一九四二年三月二十六日。

金《かね》子《こ》光《みつ》晴《はる》

（一八九五—一九七五）

しやぼん玉《だま》の唄《うた》

しやぼん玉は
どこいつた。

かるがるとはかない
ふれもあえずにこはれる
にぎやかなあの夢は
どこへいつた。

甘やかな踊《をどり》や唄《うた》の
つれてゆかれたさきは
どこなのだ。

薔薇《ばら》色《いろ》の
しやぼん玉よ。
ばらの肌のばらの汗よ。

ひらくよりもはやく
別辞をつげて
そらへあがつていつたもの。
ときのまの愛着よ。

旅立つ虹よ。

荒廃のまんなかで
人が追ふ
しやぼん玉。

大きな玉よ。小さな玉よ。
みんなどこへいつた。

僕の心に永遠にのこらうとして
亡《ほろ》びていつたうつくしさなのか。

玉虫がらすよりも匂《にほ》やかに
空にうかんだ天女たちよ。

2

支那の古い天子は馬にのつて
崑《こん》崙《ろん》まで追つかけていつたといふ。
あはれ、このしやぼん玉よ。

かへり来ぬ日日の
かちどきよ。
流行どもの昇天よ。

小さく、小さくあがつてゆく
道化一座《バントーム》よ。

女学生たちの合唱歌《コーラス》よ。

とび去つた頬の艶《つや》。
蒸発した詩よ。

西暦一九四〇年頃から
僕の見失つてしまつたそれら。

銃火で四散し
政治から
逃げのびたもの共《ども》よ。

おまへたちはいま
どこをとんでゐる。

おまへたちは
どこの空を漾《ただよ》ふ。

しやぼん玉よ。
しやぼん玉よ。

忘れつぽい舟乗りどもはおまへたちを
アフリカ沖でみたといふ。
ほらふきの探検隊は、みてきたやうに
北洋の氷のうへで膃肭獣《おつとせい》が
吻《くち》から吻《くち》へ、おまへたちを受取つて
あそんでゐたと、真顔でかたる。

メモ　徹底したエゴイストである金子光晴が、大東亜戦争に不満を表明した詩。しゃぼん玉は、戦時体制下で制約された自由の象徴。昭和二十年二月八日作。
出典　『蛾』北斗書院、一九四八（昭和二十三）年九月。初出は『文芸』第三巻第二号、一九四六（昭和二十一）年四月。初出総題「詩五篇」。

冨士《ふじ》

重箱のやうに
狭つくるしいこの日本。

すみからすみまでみみつちく
俺達《おれたち》は数えあげられてゐるのだ。

そして、失礼千万にも
俺達《おれたち》を召集しやがるんだ。

戸籍簿よ。早く焼けてしまへ。
誰も。俺《おれ》の息子をおぼえてるな。

息子よ。
この手のひらにもみこまれてゐろ。
帽子のうらへ一時、消えてゐろ。

父と母とは、裾《すそ》野《の》の宿で
一晩《ひとばん》ぢう、そのことを話した。
裾《すそ》野《の》の枯林をぬらして
小枝をピシピシ折るやうな音を立てて
夜《よ》どうし、雨がふつてゐた。

息子よ。づぶぬれになつたお前が
重たい銃を曳《ひ》きづりながら、喘《あへ》ぎながら
自失したやうにあるいてゐる。それはどこだ？

どこだかわからない。が、そのお前を
父と母とがあてどなくさがしに出る
そんな夢ばかりのいやな一夜が
長い、不安な夜がやつと明ける。

雨はやんでゐる。
息子のゐないうつろな空に
なんだ。糞《くそ》面白くもない
あらひざらした浴衣《ゆかた》のやうな
富士。

メモ　一人息子を召集されかかった詩人が、祖国の象徴富士山を罵倒した作品。疎開先山中湖畔が舞台。金子光晴には戦争翼賛作『マライの健ちゃん』がある。
出典　『蛾』北斗書院、一九四八（昭和二十三）年九月。初出は『鱒』第一巻第二号、一九四七（昭和二十二）年三月。初出総題「金子光晴詩集」。

洗面器《せんめんき》

（僕は長年のあひだ、洗面器といふうつはは、僕たちが顔や手を洗ふのに湯、水を入《い》れるものとばかり思つてゐた、ところが、爪哇《ジャワ》人たちは、それに羊《カンピン》や、魚《イカン》や、鶏や果実などを煮込んだカレー汁をなみなみとたたへて、花咲く合歓《ねむ》木の木蔭でお客を待つてゐるし、その同じ洗面器にまたがつて広東《カントン》の女たちは、

嫖客《へうかく》の目の前で不浄をきよめ、しやぼりしやぼりと
さびしい音を立てて尿《いばり》をする。）

洗面器のなかの
さびしい音よ。

くれてゆく岬《タンジョン》の
雨の碇泊《とまり》。

ゆれて、
傾いて、
疲れたこころに
いつまでもはなれぬひびきよ。

人の生のつづくかぎり
耳よ。おぬしは聴くべし。

洗面器のなかの
音のさびしさを。

メモ　人間の本質を食欲・性欲・排泄と捉えた詩。清潔保持とは正反対の洗面器使用法である。実際はシンガポールのインド人路上販売と上海の娼婦に取材。

出典　『女たちへのエレジー』創元社、一九四九（昭和二十四）年五月。初出は『人民文庫』第二巻第十二号、一九三七（昭和十二）年十月。

くらげの唄《うた》

ゆられ、ゆられ
もまれもまれて
そのうちに、僕は
こんなに透《す》きとほってきた。

だが、ゆられるのは、らくなことではないよ。

外からも透《す》いてみえるだろ。ほら。
僕の消化器のなかには
毛の禿《ち》びた歯刷子《はぶらし》が一本、
それに、黄ろい水が少量。

心なんてきたならしいものは
あるもんかい。いまごろまで。
はらわたもろとも
波がさらっていった。

僕？　僕とはね、
からっぽのことなのさ。
からっぽが波にゆられ、
また、波にゆりかへされ。

しをれたかとおもふと、
ふじむらさきにひらき、
夜は、夜で
ランプをともし。

いや、ゆられてゐるのは、ほんとうは
からだを失《な》くしたこころだけなんだ。
こころをつつんでゐた
うすいオブラートなのだ。

いやいや、こんなにからっぽになるまで
ゆられ、ゆられ
もまれ、もまれた苦しさの
疲れの影にすぎないのだ！

メモ　漂うクラゲの描写を通じて、敗戦後の空虚感・虚無感を表現した作品。従来の価値観が崩壊した米軍占領下、反体制的金子光晴も精神的に漂流している。

出典　『人間の悲劇』創元社、一九五二（昭和二十七）年十二月。初出は『改造』第三十三巻第十一号、一九五二年八月。初出題名「くらげの唄――人間はきたない。」。

宮《みや》沢《ざわ》賢《けん》治《じ》　（一八九六―一九三三）

序《じょ》

わたくしといふ現象は
仮定された有機交流電燈の
ひとつの青い照明です

（あらゆる透明な幽霊の複合体）
風景やみんなといつしよに
せはしくせはしく明滅しながら
いかにもたしかにともりつづける
因果交流電燈の
ひとつの青い照明です
（ひかりはたもち、その電燈は失はれ）

これらは二十二箇月の
過去とかんずる方角から
紙と鉱質インクをつらね
（すべてわたくしと明滅し
　みんなが同時に感ずるもの）
ここまでたもちつゞけられた
かげとひかりのひとくさりづつ
そのとほりの心象スケッチです

これらについて人や銀河や修羅や海胆《うに》は
宇宙塵《ちん》をたべ、または空気や塩水を呼吸しながら
それぞれ新鮮な本体論もかんがへませうが

それらも畢竟《ひつきやう》こゝろのひとつの風物です
たゞたしかに記録されたこれらのけしきは
記録されたそのとほりのこのけしきで
それが虚無ならば虚無自身がこのとほりで
ある程度まではみんなに共通いたします
（すべてがわたくしの中のみんなであるやうに
　みんなのおのおののなかのすべてですから）

けれどもこれら新世代沖積世《ちゆうせきせい》の
巨大に明るい時間の集積のなかで
正しくうつされた筈《はず》のこれらのことばが
わづかその一点にも均《ひと》しい明暗のうちに
　（あるひは修羅の十億年）
すでにはやくもその組立や質を変じ
しかもわたくしも印刷者も
それを変らないとして感ずることは
傾向としてはあり得《え》ます
けだしわれわれがわれわれの感官《かんくわん》や
風景や人物をかんずるやうに
そしてたゞ共通に感ずるだけであるやうに

記録や歴史、あるひは地史といふものも
それのいろいろの論料《データ》といつしよに
（因果の時空的制約のもとに）
われわれがかんじてゐるのに過ぎません
おそらくこれから二千年もたつたころは
それ相当のちがつた地質学が流用され
相当した証拠もまた次次過去から現出し
みんなは二千年ぐらゐ前には
青ぞらいつぱいの無色な孔雀《くじやく》が居《ゐ》たとおもひ
新進の大学士たちは気圏のいちばんの上層
きらびやかな氷窒素《ちつそ》のあたりから
すてきな化石を発掘《はつくつ》したり
あるひは白堊紀《はくあき》砂岩の層面に
透明な人類の巨大な足跡を
発見するかもしれません

すべてこれらの命題は
心象《しんしやう》や時間それ自身の性質として
第四次延長のなかで主張されます

大正十三年一月廿日

宮沢賢治

メモ　詩集出版の抱負を難解な比喩で述べた詩。私の詩はささやかな作品だが、遠い未来には必ずや読者の共感と評価を得て歴史に残るはずだ、と主張する。

出典『春と修羅』関根書店、一九二四（大正十三）年四月。初出同上。

屈折率《くつせつりつ》

七つ森のこつちのひとつが
水の中よりもつと明るく
そしてたいへん巨《おほ》きいのに
わたくしはでこぼこ凍つたみちをふみ
このでこぼこの雪をふみ
向ふの縮《ちぢ》れた亜鉛《あえん》の雲へ
陰気な郵便脚夫《きやくふ》のやうに
（またアラッディン、洋燈《ラムプ》とり）
急がなければならないのか

メモ　人生の使命感を問う作品。快適な場所を捨て、敢えて困難な道を選ぶ意味を自問する。アラジンは、魔法のランプ入手のため暗い洞窟の奥に向かった。

出典　『春と修羅』関根書店、一九二四（大正十三）年四月。初出同上。

くらかけの雪《ゆき》

たよりになるのは
くらかけつづきの雪ばかり
野はらもはやしも
ぼしやぼしやしたり黝《くす》んだりして
すこしもあてにならないので
ほんたうにそんな酵母《かうぼ》のふうの
朧《おぼ》ろなふぶきですけれども
ほのかなのぞみを送るのは
くらかけ山の雪ばかり
（ひとつの古風な信仰です）

メモ　遥かな理想を信じる「古風な」気持ちを述べた作品。足元の現実は困難だが、遠くに見える鞍掛山の雪は、明確な目標を示し希望をもたらしてくれる。

出典　『春と修羅』関根書店、一九二四（大正十三）年四月。初出同上。

春《はる》と修羅《しゆら》

（mental sketch modified）

心象《しんしやう》のはいいろはがねから
あけびのつるはくもにからまり
のばらのやぶや腐植《ふしよく》の湿地
いちめんのいちめんの諂曲《てんごく》模様
（正午の管楽《くわんがく》よりもしげく
琥珀《こはく》のかけらがそそぐとき）
いかりのにがさまた青さ
四月の気層のひかりの底を
唾《つばき》し　はぎしりゆききする
おれはひとりの修羅なのだ
（風景はなみだにゆすれ）
砕ける雲の眼路《めぢ》をかぎり
　れいらうの天の海には
　聖玻璃《せいはり》の風が行き交《か》ひ

ZYPRESSEN《ツイプレッセン》 春のいちれつ
くろぐろと光素《エーテル》を吸ひ
その暗い脚並《あしなみ》からは
天山の雪の稜《りょう》さへひかるのに
（かげらふの波と白い偏光《へんくわう》）
まことのことばはうしなはれ
雲はちぎれてそらをとぶ
ああかがやきの四月の底を
はぎしり燃えてゆききする
おれはひとりの修羅なのだ
（玉髄《ぎょくずい》の雲がながれて
どこで啼《な》くその春の鳥）
日輪《にちりん》青くかげろへば
修羅は樹林に交響し
陥《おちい》りくらむ天の椀《わん》から
黒い木の群落が延《の》び
その枝はかなしくしげり
すべて二重の風景を
喪神《さうしん》の森の梢《こずゑ》から
ひらめいてとびたつからす

（気層いよいよすみわたり
ひのきもしんと天に立つころ）
草地の黄金をすぎてくるもの
ことなくひとのかたちのもの
けらをまとひおれを見るその農夫
ほんたうにおれが見えるのか
まばゆい気圏の海のそこに
（かなしみは青々ふかく）
ZYPRESSEN《ツイプレッセン》 しづかにゆすれ
鳥はまた青ぞらを截《き》る
（まことのことばはここになく
修羅のなみだはつちにふる）
あたらしくそらに息つけば
ほの白く肺はちぢまり
（このからだそらのみぢんにちらばれ）
いてふ《（ちょう）》のこずえまたひかり
ZYPRESSEN《ツイプレッセン》 いよいよ黒く
雲の火ばなは降りそそぐ

メモ　保阪嘉内（かない）に信仰共有を拒絶され怒り悲しむ自分を、修羅として描いた。詩人の苦悩が春の風景に展開する。感情の起伏を視覚的に表現した。
出典『春と修羅』関根書店、一九二四（大正十三）年四月。初出同上。

雲《くも》の信号《しんがう》

あゝいゝな、せいせいするな
風が吹くし
農具はぴかぴか光つてゐるし
山はぼんやり
岩頸《がんけい》だつて岩鐘《がんしやう》だつて
みんな時間のないころのゆめをみてゐるのだ
　そのとき雲の信号は
　もう青白い春の
　　禁慾のそら高く掲《かか》げられてゐた
山はぼんやり
きつと四本杉には
今夜は雁もおりてくる

メモ　自然との交感の詩。宮沢賢治は春霞の山に接し、悠久の時間を感じている。「雲の信号」は旗のイメージ。農作業にいそしむ詩人に挨拶し、近づいてくる。
出典『春と修羅』関根書店、一九二四（大正十三）年四月。初出同上。

報告《ほうこく》

さつき火事だとさわぎましたのは虹でございました
もう一時間もつづいてりんと張つて居《を》ります

メモ　暗喩の詩。災難（火事）と見えるものも、実は希望や理想（虹）なのだと、喜び勇んで「報告」している。堀口大学訳「火事」の影響が想定される。
出典『春と修羅』関根書店、一九二四（大正十三）年四月。初出同上。

岩手山《いはてさん》

そらの散乱反射のなかに
古ぼけて黒くえぐるもの
ひかりの微塵《みぢん》系列《けいれつ》の底に

きたなくしろく澱《よど》むもの

メモ　苦い記憶が残る岩手山を否定的に描いた作品。詩人は保阪嘉内（かない）と岩手山で信仰の誓いを立てたが、後に拒絶される。第三行は後に改稿された。
出典『春と修羅』関根書店、一九二四（大正十三）年四月。初出同上。

高《かう》原《げん》

海だべがど、おら、おもたれば
やつぱり光る山だたぢやい
ホウ
髪《かみ》毛《け》　風吹けば
鹿《しし》踊りだぢやい

メモ　心の高ぶりを語り口調の方言で表現した詩。高原の爽風に吹かれ乱れる髪は、躍動的民俗芸能鹿踊りのように見えた。「ホウ」が詩人の興奮を伝える。
出典『春と修羅』関根書店、一九二四（大正十三）年四月。初出同上。

永《えい》訣《けつ》の朝《あさ》

けふのうちに
とほくへいつてしまふわたくしのいもうとよ
みぞれがふつておもてはへんにあかるいのだ
（あめゆじゆとてちてけんじや）
うすあかくいつさう陰《いん》惨《ざん》な雲から
みぞれはびちよびちよふつてくる
（あめゆじゆとてちてけんじや）
青い蓴《じゆん》菜《さい》のもやうのついた
これらふたつのかけた陶《たう》椀《わん》に
おまへがたべるあめゆきをとらうとして
わたくしはまがつたてつぽうだまのやうに
このくらいみぞれのなかに飛びだした
（あめゆじゆとてちてけんじや）
蒼《さう》鉛《えん》いろの暗い雲から
みぞれはびちよびちよ沈んでくる
ああとし子
死ぬといふいまごろになつて
わたくしをいつしやうあかるくするために

こんなさつぱりした雪のひとわんを
おまへはわたくしにたのんだのだ
ありがたうわたくしのけなげないもうとよ
わたくしもまつすぐにすすんでいくから
　　（あめゆじゆとてちてけんじや）
はげしいはげしい熱やあえぎのあひだから
おまへはわたくしにたのんだのだ
銀河や太陽、気圏などとよばれたせかいの
そらからおちた雪のさいごのひとわんを……
……ふたきれのみかげせきざいに
みぞれはさびしくたまつてゐる
わたくしはそのうへにあぶなくたち
雪と水とのまつしろな二《に》相《さう》系《けい》をたもち
すきとほるつめたい雫《しづく》にみちた
このつややかな松のえだから
わたくしのやさしいいもうとの
さいごのたべものをもらつていかう
わたしたちがいつしよにそだつてきたあひだ
みなれたちやわんのこの藍《あゐ》のもやうにも
もうけふおまへはわかれてしまふ

（Ora Orade Shitori egumo）
ほんたうにけふおまへはわかれてしまふ
あぁあのとざされた病室の
くらいびやうぶやかやのなかに
やさしくあをじろく燃えてゐる
わたくしのけなげないもうとよ
この雪はどこをえらばうにも
あんまりどこもまつしろなのだ
あんなおそろしいみだれたそらから
このうつくしい雪がきたのだ
　　（うまれでくるたて
　　　こんどはこたにわりやのごとばかりで
　　　くるしまなあよにうまれてくる）
おまへがたべるこのふたわんのゆきに
わたくしはいまこころからいのる
どうかこれが天上のアイスクリームになつて
おまへとみんなとに聖《きよ》い資糧をもたらすやうに
わたくしのすべてのさいはひをかけてねがふ

メモ　妹とし子の死を悼んだ詩。妹は茶碗一杯の雪を求めたが、詩人は二杯取ってくる。もう一杯は全人類のためだった。世界救済を目指す同志を失う悲しみ。

出典『春と修羅』関根書店、一九二四（大正十三）年四月。初出同上。

松《まつ》の針《はり》

さつきのみぞれをとつてきた
　あのきれいな松のえだだよ
おお　おまへはまるでとびつくやうに
そのみどりの葉にあつい頬をあてる
そんな植物性の青い針のなかに
はげしく頬を刺させることは
むさぼるやうにさへすることは
どんなにわたくしたちをおどろかすことか
そんなにまでもおまへは林へ行きたかつたのだ
おまへがあんなにねつに燃され
あせやいたみでもだえてゐるとき
わたくしは日のてるところでたのしくはたらいたり
ほかのひとのことをかんがへながら森をあるいてゐた
《ああいい　さつぱりした
　まるで林のながさ来たよだ》
鳥のやうに栗鼠《りす》のやうに
おまへは林をしたつてゐた
どんなにわたくしがうらやましかつたらう
ああけふのうちにとほくへさらうとするいもうとよ
ほんたうにおまへはひとりでいかうとするか
わたくしにいつしよに行けとたのんでくれ
泣いてわたくしにさう言つてくれ
　おまへの頬の　けれども
なんといふけふのうつくしさよ
わたくしは緑のかやのうへにも
この新鮮な松のえだをおかう
いまに雫《しづく》もおちるだらうし
そら
さわやかな
terpentine《ターペンテイン》 の匂《にほひ》もするだらう

メモ　病人が松の針を刺したのは、他の場所の痛みを忘れるため。「林へ行きたかつた」は詩人の独自解釈。「ほかのひと」は、信仰共有拒否の保阪嘉内と推定。

出典　『春と修羅』関根書店、一九二四（大正十三）年四月。初出同上。

無《む》声《せい》慟《どう》哭《こく》

こんなにみんなにみまもられながら
おまへはまだここでくるしまなければならないか
ああ巨《おほ》きな信のちからからことさらにはなれ
また純粋やちいさな徳性のかずをうしなひ
わたくしが青ぐらい修羅をあるいてゐるとき
おまへはじぶんにさだめられたみちを
ひとりさびしく往かうとするか
信仰を一つにするたつたひとりのみちづれのわたくしが
あかるくつめたい精進《しやうじん》のみちからかなしくつかれてゐて
毒草や蛍光菌のくらい野原をただよふとき
おまへはひとりどこへ行かうとするのだ
　（おら、おかないふうしてらべ）
何といふあきらめたやうな悲痛なわらひやうをしながら
またわたくしのどんなちいさな表情も
けつして見遁《みのが》さないやうにしながら
おまへはけなげに母に訊《き》くのだ
　（うんにや　ずゐぶん立派だぢやい
　　けふはほんとに立派だぢやい）
ほんたうにさうだ
髪だつていつさうくろいし
まるでこどもの苹果《りんご》の頬だ
どうかきれいな頬をして
あたらしく天にうまれてくれ
　《それでもからだくさえがべ？》
　《うんにや　いつかう》
ほんたうにそんなことはない
かへつてここはなつののはらの
ちいさな白い花の匂《にほひ》でいつぱいだから
ただわたくしはそれをいま言へないのだ
　　（わたくしは修羅をあるいてゐるのだから）
わたくしのかなしさうな眼をしてゐるのは
わたくしのふたつのこころをみつめてゐるためだ

ああそんなに
かなしく眼をそらしてはいけない

メモ　求道の誓いを裏切った保阪嘉内に、宮沢賢治は執着していた。この誤った修羅の道にいる兄を妹が見捨てて死に去ることを、詩人は心から恐れている。

出典『春と修羅』関根書店、一九二四（大正十三）年四月。初出同上。

曠原《くわうげん》淑女《しゆくぢよ》

（作品第九三番）

日ざしがほのかに降つてくれば
またうらぶれの風も吹く
にはとこやぶのうしろから
二人のおんながのぼつて来る
けらを着《き》粗《あら》い縄《なは》をまとひ
萱草《くわんざう》の花のやうにわらひながら
ゆつくりふたりがすゝんでくる
その蓋《ふた》のついた小さな手桶《てをけ》は
今日ははたけへのみ水を入《い》れて来たのだ
今日でない日は青いつるつるの蓴菜《じゆんさい》を入《い》れ
欠けた朱塗《しゆぬり》の椀《わん》をうかべて
朝の爽《さはや》かなうちに町へ売りにも来たりする
鍬《くは》を二挺《にちやう》たゞしくけらにしばりつけてゐるので
曠原《くわうげん》の淑女《しゆくぢよ》よ
あなたがたはウクライナの
舞手《まひて》のやうに見える
……風よたのしいおまへのことばを
もつとはつきり
この人たちにきこえるやうに云《い》つてくれ
……

メモ　働く農村の女を理想化して描いた作品。蓑・荒縄・手桶・鍬と、二人は典型的な百姓姿である。詩人は彼女らを「淑女」「ウクライナの舞手」と美化する。

出典『宮沢賢治全集』第一巻、文圃堂書店、一九三五（昭和十）年七月。初出同上。

雨《あめ》ニモマケズ

雨ニモマケズ
風ニモマケズ

雪ニモ夏ノ暑サニモマケヌ
丈夫ナカラダヲモチ
慾《よく》ハナク
決シテ瞋《いか》ラズ
イツモシヅカニワラツテヰル
一日ニ玄米四合ト
味噌ト少シノ野菜ヲタベ
アラユルコトヲ
ジブンヲカンジヨウニ入《い》レズニ
ヨクミキキシワカリ
ソシテワスレズ
野原ノ松ノ林ノ蔭ノ
小サナ萱《かや》ブキノ小屋ニヰテ
東ニ病気ノコドモアレバ
行ツテ看病シテヤリ
西ニツカレタ母アレバ
行ツテソノ稲ノ束《たば》ヲ負ヒ
南ニ死ニサウナ人アレバ
行ツテコハガラナクテモイイトイヒ
北ニケンクワヤソシヨウガアレバ
ツマラナイカラヤメロトイヒ
ヒデリノトキハナミダヲナガシ
サムサノナツハオロオロアルキ
ミンナニデクノボウトヨバレ
ホメラレモセズ
クニモサレズ
サウイフモノニ
ワタシハ
ナリタイ

メモ　自らを指導者と位置づける宮沢賢治が、高貴なる者の責務（ノブレス・オブリージュ）の精神を語ったメモ。病床にあって、自己犠牲的な奉仕を願った。

出典　『宮沢賢治研究』第二号、一九三五（昭和十）年六月。初出は『岩手日報』一九三四（昭和九）年九月二十一日。初出題名「遺作（最後のノートから）」。原稿は『雨ニモマケズ手帳』一九三一（昭和六）年十一月三日の条。

壺井繁治《つぼいしげじ》

（一八九七―一九七五）

石《いし》

石は
億万年を
黙つて
暮らしつづけた
その間に
空は
晴れたり
曇《くも》つたりした

メモ　戦時下左翼詩人の心境表現。何度も投獄された壺井繁治は、石のように沈黙して時代の嵐をやりすごしたいと願う。高橋新吉「るす」に影響を与えたか。

出典　『壺井繁治詩集』青磁社、一九四二（昭和十七）年三月。初出未詳。

熊《くま》

三月なかばだというのに
今朝は珍らしい大雪だ
長靴《ながぐつ》をはいて
雪の中をざくざく歩くと
これはまたわが足跡《あしあと》のなんと大きなこと
東京のまん中で熊になつた
人間は居《を》らぬか
人間といふ奴《やつ》は居《を》らぬか

メモ　昭和十九年三月十八日の話。戦時下で生活は統制され、左翼詩人壺井繁治も戦争詩を発表した。我慢の日々の中、雪で本来の野性が目覚めたのだった。

出典　『壺井繁治詩集』真理社、一九四八（昭和二十三）年七月。初出は『若い人』第一巻第二号、一九四六（昭和二十一）年六月。

八《や》木《ぎ》重《じゅう》吉《きち》

（一八九八—一九二七）

うつくしいもの

わたしのみづからのなかでもいい
わたしの外の　せかいでも　いい
どこにか「ほんとうに　美しいもの」は　ないのか
それが　敵であつても　かまわない
及びがたくても　よい
ただ　在るといふことが　分りさへすれば、
ああ　ひさしくも　これを追ふにつかれたこころ

メモ　究極の真善美が得られない苦しみを述べた作品。「ほんとう」の美を求めるほど、答えは遠ざかってしまう。純粋な詩人は、純粋さ故に苦悩している。

出典　『秋の瞳』新潮社、一九二五（大正十四）年八月。初出同上。

花《はな》になりたい

えんぜるになりたい
花になりたい

メモ　思いつめた詩人が、その反動で心に描いた願望である。天使や花は懊悩と無縁。平仮名のエンジェルは、キリスト教から離れた独自の理想像であろう。

出典　『秋の瞳』新潮社、一九二五（大正十四）年八月。初出同上。

心《こころ》よ

こころよ
では　いつておいで
しかし
また　もどつておいでね
やつぱり
ここが　いいのだに
こころよ

では　行つておいで

メモ　迷い揺らぎ苦悩する心を描いた詩。自分の心をもう一つの心が見つめ、呼びかける。詩人の内面は二つに分裂し、対話は自己の内側で完結している。

出典『秋の瞳』新潮社、一九二五（大正十四）年八月。初出同上。

雲《くも》

くものある日
くもは　かなしい
くもの　ない日
そらは　さびしい

メモ「くも」「そら」を題材に、常に悲しく寂しい詩人の心をうたった作品。八木重吉は空を眺めながら、今この場所ではないどこか遠くを思い続けている。

出典『秋の瞳』新潮社、一九二五（大正十四）年八月。初出同上。

人《ひと》を　殺《ころ》さば

ぐさり！　と
やつて　みたし
人を　ころさば
こころよからん

メモ　あれこれ悩むばかりで、いつまでも決断できないもどかしさを表現した作品。殺人の快楽を空想することで、詩人は優柔不断な自分と向き合っている。

出典『秋の瞳』新潮社、一九二五（大正十四）年八月。初出同上。

草《くさ》に　すわる

わたしの　まちがひだつた
わたしのまちがいだつた
こうして　草にすわれば　それがわかる

メモ　内省的な性格の詩人が、自らを深く反省した詩。

作品の四か所の空白が、言葉なき言葉として反省の痛切さを印象づける。草上の低い視線も効果的。

出典『秋の瞳』新潮社、一九二五（大正十四）年八月。

初出同上。

皎《かう》々《かう》とのぼつてゆきたい

それが　ことによくすみわたつた日であるならば
そして君のこころが　あまりにもつよく
説きがたく　消しがたく　かなしさにうづく日なら
君は　この阪《さか》路《みち》をいつまでものぼりつめて
あの丘よりも　もつともつとたかく
皎《かう》々《かう》と　のぼつてゆきたいとは　おもわないか

メモ　悲しみの中で光明を求める気持ちを表現した作品。高低と明暗の対比がある。暗憺たる心理状態の中で、詩人は高く明るい精神を切実に希求している。
出典『秋の瞳』新潮社、一九二五（大正十四）年八月。
初出同上。

はらへたまつてゆく　かなしみ

かなしみは　しづかに　たまつてくる
しみじみと　そして　なみなみと
たまりたまつてくる　わたしの　かなしみは
ひそかに　だが　つよく　透《す》きとほつて　ゆく

こうして　わたしは　痴《ち》人《じん》のごとく
さいげんもなく　かなしみを　たべてゐる
いづくへとても　ゆくところもないゆえ

メモ　悲哀に満ちた憂鬱な心を、腹の身体感覚で描いた詩。悲しみは雪のイメージで表現されている。平仮名と空白の多用が、ぽつりぽつりとした語りを生む。
出典『秋の瞳』新潮社、一九二五（大正十四）年八月。
初出同上。

母《はは》の瞳《ひとみ》

ゆふぐれ
瞳《ひとみ》をひらけば

ふるさとの母うへもまた
とほくみひとみをひらきたまひて
かあゆきものよといひたまふここちするなり

メモ　「瞳をひらけば」には、心を澄まし真実を見るという精神的意味がある。キリスト教徒の詩人は、聖母・慈母からの承認といつくしみを求めてやまない。

出典　『貧しき信徒』野菊社、一九二八（昭和三）年二月。初出は『詩神』第二巻第一号、一九二六（大正十五）年一月。再録は『文章倶楽部』第十二巻第十二号、一九二七（昭和二）年十二月。

光《ひかり》

ひかりとあそびたい
わらつたり
哭《な》いたり
つきとばしあつたりしてあそびたい

メモ　光は希望や救済の象徴。懊悩苦悶しがちな詩人は、一時的に軽やかな心を取り戻したのだろう。「あそび」ほど、八木重吉の資質から遠いものはない。

出典　『貧しき信徒』野菊社、一九二八（昭和三）年二月。初出は『文章倶楽部』第十二巻第十二号、一九二七（昭和二）年十二月。

母《はは》をおもふ

けしきが
あかるくなつてきた
母をつれて
てくてくあるきたくなつた
母はきつと
重吉よ重吉よといくどでもはなしかけるだらう

メモ　慈母への思いを述べた作品。キリスト教徒の聖母マリア信仰とも重なる。詩人は深く思い悩んでおり、全てを受け入れてくれる母の存在を渇望している。

出典　『貧しき信徒』野菊社、一九二八（昭和三）年二月。初出は『詩之家』第一年第四輯、一九二五（大正十四）年十月。再録は、詩話会編『日本詩集一九二六版』新潮社、一九二六（大正十五）年五月。再再録は『文章倶楽部』第十二巻第十二号、一九二七（昭和二）年十二月。

果物《くだもの》

秋になると
果物はなにもかも忘れてしまつて
うつとりと実《み》のつてゆくらしい

メモ　果物は精神的な豊かさや充実感の象徴。「忘れてしまつ」たのは、不必要な苦悩や煩悶であろう。「らしい」は、八木重吉が対極的位置にいることを物語る。
出典　『貧しき信徒』野菊社、一九二八（昭和三）年二月。初出は『詩之家』第二年第十三輯、一九二六（大正十五）年九月。

虫《むし》

虫が鳴いてる
いま　ないてをかなければ
もう駄目だというふうに鳴いてる
しぜんと
涙をさそはれる

メモ　秋の虫の鳴き声に触れ、短い命を燃焼し尽くす生き方への感動を表現した短詩。思索に耽りがちだった内省的詩人は、対極にある活動的人生に憧れた。
出典　『貧しき信徒』野菊社、一九二八（昭和三）年二月。初出は『詩神』第一巻第二号、一九二五（大正十四）年十月。再録は、詩話会編『日本詩集一九二六版』新潮社、一九二六（大正十五）年五月。

踊《をどり》

冬になつて
こんな静かな日はめつたにない
桃子をつれて出たらば
櫟林《くぬぎばやし》のはづれで
子供はひとりでに踊りはじめた
両手をくくれた顎《あご》のあたりでまわしながら
毛糸の真紅《しんく》の頭布《づきん》をかぶつて首をかしげ
しきりにひよこんひよこんやつてゐる
ふくらんで着こんだ着物に染めてある
鳳《ほう》凰《わう》の赤い模様があかるい
きつく死をみつめた私のこころは

桃子がおどるのを見てうれしかつた

メモ 娘の純朴さに心を救われた体験を描いている。精神的に穏やかな日を「静かな日」と述べた。桃子は大正十二年生まれ。当時満二歳。舞台は千葉県の柏。

出典 『貧しき信徒』野菊社、一九二八（昭和三）年二月。初出は『詩之家』第二年第三輯、一九二六（大正十五）年三月。

素《そ》朴《ぼく》な琴《こと》

この明るさのなかへ
ひとつの素朴な琴をおけば
秋の美くしさに耐へかね
琴はしづかに鳴りいだすだらう

メモ 信仰と芸術の一致という、詩人の理想を語った作品。文学は信仰の妨げだとキリスト者八木重吉は考えた。この詩では、秋の美と琴の音は矛盾しない。

出典 『貧しき信徒』野菊社、一九二八（昭和三）年二月。初出は『若草』第二巻第二号、一九二六（大正十五）年二月。初出総題「短詩集」。

故郷

心のくらい日に
ふるさとは祭のようにあかるんでおもわれる

メモ キリスト教徒八木重吉は、内省的な英語教師。職員室では同僚と話もせず静かに読書していたという。現町田市の故郷の記憶は、詩人の心の支えだった。

出典 『貧しき信徒』野菊社、一九二八（昭和三）年二月。初出は『若草』第二巻第二号、一九二六（大正十五）年二月。初出総題「短詩集」。

井《い》伏《ぶせ》鱒《ます》二《じ》

（一八九八—一九九三）

静《せい》夜《や》思《し》　李《り》白《はく》

牀前看月光
疑是地上霜

挙頭望山月
低頭思故郷

ネマノウチカラフト気ガツケバ
霜カトオモフイイ月アカリ
ノキバノ月ヲミルニツケ
ザイシヨノコトガ気ニカカル

メモ 漢詩を換骨奪胎した翻案作品。七七調や七五調で俗謡の雰囲気を出している。ネマやザイシヨとあるから遊女とも解釈可能。権威ある漢詩を俗化した。

出典 作品掲載は以下の通り。1『作品』第六巻第三号、一九三五（昭和十）年三月。随筆「中島健蔵に」の一部分。2『肩車』野田書房、一九三六（昭和十一）年四月。随筆「中島健蔵に」の一部分。3『風俗』モダン日本社、一九四〇（昭和十五）年六月。随筆「中島健蔵に」の一部分。4『仲秋明月』地平社、一九四二（昭和十七）年九月。5『厄除け詩集』木馬社、一九五二（昭和二十七）年一月。本文典拠は2『肩車』。

田家春望《でんかしゅんぼう》 高適《こうてき》

出門何所見
春色満平蕪
可歎無知己
高陽一酒徒

ウチヲデテミリヤアテドモナイガ
正月キブンガドコニモミエタ
トコロガ会ヒタイヒトモナク
アサガヤアタリデオオザケノンダ

メモ 権威ある漢詩を詩人自身の生活風景に転換した作品。長安の地名「高陽」を、庶民的な町阿佐ヶ谷と訳した。俗語的表現で飄逸な雰囲気を出している。

出典 作品掲載は以下の通り。1『作品』第六巻第三号、一九三五（昭和十）年三月。随筆「中島健蔵に」の一部分。2『肩車』野田書房、一九三六（昭和十一）年四月。随筆「中島健蔵に」の一部分。3『風俗』モダン日本社、一九四〇（昭和十五）年六月。随筆「中島健蔵に」の一部分。4『仲秋明月』地平社、一九四二（昭和十七）年九月。5『厄除け詩集』木馬社、一九五二（昭和二十七）年一月。本文典拠は2『肩車』。

秋夜寄丘二十二員外《しうやきうにじふにゐんぐわいによす》　韋応物《ゐおうぶつ》

懐君属秋夜
散歩咏涼天
山空松子落
幽人応未眠

ケンチコヒシヤヨサムノバンニ
アチラコチラデブンガクカタル
サビシイ庭ニマツカサオチテ
トテモオマヘハネニクウゴザロ

メモ　ケンチとは友人中島健蔵のこと。読者が知るよしもない私的世界に引きつけた和訳。一連の訳詩は昭和十年元日の作で、「ヨサム」とあるのはこのため。

出典　作品掲載は以下の通り。1『作品』第六巻第三号、一九三五（昭和十）年三月。随筆「中島健蔵に」の一部分。2『肩車』野田書房、一九三六（昭和十一）年四月。随筆「中島健蔵に」の一部分。3『風俗』モダン日本社、一九四〇（昭和十五）年六月。随筆「中島健蔵に」の一部分。4『仲秋明月』地平社、一九四二（昭和十七）年九月。5『厄除け詩集』木馬社、一九五二（昭和二十七）年一月。本文は流布形となった5『厄除け詩集』に依拠した。

勧酒《くわんしゆ》　于武陵《うぶりよう》

勧君金屈巵
満酌不須辞
花発風雨多
人生足別離

コノサカヅキヲ受ケテクレ
ドウゾナミナミツガシテオクレ
ハナニアラシノタトヘモアルゾ
「サヨナラ」ダケガ人生ダ

メモ　今を楽しめという詩。第四行が名文句として知られている。太宰治「グッドバイ――作者の言葉」や寺山修司の詩「幸福が遠すぎたら」に言及がある。

出典　作品掲載は以下の通り。1『作品』第六巻第三号、一九三五（昭和十）年三月。随筆「中島健蔵に」の一部分。2『肩車』野田書房、一九三六（昭和十一）年四月。随筆「中島健蔵に」の一部分。3『風俗』モダン日本社、

一九四〇（昭和十五）年六月。随筆「中島健蔵に」の一部分。４『仲秋明月』地平社、一九四二（昭和十七）年九月。５『厄除け詩集』木馬社、一九五二（昭和二十七）年一月。本文典拠は２『肩車』。

古別離《こべつり》

孟郊《まうかう》

欲別牽郎衣
郎今到何処
不恨帰来遅
莫向臨印去

ワカレニクサニソデヒキトメテ
オマイコレカライヅクヘユキヤル
カヘリノオソイヲウラミハセヌガ
ヨシハラヘンガ気ニカカル

メモ　漢詩を江戸俗謡風に換骨脱退した作品。成都南西の地名臨卭（りんきょう）を吉原へと移した。異国の詩が日本の伝統的文脈に巧みに移植されている。

出典　作品掲載は以下の通り。１『作品』第六巻第三号、一九三五（昭和十）年三月。随筆「中島健蔵に」の一部分。２『肩車』野田書房、一九三六（昭和十一）年四月。３『風俗』モダン日本社、一九四〇（昭和十五）年六月。随筆「中島健蔵に」の一部分。４『仲秋明月』地平社、一九四二（昭和十七）年九月。５『厄除け詩集』木馬社、一九五二（昭和二十七）年一月。本文典拠は２『肩車』。

なだれ

峯の雪が裂《さ》け
雪がなだれる
そのなだれに
熊が乗つてゐる
あぐらをかき
安閑《あんかん》と
莨《たばこ》をすふやうな恰好《かつかう》で
そこに一ぴき熊がゐる

メモ　水上温泉で村長から雪崩の話を聞いて作った詩。キセルで煙草を吸いつつ語る村長の姿を熊にした。話の内容と話す人の姿を結びつけた点に俳味がある。

出典　『厄除け詩集』野田書房、一九三七（昭和十二）年五月。初出は『四季』第二十二号、一九三六（昭和十一）年十一月号、発行十月。

歳《さい》末《まつ》閑《かん》居《きよ》

ながい梯子《はしご》を廂《ひさし》にかけ
拙者《せつしや》はのろのろと屋根にのぼる
冷たいが棟瓦《むねがはら》にまたがると
こりや甚《はなは》だ眺めがよい。

ところで今日は暮れの三十日
ままよ大胆《だいたん》いつぷくしてゐれば
平野屋《ひらのや》は霜どけの路《みち》を来て
今日も留守だねと帰つて行く。

拙者《せつしや》はのろのろと屋根から降り
梯子《はしご》を部屋の窓にのせる
これぞシーソーみたいな設備かな
子供を相手に拙者《せつしや》シーソーをする。

どこに行つて来たと拙者《せつしや》は子供にきく
母《かあ》ちやんとそこを歩いて来たといふ
凍《こご》えるやうに寒かつたかときけば
子供は凍《こご》えるやうに寒かつたといふ。

メモ　酒屋の年末集金から逃れようとする井伏家を戯画化した詩。平野屋は荻窪に実在した。飄々とした滑稽さに満ちている。成立事情は『荻窪風土記』参照。

出典　『厄除け詩集』野田書房、一九三七（昭和十二）年五月。初出は『四季』第十五号、一九三六（昭和十一）年二月。

逸《いつ》題《だい》

けふは仲秋名月《ちゆうしうめいげつ》
初恋を偲《しの》ぶ夜
われら万障《ばんしやう》くりあはせ
よしの屋で独《ひと》り酒をのむ
春《はる》さん蛸《たこ》のぶつ切りをくれえ

それも塩でくれえ
酒はあついのがよい
それから枝豆《えだまめ》を一皿

あゝ蛸《たこ》のぶつ切りは臍《へそ》みたいだ
われら先《ま》づ腰かけに坐《すわ》りなほし
静かに酒をつぐ
枝豆《えだまめ》から湯気が立つ

けふは仲《ちゆう》秋《しう》名《めい》月《げつ》
初恋を偲《しの》ぶ夜
われら万《ばん》障《しやう》くりあはせ
よしの屋で独《ひと》り酒をのむ　（よしの屋にて）

メモ　李白の漢詩「月下独酌」の世界を、現代の東京に置き換えた飄逸な詩。「われら」とは詩人と仲秋名月のこと。そのため「独り酒をのむ」と矛盾しない。
出典　『厄除け詩集』野田書房、一九三七（昭和十二）年五月。初出は『女子文苑』第三巻第九号、一九三六（昭和十一）年九月。初出題名「小曲――よしの屋にて――」。

つくだ煮《に》の小《こ》魚《ざかな》

ある日　雨の晴れまに
竹の皮に包んだつくだ煮が
水たまりにこぼれ落ちた

つくだ煮の小魚達は
その一ぴき一ぴきを見てみれば
目を大きく見開いて
環《わ》になつて互《たがひ》にからみあつてゐる
鰭《ひれ》も尻尾《しつぽ》も折れてゐない
顎《あご》の呼吸するところには色つやさへある
そして水たまりの水底に放たれたが
あめ色の小魚達は
互《たがひ》に生きて返らなんだ

メモ　水たまりに落として食えなかった魚の命を、間の抜けたおかしみに包みつつ愛惜した詩。言葉はやさしいが、再録のたびに緻密な推敲が繰り返された。
出典　『厄除け詩集』野田書房、一九三七（昭和十二）年五月。初出は『郷土』一九二三（大正十二）年一月。

初出題名「小魚の群」（原本未確認）。再録は『鉄鎚』一九二五（大正十四）年七月。再録題名「つくだにの小魚」（原本未確認）。再再録は『三田文学』第三巻第十一号、一九二八（昭和三）年十一月。再再録総題「粗吟断章」、再再録題名「つくだ煮の小魚」。

寒夜《かんや》母《はは》を思《おも》ふ

今日ふるさとの母者《ははちや》から
ちよつといいものを送つて来た
百両のカハセを送つて来た
ひといきつけるといふものだらう

ところが母者《ははちや》は手紙で申さるる
お前このごろ横着《わうちやく》に候《さうらふ》
これをしみじみ御覧ありたしと
私の六つのときの写真を送つて来た

私は四十すぎたおやぢである
古ぼけた写真に用はない
私は夜ふけて原稿書くのが商売だ
写真などよりドテラがいい

私は著《き》たきりの著《き》たきり雀
襟垢《えりあか》は首にひんやりとする
それで机の前に坐《すわ》るにも
かうして前こごみに坐《すわ》ります

今宵《こよひ》は零下何度の寒さだらう
ペンのインクも凍《い》てついた
鼻水ばかり流れでる
それでも詩を書く瘠《や》せ我慢

母者《ははちや》は手紙で申さるる
お前の瘠《や》せ我慢は無駄ごとだ
小説など何の益にか相成《あひな》るや
田舎に帰れよと申さるる

母者《ははちや》は性来《せいらい》ぐちつぽい
私を横着者《わうちやくもの》だと申さるる
私に山をば愛せと申さるる

土地をば愛せと申さるる
祖先を崇《あが》めよと申さるる
母者《ははぢや》は性来《せいらい》のしあんぼう
私に積立貯金せよと申さるる
お祖師《そし》様を拝めと申さるる
悲しいかなや母者《ははぢや》びと

メモ　中年の息子を子供扱いする母美耶（みや）を描く。先祖・信心・土地・実益を重んじる堅実な母。田舎の古風な価値観に、詩人は郷愁を覚えている。
出典　『仲秋明月』地平社、一九四二（昭和十七）年九月。初出は『新小説選集』第十一巻「陋巷の唄」、春陽堂、一九三八（昭和十三）年十月。初出題名「陋巷の唄」。再録は随筆集『風俗』モダン日本社、一九四〇（昭和十五）年六月。再録題名「寒夜、母を思ふ」。

顎《あご》

けふ顎《あご》のはづれた人を見た
電車に乗つてゐると
途端にその人の顎《あご》がはづれた
その人は狼狽《うろた》へたが
もう間《ま》にあはなかつた
がくりと口があいたきりで
舌を出し涙をながした
気の毒やらをかしいやら
私は笑ひ出しさうになつた
「ほろをん　ほろをん」
橋の下の菖蒲《しやうぶ》は誰が植ゑた菖蒲《しやうぶ》ぞ
ほろをん　ほろをん

私は電車を降りてからも
込み上げて来る笑ひを殺さうとした

メモ　ユーモアの詩。狼狽する他人の姿の滑稽さである。「ほろをん」以下は、狂言《腰祈》の山伏の呪文。人の体を治そうとして失敗した。詩自体が狂言的。
出典　『仲秋明月』地平社、一九四二（昭和十七）年九月。初出は『四季』第三十四号、一九三八（昭和十三）年二月号、発行一月。初出題名「車中所見」。再録は随筆集『風俗』モダン日本社、一九四〇（昭和十五）年六月。

緑蔭《りよくいん》

池の水ぎはの立札《たてふだ》に
「この池に投石すべからず――当寺住職謹言《きんげん》」
と書いてある。

ところが池に石を投げ込むと
どぶんといふ音がする。
もう一つ投げ込むと
どぶんといふ音がする。
何か蘊蓄《うんちく》ありげな音ではないか。

もう一つ投げ込むと
これまた奥妙《あうめう》なる音ではないか。

もう一つ大きな石を投げ込むと
がらりと庫裡《くり》の障子《しやうじ》をあけ
「こら待て、くせもの」
老僧が帯をしめながら
おつとり刀《がたな》の恰好《かつかう》でとび出して来た。

メモ　僧俗の逆転が俳味を生む作品。投石者は水音に蘊蓄や奥妙を感じた。一方老僧は昼寝を邪魔され、怒りながら登場する。禁止が却って実行を生む皮肉。
出典　『厄除け詩集』木馬社、一九五二（昭和二十七）年一月。初出は『四季』第三十号、一九三七（昭和十二）年十月号、発行九月。初出題名「緑蔭の一景」。

夜《よる》の横町《よこちやう》

文芸家協会の懇親会の帰り
マーケット横町を歩いてゐると
前方から新庄嘉章《しんじやうよしあきら》がやって来た。
「やあムッシュー、しばらく。」
「やあ、今晩は。」
いきなり新庄君は外套《ぐわいたう》をぬぎ
両手にかざして左右に飛びまはるのだ。
何の真似か
まさしくこれは闘牛士の真似だ。
赤い毛布で猛牛をじらす真似である。
右に飛び左に飛び
その目まぐるしいフットワークは

さながら五条の橋の牛若丸《うしわかまる》だ。
——だが何の意味か、
こちらを牛にたとへての仕業《しわざ》である。
悲しいかな聯想《れんさう》の行方《ゆくへ》、
こちらは牛のやうに太ってゐる。
「ずいぶん太ったね。」と云《い》ふ代りに
当意即妙　闘牛士の真似……。
不思議に人通りのすくない夜であった。

メモ　自らを戯画化したユーモアの詩。場所は新宿三丁目だろう。新庄嘉章は早稲田大学の仏文学者。井伏をからかって仏語で「ムッシュー」と声をかけた。

出典　『厄よけ詩集』国文社、一九六一（昭和三十六）年三月。初出は『早稲田文学』第十九巻第一号、一九五三（昭和二十八）年一月。初出題名「夜の横丁」。再録は『還暦の鯉』新潮社、一九五七（昭和三十二）年六月。再録題名「夜の横町」。

安西《あんざい》冬衛《ふゆえ》（一八九八―一九六五）

春《はる》

てふてふ《（ちょうちょう）》が一匹韃靼《だったん》海峡を渡つて行つた。

メモ　植民地大連で作られたモダニズムの一行詩。大陸的と日本的、大と小、漢字と平仮名などの対比がある。音声面でも二つの長音、四つの促音が見られる。

出典　『軍艦茉莉』厚生閣書店、一九二九（昭和四）年四月。初出は『亜』第三巻第五号、一九二六（大正十五）年五月。

春《はる》

鰊《にしん》が地下鉄道をくぐつて食卓に運ばれてくる。

メモ　異質なものを連結したモダニズムの詩。都市と自然の対比がある。ニシンの別名は春告魚（はるつげうお）。初出当時、日本初の地下鉄は建設中だった。

出典　『軍艦茉莉』厚生閣書店、一九二九（昭和四）年四月。初出は『亜』第三巻第五号、一九二六（大正十五）年五月。

吉田一穂《よしだいっすい》

（一八九八―一九七三）

母《はは》

あゝ麗《うる》はしい距離《デスタンス》
常に遠のいてゆく風景………
悲しみの彼方《かなた》、母への
捜《さぐ》り打つ夜半の最弱音《ピアニシモ》。

メモ　母への郷愁を暗喩で語った抒情的なモダニズム詩。距離や最弱音に外来語のフリガナを当てた点に特徴がある。吉田一穂の上京を母は温かく支援した。

出典　『海の聖母』金星堂、一九二六（大正十五）年十一月。初出は『詩と音楽』第二巻第三号、一九二三（大正十二）年三月。初出総題「運命」。

少年思慕調《せうねんしぼてう》

林を渡るミステックな啄木鳥《きつつき》よ
（鴨《かも》は谿《たに》の月明りに水浴《みあみ》してゐる）
参星《オリオン》が来た！　あゝ壮麗な夜天の祝祭《まつり》
裏の流れは凍り、音も絶え
遠く雪嵐が吼《ほ》えてゐる……。
落葉松林《からまつばやし》の罠《わな》に何か獲物《えもの》が陥《お》ちたであらう
弟よ、晨《あした》、雪の上に新しい獣《けもの》の足跡《あしあと》を探しに行かう。

メモ　東京で書かれた郷愁の詩。吉田一穂が育った北海道古平（ふるびら）の風土を描く。川も凍る静寂な冬の夜、少年は雪の林に生きる鳥や獣を思っている。

出典　『海の聖母』金星堂、一九二六（大正十五）年十一月。初出は『少年世界』第三十二巻第二号、一九二六年二月。初出題名「雪の夜」。「少年」への改題は『吉田一穂詩集』創元社、一九五二（昭和二十七）年二月。

蕗谷虹児《ふきやこうじ》

（一八九八―一九七九）

花嫁人形《はなよめにんぎやう》

きんらんどんすの
帯しめながら
花嫁《はなよめ》御寮《ごれう》は
なぜなくのだらう

文金島田《ぶんきんしまだ》に
髪結《かみゆ》ひながら
花嫁《はなよめ》御寮《ごれう》は
なぜなくのだらう

あねさんごつこの
花嫁人形は
赤い鹿《か》の子《こ》の
振袖《ふりそで》きてる

泣けば鹿《か》の子《こ》の
たもとがきれる
涙で鹿《か》の子《こ》の
赤い紅《べに》にじむ

泣くに泣かれぬ
花嫁人形は
赤い鹿《か》の子《こ》の
千代《ちよ》がみ衣裳《いしやう》

メモ　杉山長谷夫作曲で流行歌となった詩。大正十五年一月発売。締切直前の執筆、意向無視のレコード発売、母の哀話、妻との結婚の経緯など、逸話が多い。
出典　『花嫁人形』宝文館、一九三五（昭和十）年十月。初出は『令女界』第三巻第二号、一九二四（大正十三）年二月。

萩《はぎ》原《わら》恭《きょう》次《じ》郎《ろう》

（一八九九―一九三八）

日　比　谷

強烈な四角
　鎖と鐵火と術策
　軍隊と貴金と勲章と名誉
高く　高く　高く　高く　高く　高く聳える
首都中央地点――日比谷
屈折した空間
　無限の陥穽と埋没
　新しい智識使役人夫の墓地
高く　高く　高く　高く　高く　より高く　より高く
　高い建築と建築の暗間
　殺戮と虐使と喩争
高く　高く　高く　高く　高く　高く　高く
　動く　動く　動く　動く　動く　動く　動く
日　比　谷

彼　は　行　く――
彼　は　行　く――
　凡てを前方に
彼の手には彼自身の鍵
　虚無な笑ひ
　刺戟的な貨幣の踊り
彼は行く――
點
黙々と――墓場――永劫の埋没へ
最後の舞踏と美酒
頂點と焦點
高く　高く　高く　高く　高く　高く　高く聳える尖塔
彼　は　行　く　一人！
彼　は　行　く　一人！
日　比　谷

メモ　活字を視覚的に配置した前衛詩。アナキズム的語彙も見られる。震災前の執筆時、日比谷に高い建物はなかった。日比谷公園のトポスを象徴的に描く。

出典　『死刑宣告』長隆舎書店、一九二五（大正十四）年十月十八日。初出は『日本詩人』第五巻第十号、一九二五年十月一日。

丸《まる》山《やま》薫《かおる》

（一八九九―一九七四）

河《か》口《こう》

船が錨《いかり》をおろす。
船《ふな》乗《のり》の心も錨《いかり》をおろす。
鷗《かもめ》が淡水《まみづ》から、軋《きし》る帆《ほ》索《づな》に挨拶する。
魚がビルジの孔《あな》に寄つてくる。

船長は潮《しほ》風《かぜ》に染まつた服を着《き》換《が》へて上陸する。
夜がきても街から帰らなくなる。
もう船腹に牡《か》蠣《き》殻《がら》がいくつふえたらう？

夕暮が濃くなるたびに
息子の水《すい》夫《ふ》がひとりで舳《へさき》に青いランプを灯《とも》す。

メモ　船長の哀愁を描いた海洋詩。船を我が家とする船員にとって、上陸ほど心寛げるものはない。船に近づき挨拶する鷗や魚は、丸山薫の海への憧れを示す。

出典　『帆・ランプ・鷗』第一書房、一九三二（昭和七）年十二月。初出は『セルパン』第十五号、一九三二年五月。

錨《いかり》

船長がラム酒を飲んでゐる。
飲みながらなにか唄《うた》つてゐる。
唄《うた》は嗄《しはが》れてゆつくり滑車が帆《ほ》索《づな》に回《まは》るやうに哀《かな》しい
鷗《かもめ》が羽根《はね》音《おと》をひそめて艫《とも》の薄闇《うすやみ》を囁《ささや》いて行つた。
軈《やが》て、河口に月が昇るのだらう。

船長の胸も赤いラム酒の満潮になつた。
その流れの底に
今宵も入《いれ》墨《ずみ》の錨《いかり》が青くゆらいでゐる。

メモ　船長の人生の悔いを描いた作品。海に生きる決意を示す錨の入墨も、青く揺らぐ時がある。東京高等商船学校を中退した丸山薫の悔恨の反映であろう。

出典　『帆・ランプ・鷗』第一書房、一九三二（昭和七）年十二月。初出未詳。

砲《はう》塁《るい》

破片は一つに寄り添はふとしてゐた。
亀裂はまた頬《ほほ》笑《ゑ》まふとしてゐた。
砲身は起き上《あが》つて、ふたたび砲架に坐《すわ》らうとしてゐた。
みんな儚《はかな》い原形を夢みてゐた。
ひと風ごとに、砂に埋《うも》れて行つた。
見えない海——候《こう》鳥《てう》の閃《ひらめ》き。

メモ　丸山薫は船員への道を諦めた。砕けた心を一つにまとめ、本来の自分を回復したい願望を語っている。カットを連続させるシネ・ポエムの技法である。

出典　『帆・ランプ・鷗』第一書房、一九三二（昭和七）年十二月。初出は『時間』第二号、一九三〇（昭和五）年五月。初出題名「夢みる砲塁」。再録は『詩神』第七巻第一号、一九三一（昭和六）年一月。再録題名「砲塁」。

水《みづ》の精神《こころ》

水は澄んでゐても　精神《こころ》ははげしく思ひ惑《まど》つてゐる
思ひ惑つて揺れてゐる
水は気配を殺してゐたい　それだのにときどき声をたてる
水は意志を鞭《むち》で打たれてゐる　が匂ふ　息づいてゐる
水にはどうにもならない感情がある
その感情はわれてゐる　乱れてゐる　希望が失《な》くなつてゐる
だしぬけに傾く　逆立ちする　泣き叫ぶ　落ちちらばふ——ともすればそんな夢から覚める
そのあとで　いつそう佗《わび》しい色になる
水はこころをとり戻したいとしきりに禱《いの》る
禱《いの》りはなかなか叶《かな》へてくれない
水は訴へたい気持で胸がいつぱいになる
じつさい　いろんなことを喋《しやべ》つてみる　が言葉はなかなか意味にならない
いつたい何処《どこ》から湧いてきたのだらうと疑つてみる
形のないことが情ない
軈《やが》て憤《いきどほ》りは重なつてくる　膨《ふく》れる　溢《あふ》れる　押《おさ》へきれない
棄《すて》鉢《ばち》になる

けれどやつぱり悲しくて　自分の顔を忘れようとね
　がふ
瞬間——忘れたと思つた
水はまだ眼を開かない
陽《ひ》が優しく水の瞼《まぶた》をさすつてゐる

メモ　揺れ動く心を、水に託して表現した作品。丸山薫は水の世界たる海洋に憧れたが、道半ばで挫折した。果たせなかった夢への思いが詩に描かれている。
出典　『鶴の葬式』第一書房、一九三五（昭和十）年五月。初出は『苑』第一冊、一九三四（昭和九）年一月。

病《や》める庭《に》園《は》

静かな午《ひる》さがりの縁《えん》さきに
父は肥《ふと》つて風船玉《ふうせんだま》のやうに籐椅子《とういす》にのつかり
母は半《なか》ば老いて　その傍《そば》に毛糸を編《あ》む
いま春のぎやうぎやうしも来て啼《な》かない
この富裕に病んだ懶《ものう》い風景を
誰れがさつきから泣かしてゐるのだ

オトウサンヲキリコロセ
オカアサンヲキリコロセ
それは築山《つきやま》の奥に咲いてゐる
黄色い薔薇《ばら》の葩《はな》びらをむしりとりながら
またしても泪《なみだ》に濡れて叫ぶ
ここには見えない憂鬱の顫《ふる》へごゑであつた

オトウサンナンカキリコロセ
オカアサンナンカキリコロセ
ミンナキリコロセ

メモ　精神的親殺しによる自立を語った作品。父丸山重俊（しげとし）は高級官僚。若き詩人は経済的に父に依存していた。「ぎやうぎやうし」は鳥のヨシキリ。
出典　『幼年』四季社、一九三五（昭和十）年六月。初出は『椎の木』第一巻第一号、一九二六（大正十五）年十月。

汽車《きしや》にのつて

汽車に乗つて
あいるらんどのやうな田舎へ行かう
ひとびとが祭の日傘《ひがさ》をくるくるまはし
日が照りながら雨のふる
あいるらんどのやうな田舎へ行かう
窓に映つた自分の顔を道づれにして
湖水をわたり　隧道《とんねる》をくぐり
珍らしい顔の少女《をとめ》や牛の歩いてゐる
あいるらんどのやうな田舎へ行かう

メモ　桃源郷への憧れを語った詩。現実を離れ、境界たる湖やトンネルを抜け、素朴で非日常的な幻想の国に至る。陶淵明や萩原朔太郎「旅上」の影響がある。

出典『幼年』四季社、一九三五（昭和十）年六月。初出は『椎の木』第九号、一九二七（昭和二）年六月。初出題名「汽車に乗つて」。

学《がく》校《かう》遠《ゑん》望《ばう》

学校を卒《を》へて　歩いてきた十幾年
首《かうべ》を回《めぐ》らせば学校は思ひ出のはるかに
小さくメダルの浮彫《うきぼり》のやうにかがやいてゐる
そこに教室の棟々《むねむね》が瓦《かはら》をつらねてゐる
ポプラは風に裏反《うらがへ》つて揺れてゐる
先生はなにごとかを話してをられ
若い顔達がいちやうにそれに聴《きき》入《い》つてゐる
とある窓辺で誰かが他所見《よそみ》をして
あのときの僕のやうに呆然《ぼんやり》こちらを眺めてゐる
彼の瞳に　僕のゐる所は映らないだらうか？
ああ　僕からはこんなにはつきり見えるのに

メモ　詩人は母校を再訪し、懐旧の情と疎外感を同時に感じている。場所建物は同じだが、人はすっかりかわってしまった。三高（現京都大）の雑誌が初出。

出典『物象詩集』河出書房、一九四一（昭和十六）年二月。初出は『嶽水会雑誌』第一三二号、一九三九（昭和十四）年十一月。

未来《みらい》へ

父が語つた
御覧《ごらん》　この絵の中を

橇《そり》が疾《はや》く走つてゐるのを
狼《おほかみ》の群《むれ》が追ひ駈《か》けてゐるのを
馭《ぎよ》者《しや》は必死でトナカイに鞭《むち》を当て
旅人はふり向いて荷物のかげから
休みなく銃を狙《ねら》つてゐるのを
いま銃口から紅《あか》く火が閃《ひらめ》いたのを

息子が語つた
一匹が仕止《しと》められて倒れたね
ああ　また一匹躍《をど》りかゝつたが
それも血に染まつてもんどり打つた
夜だね　涯《はて》ない曠《くわう》野《や》が雪に埋《うも》れてゐる
だが旅人は追ひつかれないだらうか？
橇《そり》はどこまで走つてゆくのだらう？

父が語つた
かうして夜の明けるまで
昨日《きのふ》の悔《く》いの一つ一つを撃《う》ち殺して
時間のやうに明日《あす》へ走るのさ
やがて太陽が昇る路《みち》の行く手に
未来の街はかがやいて現《あらは》れる
御《ご》覧《らん》
丘の空がもう白みかかつてゐる

メモ　過去を悔やみつつ未来に向かう人生を、夜明けのソリに象徴させた作品。父子の会話で心象風景を描く第一連第二連に対し、第三連はその謎解きである。
出典　『涙した神』ウス井書房、一九四二（昭和十七）年二月。初出は『婦人画報』第四四三号、一九四一（昭和十六）年一月。

白《しろ》い自《じ》由《いう》画《ぐわ》

「春」といふ題で
私は子供達に自由画を描かせる
子供達はてんでに絵具を溶《と》くが
塗る色がなくて　途方に暮れる

ただ　まつ白な山の幾《いく》重《かさな》りと
ただ　まつ白な野の起《おき》伏《ふし》と
うつすらした墨色の陰翳《かげ》の所々に

突刺《つきさ》したやうな
疎《そ》林《りん》の枝先だけだ

私はその一枚の空を
淡《あは》いコバルトに彩《いろど》つてやる
そして　誤つて
まだ濡れてゐる枝間《えだま》に
ぽとり！　と黄色を滲《にじ》ませる

私はすぐに後悔するが
子供達は却《かへ》つてよろこぶのだ
「あゝ　まんさくの花が咲いた」と
子供達はよろこぶのだ

メモ　山中の遅い春を描いた作品。まだ一面の雪景色である。丸山薫は疎開先山形県岩根沢（いわねさわ）で国民学校教員になった。詩は起承転結の構造を持つ。

出典　『北国』臼井書房、一九四六（昭和二十一）年九月。初出未詳。

北《きた》の春《はる》

どうだらう
この沢鳴りの音は
山々の雪をあつめて
轟々《がうがう》と谷にあふれて流れくだる
この凄《すさま》じい水《みづ》音《おと》は

緩《ゆる》みかけた雪の下から
一つ一つ木の枝がはね起きる
それらは固い芽の珠《たま》をつけ
不《ふ》敵《てき》な鞭《むち》のやうに
人の額《ひたひ》を打つ
やがて　山《やま》裾《すそ》の林はうつすらと
緑いろに色付くだらう
その中に　早くも
辛夷《こぶし》の白い花もひらくだらう

朝早く　授業の始めに
一人の女の子が手を挙げた

――先生　燕《つばめ》がきました

メモ　雪国に遅い春が来た喜びを描いた詩。この沢は岩根沢に実在する。麓からのバスは一日一本。著者西原はモデルの「女の子」にお話をうかがったことがある。

出典　『仙郷』青磁社、一九四八（昭和二十三）年三月。初出未詳。

北《きた》川《がわ》冬《ふゆ》彦《ひこ》　（一九〇〇―一九九〇）

瞰《かん》下《か》景《けい》

ビルディングのてつぺんから見下《みおろ》すと
電車・自動車・人間がうごめいてゐる
眼《め》玉《だま》が地べたにひつつきさうだ

メモ　モダンな都市風景を印象的に描いた短詩。大正時代、建築はレンガ造から鉄筋コンクリート造の「ビルディング」に移行した。電車は路面電車である。

出典　『三半規管喪失』至上芸術社、一九二五年（大正十四）年一月。初出未詳。再録は『朱門』創刊号、一九二五年十月。

椿《つばき》

女子八百米《メートル》リレー。彼女は第三コーナーでぽとりと
　倒れた。

落花。

メモ　陸上競技の一場面を椿の落花と取り合わせた短詩。近代スポーツと伝統美という、異質なものの融合である。三行分の中間の空白が観衆の驚きを示す。

出典　『検温器と花』ミスマル社、一九二六（大正十五）年十月。初出未詳。再録は『青空』第二巻第十二号、一九二六年十二月。

平原《へいげん》

平原の果てには、軍団が害虫のやうに蝟集《ゐしふ》してゐた。

メモ　満洲在住経験のある詩人が、軍隊を虫にたとえて嫌悪した短詩。北川冬彦少年は、学校の軍事訓練を嫌った。軍団は関東軍、舞台は満洲「平原」である。

出典　『検温器と花』ミスマル社、一九二六（大正十五）年十月。初出未詳。

ラッシュ・アワア

改札口で
指が　切符と一緒に切られた

メモ　通勤混雑時間の慌ただしさを表現したモダンな短詩。東京の郊外型電車が舞台。昔は改札入場時に切符の隅を切った。フランス短詩運動の影響がある。

出典　『検温器と花』ミスマル社、一九二六（大正十五）年十月。初出未詳。

戦争《せんさう》

義眼《ぎがん》の中にダイヤモンドを入《い》れて貰《もら》つたとて、何にならう。苔《こけ》の生えた肋骨《ろくこつ》に勲章を懸けたとて、それが何にならう。

腸詰《ちやうづめ》をぶら下げた巨大な頭を粉砕しなければならぬ。腸詰《ちやうづめ》をぶら下げた巨大な頭は粉砕しなければならぬ。

その骨灰を掌の上でタンポポのやうに吹き飛ばすのは、いつの日であらう。

メモ　詩人の反軍感情を表現した作品。第二連は、ドイツの左翼画家ゲオルゲ・グロッスの絵による。詩集刊行直後、柳瀬正夢のグロッス評論本が出版された。

出典　『戦争』厚生閣書店、一九二九（昭和四）年十月。初出は『詩と詩論』第三冊、一九二九年三月。

馬《うま》

軍港を内臓してゐる。

メモ　内蔵を「内臓」と書くことで、軍隊嫌悪を表明した短詩。グロテスクな軍馬の内臓が軍の印象となる。詩人は軍港旅順で育った。その地形は馬の肋骨型。

出典　『戦争』厚生閣書店、一九二九（昭和四）年十月。初出は『青空』第三巻第二号、一九二七（昭和二）年二月。初出総題「詩三つ」。

雑《ざつ》草《さう》

雑草が
あたり構《かま》はず
延《の》び放題に延《の》びてゐる。
この景色は胸のすく思ひだ、
人に踏まれたりしてゐたのが
いつの間《ま》にか
人の膝を没するほどに伸びてゐる。
ところによつては
人の姿さへ見失ふほど
深いところがある。
この景色は胸のすく思ひだ、
伸び蔓《はびこ》れるときは
どしどし延《の》び拡《ひろ》がるがいゝ。
そして見《み》栄《ば》えはしなくとも
豊かな花をどつさり咲かせることだ。

メモ　反体制的詩人が、統制されない民衆的な力を讃美した作品。大東亜戦争直前、北川冬彦は、まもなく雑草が「伸び蔓れ」なくなることを予感している。

出典　『実験室』河出書房、一九四一（昭和十六）年二月。初出は『新女苑』第一巻第九号、一九三七（昭和十二）年九月。

三《み》好《よし》達《たつ》治《じ》

（一九〇〇―一九六四）

春《はる》の岬《みさき》

春の岬　旅のをはりの鷗《かもめ》どり
浮きつつ遠くなりにけるかも

メモ　若山牧水の影響下で作られた五七五七七の詩。伊豆・湯ヶ島に梶井基次郎を見舞った帰り、下田からの船上で発想した。親友との死別を予感していたか。

出典　『測量船』第一書房、一九三〇（昭和五）年十二月。初出同上。

乳母車《うばぐるま》

母よ――
淡《あは》くかなしきもののふるなり
紫陽花《あぢさゐ》いろのもののふるなり
はてしなき並樹《なみき》のかげを
そうそうと風のふくなり

時はたそがれ
母よ　私の乳母車を押せ
泣きぬれる夕陽《ゆふひ》にむかつて
轔《りん》々《りん》と私の乳母車を押せ

赤い総《ふさ》ある天鵞絨《びらうど》の帽子を
つめたき額《ひたひ》にかむらせよ
旅いそぐ鳥の列にも
季節は空を渡るなり

淡《あは》くかなしきもののふる
紫陽花《あぢさゐ》いろのもののふる道
母よ　私は知つてゐる
この道は遠く遠くはてしない道

メモ　切ない郷愁の詩。詩人は子供の頃、母の愛を充分得られなかった。作品では、現在の語りと幼少期の記憶が混然と融合している。道は人生や文学の象徴。

出典　『測量船』第一書房、一九三〇（昭和五）年十二月。初出は『青空』第二巻第六号、一九二六（大正十五）年六月。初出総題「詩五篇」。再録は『日本詩人』第六巻第七号、一九二六年七月。百田宗治「良詩推薦」で引用。

雪《ゆき》

太郎を眠らせ、太郎の屋根に雪ふりつむ。
次郎を眠らせ、次郎の屋根に雪ふりつむ。

メモ　町か村か、家は複数か、二人は兄弟かなど、多様な読みが可能な短詩。幼少期に預けられた舞鶴で実家大阪の兄弟を思った作とする伝記的解釈がある。

出典　『測量船』第一書房、一九三〇（昭和五）年十二月。初出は『青空』第三巻第三号、一九二七（昭和二）年三月。再録は『抒情詩』第十六年第五輯、一九二七年六月。

甃《いし》のうへ

あはれ花びらながれ
をみなごに花びらながれ
をみなごしめやかに語らひあゆみ
うららかの跫《あし》音《おと》空にながれ
をりふしに瞳《ひとみ》をあげて
翳《かげ》りなきみ寺の春をすぎゆくなり
み寺の甍《いらか》みどりにうるほひ
廂々《ひさしひさし》に
風《ふう》鐸《たく》のすがたしづかなれば
ひとりなる
わが身の影をあゆまする甃《いし》のうへ

メモ　孤独な青年の春愁を描いた作品。美しい少女や明るい寺の情景が、詩人をますます悲しみに沈ませる。三好達治は若くして多くの挫折を体験していた。

出典　『測量船』第一書房、一九三〇（昭和五）年十二月。初出は『青空』第二巻第七号、一九二六（大正十五）年七月。初出総題「詩三篇」。

少《せう》年《ねん》

夕ぐれ
とある精《しやう》舎《じや》の門から
美しい少年が帰つてくる
暮れやすい一《いち》日《にち》に
てまりをなげ
空高くてまりをなげ

なほも遊びながら帰つてくる
閑静な街の
人も樹《き》も色をしづめて
空は夢のやうに流れてゐる

メモ　夢見がちの少年時代を回想した作品。小学校時代の詩人は、兵庫県三田（さんだ）の妙三寺に住んでいたことがある。寺の門から家に帰るのはそのため。

出典　『測量船』第一書房、一九三〇（昭和五）年十二月。初出は『青空』第二巻第八号、一九二六（大正十五）年八月。初出総題「詩四篇」。

湖水《こすい》

この湖水で人が死んだのだ
それであんなにたくさん舟が出てゐるのだ
葦《あし》と藻草《もぐさ》の　どこに死骸《しがい》はかくれてしまつたのか
それを見出《みいだ》した合図の笛はまだ鳴らない

風が吹いて　水を切る艪《ろ》の音櫂《かい》の音
風が吹いて　草の根や蟹《かに》の匂ひがする
ああ誰れかがそれを知つてゐるのか
この湖水で夜明けに人が死んだのだと
誰れかがほんとに知つてゐるのか
もうこんなに夜《よ》が来てしまつたのに

メモ　夜間の水死者捜索を印象的に描いた作品。萩原朔太郎の探偵趣味の影響下に成立した。北陸線回りで帰省した際の、石川県片山津での体験に基づく。

出典　『測量船』第一書房、一九三〇（昭和五）年十二月。初出は『椎の木』第一巻第二号、一九二六（大正十五）年十一月。

村《むら》

鹿は角《つの》に麻縄《あさなは》をしばられて、暗い物置小屋にいれられてゐた。何も見えないところで、その青い眼はすみ、きちんと風雅に坐《すわ》つてゐた。芋《いも》が一つころがつてゐた。

　そとでは桜の花が散り、山の方《はう》から、ひとすぢそれを自転車がしいていつた。

　脊中《せなか》を見せて、少女《せうぢよ》は藪《やぶ》を眺めてゐた。羽織《はおり》の肩に、黒いリボンをとめて。

メモ　目に見たままを描いた散文詩。三好達治は昭和二年三月末、伊豆・湯ヶ島に親友梶井基次郎を見舞った。鮮明で客観的な描写は梶井からの影響である。

出典　『測量船』第一書房、一九三〇（昭和五）年十二月。初出は『青空』第三巻第六号、一九二七（昭和二）年六月。

春《はる》

鵞鳥《がてう》。――たくさんいつしよにゐるので、自分を見失はないために啼《な》いてゐます。

蜥蜴《とかげ》。――どの石の上にのぼつてみても、まだ私の腹は冷たい。

メモ　ジュール・ルナール『博物誌』風の機知の詩。鵞鳥や蜥蜴は三好達治の自画像。『青空』に集う文学仲間の一員として、様々な詩の様式を模索していた。

出典　『測量船』第一書房、一九三〇（昭和五）年十二月。初出は『青空』第三巻第六号、一九二七（昭和二）年六月。

Enfance finie《アンファンフィニ》

海の遠くに島が……、雨に椿《つばき》の花が堕《お》ちた。鳥籠に春が、春が鳥のゐない鳥籠に。

　約束はみんな壊《こは》れたね。

　海には雲が、ね、雲には地球が、映つてゐるね。

　空には階段があるね。

今日記憶の旗が落ちて、大きな川のやうに、私は人と訣《わか》れよう。床《ゆか》に私の足《あし》跡《あと》が、足《あし》跡《あと》に微《かす》かな塵が……、ああ哀《あは》れな私よ。

僕は、さあ僕よ、僕は遠い旅に出ようね。

メモ 失恋と再起の詩。萩原朔太郎の妹アイへの思いは通じなかった。就職にも失敗した詩人は、仏文学の翻訳で生きて行く決心をする。題名もフランス語。
出典 『測量船』第一書房、一九三〇（昭和五）年十二月。初出は『詩と詩論』第四冊、一九二九（昭和四）年六月。

郷《きやう》愁《しう》

蝶のやうな私の郷愁!……。蝶はいくつか籬《まがき》を越え、午後の街《まち》角《かど》に海を見る……。私は壁に海を聴く……。私は本を閉ぢる。私は壁に凭《もた》れる。隣りの部屋で二時が打つ。「海、遠い海よ! と私は紙にしたためる。——海よ、僕らの使ふ文字では、お前の中に母がゐる。そして母よ、仏蘭西人の言葉では、あなたの中に海がある。」

メモ 機知の散文詩。フランス語で海はMer、母はmère。蝶と海の取り合わせは友人北川冬彦の詩「春」の影響だろう。三好達治は東京帝大仏文科を出た。
出典 『測量船』第一書房、一九三〇（昭和五）年十二月。初出は、『オルフェオン』第九号、一九三〇年二月。

信《しん》号《がう》

小《こ》舎《や》の水車　藪《やぶ》かげに一《ひと》株《かぶ》の椿《つばき》
新らしい轍《わだち》に蝶が下りる　それは向きをかへながら
静かな翼の抑揚に　私の歩みを押しとどめる
「踏切りよ　ここは……」　私は立ちどまる

メモ フランス風の機知の詩。舞台は伊豆・湯ヶ島。詩人は子供の頃から生き物が好きだった。フランシス・ジャムやジュール・ルナールの影響を受けている。
出典 『南窗（なんそう）集』椎の木社、一九三二（昭和七）年八月。初出同上。

友《とも》を喪《うしな》ふ　四《よん》

首《かど》途《で》

真夜中に　格納庫を出た飛行船は
ひとしきり咳《せき》をして　薔薇《ばら》の花ほど血を吐《は》いて
梶井君　君はそのまま昇天した
友よ　ああ暫《しば》らくのお別れだ……　おつつけ僕から
　訪ねよう！

メモ　親友梶井基次郎の追悼詩。全四章。「首途」「展墓」「路上」「服喪」と続く。当時三好達治は結核で入院中だった。梶井から感染したと推定されている。
出典　『南窗（なんそう）集』椎の木社、一九三二（昭和七）年八月。初出は『文藝春秋』第十年第五号、一九三二年五月。

土《つち》

蟻《あり》が
蝶の羽《はね》をひいて行く
ああ
ヨットのやうだ

メモ　蝶をヨットに見立てた比喩の詩。誰でも作れそうに見えるが、題が蟻や蝶でなく「土」である点に注意したい。「やうだ」により土が海に転換される。
出典　『南窗（なんそう）集』椎の木社、一九三二（昭和七）年八月。初出は『作品』第三巻第七号、一九三二年七月。初出総題「南窗集から」。

チューリップ

蜂の羽音《はおと》が
チユーリツプの花に消える
微風の中《なか》にひつそりと
客を迎へた赤い部屋

メモ　花を部屋に見立てた比喩の詩。鮮やかな赤い花だが、「羽音」「微風」「ひつそり」と、感覚は繊細である。詩人は不安神経症を患い、実家に滞在していた。
出典　『閒花集』四季社、一九三四（昭和九）年七月。初出は『帝国大学新聞』第四七八号、一九三三（昭和八）年五月一日。

大《おほ》阿蘇《あそ》

雨の中に、馬がたつてゐる
一頭二頭仔馬《こうま》をまじへた馬の群れが　雨の中にたつ
　てゐる
雨は蕭蕭《せうせう》と降つてゐる
馬は草をたべてゐる
尻尾《しつぽ》も背中も鬣《たてがみ》も　ぐつしよりと濡れそぼつて
彼らは草をたべてゐる
草をたべてゐる
あるものはまた草もたべずに　きよとんとしてうな
　じを垂れてたつてゐる
雨は降つてゐる　蕭蕭《せうせう》と降つてゐる
山は煙をあげてゐる
中《なか》嶽《だけ》の頂《いただ》きから　うすら黄《きい》ろい　重つ苦しい噴煙が
　濛濛《もうもう》とあがつてゐる
空いちめんの雨雲と
やがてそれはけぢめもなしにつづいてゐる
馬は草をたべてゐる
草千里浜のとある丘の
雨に洗はれた青草を　彼らはいつしんにたべてゐる

たべてゐる
彼らはそこにみんな静かにたつてゐる
ぐつしよりと雨に濡れて　いつまでもひとつところ
　に　彼らは静かに集つてゐる
もしも百年が　この一瞬の間にたつたとしても　何
　の不思議もないだらう
雨が降つてゐる　雨が降つてゐる
雨は蕭蕭《せうせう》と降つてゐる

メモ　悠久の自然を前にして、時が止まったような感覚が表現されている。「てゐる」の反復が効果的。詩人の前回の阿蘇訪問は陸軍士官学校入学直前だった。
出典　『春の岬』創元社、一九三九（昭和十四）年四月。初出は『雑記帳』第二巻第六号、一九三七（昭和十二）年七月。

艸《くさ》千《せん》里《り》浜《はま》

われ嘗《かつ》てこの国を旅せしことあり
昧爽《あけがた》のこの山上《さんじやう》に　われ嘗《かつ》て立ちしことあり
火の国の大《おほ》阿《あ》蘇《そ》の山

裾野《すその》には青艸《あをくさ》しげり
尾上《をのへ》には煙なびかふ　山の姿は
そのかみの日にもかはらず
環《たまき》なす外輪山《そとがきやま》は
今日もかも
思出《おもひで》の藍《あゐ》にかげらふ
うつつなき眺めなるかな
しかはあれ
若き日のわれの希望《のぞみ》と
二十年《はたとせ》の月日と　友と
われをおきていづちゆきけむ
そのかみの思はれ人と
ゆく春のこの曇《くも》り日や
われひとり齢《よはひ》かたむき
はるばると旅をまた来《き》つ
杖により四方《よも》をし眺む
火の国の大阿蘇《おほあそ》の山
駒《こま》あそぶ高原《たかはら》の牧《まき》
名もかなし艸千里浜《くさせんりはま》

メモ　若き日に遊んだ阿蘇の地を再訪し、感慨を述べた作品。二・二六事件で逮捕された陸軍士官学校の同級生西田税（みつぎ）への思いが秘められている。
出典　『艸千里』四季社、一九三九（昭和十四）年七月。初出は『むらさき』第四巻第九号、一九三七（昭和十二）年九月。

おんたまを故山《こざん》に迎《むか》ふ

ふたつなき祖国のためと
ふたつなき命のみかは
妻も子もうからもすてて
いでまししかの兵《つは》ものは　つゆほども
かへる日をたのみたまはでありけらし
はるばると海山こえて
げに
還《かへ》る日もなくいでまし
かのつはものは

この日あきのかぜ蕭々《せうせう》と黝《くろ》みふく
ふるさとの海べのまちに

おんたまのかへりたまふを
よるふけてむかへまつると
ともしびの黄なるたづさへ
まちびとら　しぐれふる闇のさなかに
まつほどし　潮騒《しほさゐ》のこゑとほどほに
雲はやく
月もまたひとすぢにとびさるかたゆ　瑟々《しつしつ》と楽《がく》の音
　きこゆ

旅びとのたびのひと日を
ゆくりなく
われもまたひとにまじらひ
うばたまのいま夜《よる》のうち
楽《がく》の音《ね》はたえなんとして
しぬびかにうたひつぎつつ
すずろかにちかづくものの
荘厳《さうごん》のきはみのまへに
こころたへ
つつしみて
うなじうなだれ

国のしづめと今はなきひともうなゐの
遠き日はこの樹《き》のかげに　鬨《とき》つくり
讐《あだ》うつといさみたまひて
いくさあそびもしたまひけむ
おい松が根に
つらつらとものをこそおもへ

月また雲のたえまを駆け
さとおつる影のはだらに
ひるがへるしろきおん旌《はた》
われらがうたの　ほめうたのいざなくもがな
ひとひらのものいはぬぬの
いみじくも　ふるさとの夜《よ》かぜにをどる
うへなきまひのてぶりかな

かへらじといでましし日の
ちかひもせめもはたされて
なにをかあます
のこりなく身はなげうちて

おん骨はかへりたまひぬ
ふたつなき祖国のためと
ふたつなき命のみかは
妻も子もうからもすてて
いでまししかのつはものの
しるしばかりの　おん骨はかへりたまひぬ

メモ　支那事変の戦死者を悼んだ詩。舞台は小田原。読者の心を打つ数少ない戦争詩の一つである。一九三七年秋、三好達治は従軍記者として上海等を訪れた。
出典『艸千里』四季社、一九三九（昭和十四）年七月。初出は『文学界』第五巻第十号、一九三八（昭和十三）年十月。初出題名「英霊を故山の秋風裡に迎ふ」。

一《いつ》点《てん》鐘《しよう》二《に》点《てん》鐘《しよう》

静かだつた
静かな夜だつた
時折りにはかに風が吹いた
その風は　そのまま遠くへ吹きすぎた
一二瞬の後　いつそう静かになつた
さうして夜が更《ふ》けた
そんな小さな旋《つむ》じ風も　その後谿《たに》間《ま》を走らない……

一時が鳴つた
二時が鳴つた
一世紀の半《なか》ばを生きた　顔の黄ばんだ老人の　あの
　古い柱時計
柱時計の夜半の歌

山の根の冬の旅籠《はたご》の
噫《ああ》あの一点鐘
二点鐘

その歌声が
私の耳に蘇生《よみがへ》る
そのもの憂《う》げな歌声が
私を呼ぶ
私を招く

庭の日影に莚《むしろ》を敷いて
妻は子供と遊んでゐる
風車のまはる風車小屋
——玩具の粉屋の窓口から
砂の麵麭《バン》粉《こ》がこぼれ出る
麵麭《バン》粉《こ》の砂の一《ひと》匙《さじ》を
粉屋の屋根に落しこむ

くるくるまはれ風車……
くるくるまはれ風車……

卓上《たくじやう》の百合の花《くわ》心《しん》は
しつとり汗にぬれてゐる
私はそれをのぞきこむ
さうして私は　私の耳のそら耳に
過ぎ去つた遠い季節の
静かな夜を聴いてゐる
聴いてゐる
噫《ああ》あの一点鐘
二点鐘

メモ　滞在療養した上林（かんばやし）温泉「せきや」が舞台。後半は小田原。詩人は平穏な家庭を営みつつも、孤独の中で自分を見つめた山の宿を思い出す。
出典　『一点鐘』創元社、一九四一（昭和十六）年十月。初出同上。

浅《せん》春《しゆん》偶《ぐう》語《ご》

物象詩集の著者丸山薫君はわが二十余年来の詩友なり、この日新著を贈られてこれを繙《ひもと》くに感慨はたもだす能《あた》はず、乃《すなは》ち

友よ　われら二十年も詩《うた》を書いて
已《すで》にわれらの生涯も　こんなに年をとつてしまつた
友よ　詩《うた》のさかえぬ国にあつて
われらながく貧しい詩《うた》を書きつづけた
孤独や失意や貧乏や　日々に消え去る空想や
ああながく　われら二十年もそれをうたつた
われらは辛《しん》抱《ばう》づよかつた

さうしてわれらも年をとつた
われらの後に　今は何が残されたか
問ふをやめよ　今はまだ背後を顧《かへり》みる時ではない
悲哀と歎《なげ》きで　われらは已《すで》にいつぱいだ
それは船を沈ませる　このうへ積荷を重くするな
われら妙な時代に生きて
妙な風に暮したものだ
さうしてわれらの生涯も　おひおひ日暮に近づいた
友よ　われら二十年も詩《うた》を書いて
詩《うた》のなげきで年をとつた　ではまた
気をつけたまへ　友よ　近ごろは酒もわるい

メモ　詩人としての半生を回顧した作品。丸山薫は京都・三高時代からの友。昭和十四年刊の詩集『春の岬』で、三好達治は国民詩人としての地位を確立した。

出典　『一点鐘』創元社、一九四一（昭和十六）年十月。
初出は『知性』第四巻第五号、一九四一年五月。

家庭《かてい》

息子が学校へ上《あが》るので
親父《おやぢ》は毎日詩《うた》を書いた
詩は帽子やランドセルや
教科書やクレイヨンや
小さな蝙蝠《かうもり》傘《がさ》になつた
四月一日
桜の花の咲く町を
息子は母親につれられて
古いお城の中にある
国民学校第一年の
入学式に出かけていつた
静かになつた家の中で
親父《おやぢ》は年とつた女中《ぢよちゆう》と二人
久しぶりできくやうに
鶸《ひよ》どりのなくのをきいてゐた
海の鳴るのをきいてゐた

メモ　昭和十六年、息子達夫の小田原市城内国民学校入学にあたり、父として人生の感慨を記した詩。特殊な物語ではなく、人間の普遍的感情を表現している。

出典　『一点鐘』創元社、一九四一（昭和十六）年十月。初出未詳。

かへる日《ひ》もなき

かへる日もなきいにしへを
こはつゆ艸《くさ》の花のいろ
はるかなるもののみな青し
海の青はた空の青

メモ　再婚相手萩原アイに捧げた詩集『花筐』所収。作中の懐旧は若き日のアイとの失恋を背景とする。伊豆湯ヶ島での作。梶井基次郎「筧の話」の影響がある。

出典　『花筐（はながたみ）』青磁社、一九四四（昭和十九）年六月二十日。初出同上。再録は『四季』第八十一号、一九四四年六月二十七日。

山《やま》なみとほに

山なみ遠《とほ》に春はきて
こぶしの花は天上に
雲はかなたにかへれども
かへるべしらに越ゆる路《みち》

メモ　昭和十九年三月の越前疎開を背景とする詩。五月には再婚相手萩原アイを三国に迎えた。旧稿「かへるべもなきわが愁ひ」を『全詩集』で改稿した。

出典　『花筐（はながたみ）』青磁社、一九四四（昭和十九）年六月。初出同上。本文は流布形となった次の本に依拠した。『定本三好達治全詩集』筑摩書房、一九六二（昭和三十七）年三月。

いまこの庭《には》に

いまこの庭に
薔薇《ばら》の花一輪
くれなゐふかく咲かんとす
彼方《かなた》には
昨日の色のさみしき海
また此方《こなた》には

枯枝の高きにいこふ冬の鳥
こはここに何を夢みる薔薇《ばら》の花

いまこの庭に
薔薇《ばら》の花一輪
くれなゐふかく咲かんとす

メモ　萩原アイと再婚する喜びを語った作品。「この庭」は、東尋坊に近い三国の寓居である。日本海を見おろす高台に建つ。転居は春浅い昭和十九年三月。
出典　『花筐（はながたみ）』青磁社、一九四四（昭和十九）年六月。初出同上。

涙《なみだ》をぬぐつて働《はたら》かう

丙戌歳首《へいじゅつさいしゅ》に

みんなで希望をとりもどして涙をぬぐつて働かう
忘れがたい悲しみは忘れがたいまゝにしておかう
苦しい心は苦しいまゝに
けれどもその心を今日は一《ひと》たび寛《くつろ》がう
みんなで元気をとりもどして涙をぬぐつて働かう
最も悪い運命の颱風《たいふう》の眼はすぎ去つた
最も悪い熱病の時はすぎ去つた
すべての悪い時は今日はもう彼方《かなた》に去つた
楽しい春の日はなほ地平に遠く
冬の日は暗い谷間をうなだれて歩みつゞける
今日はまだわれらの暦《こよみ》は快適の季節に遠く
小鳥の歌は氷のかげに沈黙し
田野《でんや》も霜にうら枯れて
空にはさびしい風の声が叫んでゐる

けれどもすでに
すべての悪い時は今日はもう彼方《かなた》に去つた
かたい小さな草花の蕾《つぼみ》は
地面の底のくら闇からしづかに生れ出ようとする
かたくとざされた死と沈黙の氷の底から
希望は一心《いっしん》に働く者の呼声《よびごゑ》にこたへて
それは新しい帆布《ほぬの》をかかげて
明日の水平線にあらはれる

ああその遠くからしづかに来るものを信じよう
みんなで一心《いつしん》につゝましく心をあつめて信じよう
みんなで希望をとりもどして涙をぬぐつて働かう
今年のはじめのこの苦しい日を
今年の終りのもつと良い日に置き代へよう

メモ　敗戦で打ちひしがれた国民同胞に向けての昭和二十一年年頭のメッセージ。戦争詩を発表した三好達治は、戦後も国民詩人としての責務を果たした。
出典『砂の砦』臼井書房、一九四六（昭和二十一）年七月。初出未詳。

祖母《そぼ》

祖母は蛍《ほたる》をかきあつめて
桃の実のやうに合せた掌《て》の中から
沢山な蛍をくれるのだ

祖母は月光をかきあつめて
桃の実のやうに合せた掌《て》の中から
沢山な月光をくれるのだ

メモ　手を「掌」と書くことで、合掌のイメージを作り出した。孫への祈り、かつ祖母への感謝でもある。詩は視覚的に合掌の形をなす。三田（さんだ）が舞台。
出典『測量船』南北書園、一九四七（昭和二十二）年一月。初出は『青空』第二巻第六号、一九二六（大正十五）年六月。初出総題「詩五篇」。

尾《お》形《がた》亀《かめ》之《の》助《すけ》

（一九〇〇―一九四二）

彼《かれ》の居《ゐ》ない部屋《へや》

部屋には洋服がかかつてゐた

右肩さげて
ぼたんをはづして
壁によりかかつてゐた

それは
行列の中の一人のやうなさびしさがあつた
そして
壁の中にとけこんでゆきさうな不安が隠れてゐた
私は　いつも
彼のかけてゐる椅子に坐《すわ》つてお化けにとりまかれた

メモ　神経衰弱に陥り、鬱状態にある自分を語った詩。「彼」とは詩人自身のことである。「私」は壁にかけた自らの服を、空虚な心を抱えて見つめている。

出典　『色ガラスの街』恵風館、一九二五（大正十四）年十一月。初出未詳。

高《たか》橋《はし》新《しん》吉《きち》　（一九〇一－一九八七）

断《だん》言《げん》はダダイスト

DADAは一切を断言し否定する。
　無限とか無とか、それはタバコとかコシマキとか
単語とかと同音に響く。
　想像に湧く一切のものは実在するのである。
一切の過去は納豆の未来に包含されてゐる。
　人間の及ばない想像を、石や鰯《いわし》の頭に依《よ》つて想像
し得ると、杓《しゃく》子《し》も猫も想像する。
DADAは一切のものに自我を見る。
　空気の振動にも、細菌の憎悪にも、自我と云《い》ふ言
葉の匂ひにも自我を見るのである。
　一切は不二だ。仏陀の諦観から、一切は一切だと
云《い》ふ言《いひ》草《ぐさ》が出る。
　一切のものに一切を見るのである。
　断言は一切である。　（以下略）

メモ　トリスタン・ツァラのダダイズムに影響を受けた長詩。ダダ運動の否定の精神を、「仏陀の諦観」と結びつけている。詩人は以前、寺の小僧をしていた。

出典　『ダダイスト新吉の詩』中央美術社、一九二三（大正十二）年二月。初出は『週刊日本』一九二二（大正十一）年九月（現物未確認）。初出題名「ダガバジ断言」。

49 ［皿《さら》］

皿皿皿皿皿皿皿皿皿皿皿皿皿皿皿皿皿皿皿皿皿皿
倦怠
　額《ひたひ》に蚯蚓《みみず》が這《は》ふ情熱
白《はく》米《まい》色《いろ》のエプロンで
皿を拭《ふ》くな
鼻の巣の黒い女
其処《そこ》にも諧謔《かいぎやく》が燻《く》すぶつてゐる
　人生を水に溶《と》かせ
　冷《さ》めたシチユーの鍋に
退屈が浮く
　皿を割れ
　皿を割れば
倦怠の響《ひびき》が出る。

メモ　洗う皿は二十二枚。新聞社の食堂でのつらい仕事を描いた。汗をかいて頑張るが心は疲れ切った。店長に怒られ、いっそ皿を割ってしまいたい気分だ。

出典　『ダダイスト新吉の詩』中央美術社、一九二三（大正十二）年二月。初出は『シムーン』四月創刊号、一九二三（大正十二）年四月。初出題名「倦怠」。

るす

留守と言へ
ここには誰も居《を》らぬと言へ
五億年経《た》つたら帰つて来る

メモ　禅の詩。弥勒菩薩は「五億年」後に出現する。『法華経』読後に作られ、「時間の無いことを」言ったものと自解。詩集巻末に置かれ、巻頭詩「日」と呼応する。

出典　『高橋新吉の詩集』日本未来派発行所、一九四九（昭和二十四）年十月。初出未詳。

岡《おか》本《もと》潤《じゅん》

（一九〇一―一九七八）

罰当《ばちあた》りは生《い》きてゐる

あなたは一人息子を「えらい人」に成らせたかつた

「えらい人」に成らせるには学問をさせなければな
　らなかつた
学問をさせるには金の要《い》る世の中で肉体よりほかに
　売るものを持たないあなたは何を売らねばなら
　なかつたか
だのにその子は不良で学校を嫌つた
命令と服従の関係がわからなかつた
先生の有難味《ありがたみ》といふものがわからなかつた
強《し》ひられることには何でも背中を向けた
学校へは上級生と喧嘩《けんくわ》をしに行くのであつた
一から十まであなたに逆らふ手のつけられない「罰
　当り」だつた
その子はあなたを殴《なぐ》りさへした
――その時その子が物陰で泣いてゐたことをあなた
　は知つてゐますか
それでもあなたはその因果な罰当りを天地に代へて
　愛さずにはゐられなかつた
学校を追はれた不良児は当然社会の不良になつた
社会の不良は「えらい人」が何より嫌ひでそいつら
　に果《はた》し状をつきつけた
「善良な社会の風習」に断乎として反抗した
その罰当りがここに生きてゐる
正義とは何かを摑《つか》んで自分を曲げずに生き抜かうと
　する少数者の仲間に加はつて
警察へひつぱられたり　あつちこつち渡り歩いたり
飢《う》ゑて死んでも負けるかと云《い》つて生き通してゐる
お母さん！
あなたが死んで十年
だがあなたの腹から出てあなたを蹴《け》つた罰当りの一
　人息子は此《こ》の世に頑然《ぐわんぜん》と生きてゐます

メモ　反社会的生き方をしてきた無政府主義者が、半生を回顧しつつ亡き母への思いを語った詩。愛情を素直に表現できない捻じれた語りが特徴的である。

出典　『罰当りは生きてゐる』解放文化聯盟、一九三三（昭和八）年二月。初出未詳。

夜《よる》の機関車《きくわんしや》

建てこんだ倉庫
鉄塔
シグナル
給水タンク
がらんとした貨物置場
置き忘れられたやうに動かない
貨車のつらなり
それらがひつそりと鳴りをしづめてゐる
真夜中の構内で
機関車の巨《おほ》きな図体《づうたい》がひとり
冷たく光るレールのうへを往《い》つたり戻つたりしてゐる
突如　荒々しく
ばツばツと火《くわ》焔《えん》色《いろ》の煙を噴《ふ》きあげ
けだものの身もだへでレールを引きずり
やけに汽笛を鳴らしたり
ガターンと貨車に体当りを食はしたり
なかなか腹の虫がをさまらんとみえる

メモ　左翼弾圧が強まった大東亜戦争直前、アナキスト詩人が不平不満を表現した作品。池袋が舞台。岡本潤は戦時下に愛国精神鼓舞の文章を発表している。

出典　『夜の機関車』文化再出発の会、一九四一（昭和十六）年十二月。初出未詳。

小《お》熊《ぐま》秀《ひで》雄《お》

（一九〇一－一九四〇）

馬《うま》の胴体《どうたい》の中《なか》で考《かんが》へてゐたい

おゝ私のふるさとの馬よ
お前の傍《そば》のゆりかごの中で
私は言葉を覚えた
すべての村民と同じだけの言葉を
村をでゝきて、私は詩人になつた
ところで言葉が、たくさん必要となつた
人民の言ひ現はせない
言葉をたくさん、たくさん知つて
人民の意志の代弁者たらんとした
のろのろとした戦車のやうな言葉から
すばらしい稲妻のやうな言葉まで

言葉の自由は私のものだ
誰の所有《もの》でもない
突然大《おほ》泥《どろ》棒《ばう》奴《め》に
——静かにしろ
声をたてるな——
と私は鼻先に短刀をつきつけられた、
かつてあのやうに強く語つた私が
勇敢と力とを失つて
しだいに沈《ちん》黙《もく》勝《がち》にならうとしてゐる
私は生れながらの啞《おし》でなかつたのを
むしろ不幸に思ひだした
もう人間の姿も嫌《いや》になつた
ふるさとの馬よ
お前の胴体の中で
じつと考へこんでゐたくなつたよ
『自由』といふたつた二語も
満足にしやべらして貰《もら》へない位なら
凍つた夜、
馬よ、お前のやうに
鼻から白い呼吸《いき》を吐《は》きに

わたしは寒い郷里にかへりたくなつたよ

メモ　プロレタリア詩人の嘆き。政府の統制と大衆の支持喪失で左翼文学は衰退した。詩人は十代を樺太で過ごしている。庶民ながら植民者側の一員だった。

出典　『流民詩集』三一書房、一九四七（昭和二十二）年五月。初出は『芸術科（日本大学）』第五巻第一号、一九三七（昭和十二）年一月。

馬車《ばしや》の出発《しゆつぱつ》の歌《うた》

仮りに暗黒が
永遠に地球をとらへてゐやうとも
権利はいつも
目覚めてゐるだらう、
薔薇《ばら》は暗《くらがり》の中で
まつくろに見えるだけだ、
もし陽《ひ》がいつぺんに射したら
薔薇《ばら》色《いろ》であつたことを証明するだらう
嘆きと苦しみは我々のもので
あの人々のものではない

まして喜びや感動がどうして
あの人々のものといへるだらう、
私は暗黒を知つてゐるから
その向ふに明るみの
あることも信じてゐる
君よ、拳《こぶし》を打ちつけて
火を求めるやうな努力にさへも
大きな意義をかんじてくれ

幾千《いくせん》の声は
くらがりの中で叫んでゐる
空気はふるへ
窓の在《あ》りかを知る、
そこから糸口のやうに
光りと勝利をひきだすことができる

徒《いたづ》らに薔薇《ばら》の傍《そば》にあつて
沈黙をしてゐるな
行為こそ希望の代名詞だ
君の感情は立派なムコだ
花嫁を迎へるために
馬車を仕度《したく》しろ
いますぐ出発しろ
らつぱを突撃的に
鞭《むち》を苦しさうに
わだちの歌を高く鳴らせ。

メモ　威勢の良い述志の歌。「ゐるな」「しろ」「鳴らせ」の禁止形・命令形は、プロレタリア詩の特徴である。勝利・らつぱ・突撃など、戦争の比喩が見られる。

出典　『流民詩集』三一書房、一九四七（昭和二十二）年五月。初出は『詩人』第三巻第八号、一九三六（昭和十一）年八月。初出総題「作品集」。

村野四郎《むらのしろう》（一九〇一―一九七五）

体操《たいさう》

僕には愛がない

僕は権力を持たぬ
白い襯衣《シャツ》の中の個だ
僕は解体し、構成する
地平線がきて僕に交叉《まじは》る

僕は周囲を無視する
しかも外界は整列するのだ
僕の咽喉《のど》は笛だ
僕の命令は音だ

僕は柔《やはらか》い掌《てのひら》をひるがへし
深呼吸する
このとき
僕の形へ挿《さ》される一輪の薔薇《ばら》

メモ　多くの抽象語を用いて体操を描写した作品。「愛」「権力」「構成」「外界」「命令」などである。『体操詩集』は、ドイツ新即物主義の影響下で成立した。

出典　『体操詩集』アオイ書房、一九三九（昭和十四）年十二月。初出は『旗魚（かじき）』第十一号、一九三一（昭和六）年八月。再録は『文学（「詩と詩論」改題）』第一冊、一九三二（昭和七）年三月。

鉄棒《てつぼう》

僕は地平線に飛びつく
僅《わづか》に指さきが引つかかつた
僕は世界にぶら下《さが》つた
筋肉だけが僕の頼みだ
僕は赤くなる　僕は収縮する
足が上《あが》つてゆく
おお　僕は何処《どこ》へ行く
大きく世界が一回転して
僕が上になる
高くからの俯瞰《ふかん》
ああ　両肩に柔軟な雲

メモ　逆上がりの詩。学校教材として人気がある。村野四郎作品は抒情性を排除するが、この一篇には例外的に「おお」「ああ」などの感情表現が見られる。

出典　『体操詩集』アオイ書房、一九三九（昭和十四）年十二月。第一初出は『旗魚（かじき）』第十三号、一九三二（昭和七）年三月十五日。第二初出は『文学（「詩と詩論」改題）』第一冊、一九三二年三月十八日。初出題名双方とも「機械体操」。

飛《とび》込《こみ》

花のやうに雲たちの衣《い》裳《しやう》が開く
水の反射が
あなたの裸体に縞《しま》をつける
あなたは遂《つひ》に飛びだした
筋肉の翅《はね》で。
日に焦《こ》げた小さい蜂よ
あなたは花に向つて落ち
つき刺さるやうにもぐりこんだ
軈《やが》て　あちらの花のかげから
あなたは出てくる
液体に濡れて
さも重たさうに

メモ　屋外プールでの飛び込みを、蜂の縁語で統一的に暗喩した詩。「縞」「翅」「花」「つき刺さる」「液体」がこれにあたる。水を「液体」と即物的に表現した。

出典　『体操詩集』アオイ書房、一九三九（昭和十四）年十二月。初出同上。

飛《とび》込《こみ》

僕は白い雲の中から歩いてくる
一枚の距離の端《はし》まで
大きく僕は反《そ》る
時間がそこへ皺《しわ》よる
蹴《け》る　僕は蹴《け》つた
すでに空の中だ
空が僕を抱きとめる
空にかかる筋肉
だが脱落する
追はれてきてつき刺さる
僕は透明な触覚の中で藻掻《もが》く
頭の上の泡の外に
女たちの笑《わらひ》や腰が見える
僕は赤い海岸傘の
巨《おほき》い縞《しま》を攫《つか》まうとあせる

メモ　屋外プールでの飛び込みを即物的に描いた作品。飛び板を「距離」、水を「透明な触覚」と表現している。村野四郎は、従来の感傷的な抒情詩を嫌った。

出典『体操詩集』アオイ書房、一九三九（昭和十四）年十二月。『旗魚（かじき）』第十一号、一九三一（昭和六）年八月。初出題名「プールにて」。再録は『文学（「詩と詩論」改題）』第一冊、一九三二（昭和七）年三月。再録題名「跳込」。

槍《やり》投《なげ》

あなたの狙《ねら》ふのは何です
新しい原始の人よ
ふるへながら光は飛んだ
その方向で
突然おそろしい喚《わめ》きごゑ
ごらん
脊《せ》中《なか》に槍をたてられ
一瞬にげのびようと蹌《よろめ》くもの
しかし　それも
ぢきに静かになる

メモ　槍投げ競技の事故を描いた暗喩の詩。選手を「原始の人」、槍を「光」と比喩する。競技の際に感じる無意識の危険性を、ユーモアを込めつつ空想した。

出典『体操詩集』アオイ書房、一九三九（昭和十四）年十二月。初出同上。

さんたんたる鮟《あん》鱇《こう》

へんな運命が私をみつめている　リルケ

顎《あご》を　むざんに引っかけられ
逆《さか》さに吊《つ》りさげられた
うすい膜《まく》の中の
くったりした死
これは　いかなるもののなれの果《はて》だ

見なれない手が寄ってきて
切りさいなみ　削りとり
だんだん稀薄になっていく　この実在
しまいには　うすい膜《まく》も切りさられ
もう　鮟《あん》鱇《こう》はどこにも無い
惨《さん》劇《げき》は終っている

なんにも残らない廂《ひさし》から
まだ　ぶら下《さが》っているのは
大きく曲った鉄の鉤《かぎ》だけだ

メモ　人間性を奪う現代社会を、アンコウの吊るし切りに託して即物的に表現した口語詩。「運命」の悲惨さを描くが、リルケに副題のような言葉はないらしい。

出典　『抽象の城』宝文館、一九五四（昭和二十九）年九月。初出は『詩学』第九巻第八号、一九五四年八月。初出総題「抽象の城」。

鹿《しか》

鹿は　森のはずれの
夕日の中に　じっと立っていた
彼は知っていた
小さい額《ひたい》が狙《ねら》われているのを
けれども　彼に
どうすることが出来ただろう
彼は　すんなり立って
村の方を見ていた
生きる時間が黄金のように光る
彼の棲家《すみか》である
大きい森の夜を背景にして

メモ　鹿の死の瞬間を描いた作品。「じっと立って」が「すんなり立って」と変わる。「彼」は運命を受け入れたのだ。鹿は生死・昼夜・森と村の境界にいる。

出典　『亡羊記』政治公論社『無限』編集部、一九五九（昭和三十四）年十一月。初出は『詩学』第十一巻第七号、一九五六（昭和三十一）年六月。初出総題「村野四郎作品集」。

中《なか》野《の》重《しげ》治《はる》

（一九〇二―一九七九）

雨《あめ》の降《ふ》る品川《しながは》駅《えき》

辛《しん》よ　さやうなら
金《きん》よ　さやうなら
君らは雨の降る品川駅から乗車する

李《り》よ　さやうなら
も一人の李《り》よ　さやうなら
君らは君らの父《ちち》母《はは》の国にかへる

君らの国の河《かは》はさむい冬に凍る
君らの叛逆《はんぎやく》する心はわかれの一瞬に凍る

海は夕ぐれのなかに海鳴りの声をたかめる
鳩《はと》は雨にぬれて車庫の屋根からまひおりる

君らは雨にぬれて君らを逐ふ日本天皇をおもひ出す
君らは雨にぬれて　髯《ひげ》　眼鏡《めがね》　猫脊《ねこぜ》の彼をおもひ出す

ふりしぶく雨のなかに緑のシグナルはあがる
ふりしぶく雨のなかに君らの瞳はとがる

雨は敷石にそゝぎ暗い海面におちかゝる
雨は君らのあつい頬にきえる

君らのくろい影は改札口をよぎる
君らの白いモスソは歩廊《ほらう》の闇にひるがへる

シグナルは色をかへる
君らは乗りこむ

君らは出発する
君らは去る

さやうなら　辛《しん》
さやうなら　金《きん》
さやうなら　李《り》
さやうなら　女の李《り》

行つてあのかたい　厚い　なめらかな氷をたゝきわれ
ながく堰《せ》かれてゐた水をしてほとばしらしめよ
日本プロレタリアートの前だて後《うしろ》だて
復讐の歓喜に泣きわらふ日までさやうなら

メモ　アジア人労働者の連帯を夢想したプロレタリア

詩。その後の歴史は、中野重治の願望が幻想に過ぎなかったことを示している。左翼詩人の政治的抒情。

出典『中野重治詩集』ナップ出版部、一九三一（昭和六）年十月。初出は『改造』第十一巻第二号、一九二九（昭和四）年二月。本文の伏字を補った。

機《き》関《くわん》車《しや》

彼は巨大な図《づう》体《たい》を持ち
黒い千貫の重量を持つ
彼の身体の各部は悉《ことごと》く測定されてあり
彼の導管と車輪と無数のねぢとは隈《くま》なく磨《みが》かれてある
彼の動くとき
メートルの針は敏感に廻転し
彼の走るとき
軌道と枕木と一せいに震動する
シヤワツ　シヤワツ　といふ音を立てゝ彼のピスト
　ンの腕が動きはじめる時
それが車輪をかき立てかきまはして行く時
町と村々とをまつしぐらに馳《か》けぬけて行くのを見る
　とき
おれの心臓はとゞろき
おれの両眼は泪《なみだ》ぐむ
真《しん》鍮《ちゆう》の文字板を掲げ
赤いラムプを下《さ》げ
常に煙をくゞつて千人の生活を搬《はこ》ぶもの
旗とシグナルとハンドルとによつて
輝く軌道の上を全き統制のうちに驀《ばく》進《しん》するもの
その律《りち》気《ぎ》者《もの》の大男の後姿に
おれら今あつい手をあげる

メモ　近代文明の象徴たる機関車を、労働者や革命運動のシンボルに読み替えた詩。汽車は「彼」と人格化され、僕や私ではない「おれ」がこれに呼応する。

出典『中野重治詩集』ナップ出版部、一九三一（昭和六）年十月。初出は『驢馬』第五号、一九二六（大正十五）年九月。初出総題「機関車」。

歌《うた》

お前は歌ふな
お前は赤まゝの花やとんぼの羽《は》根《ね》を歌ふな

風のさゝやきや女の髪の毛の匂ひを歌ふな
すべてのひよわなもの
すべてのうそうそとしたもの
すべての物憂《ものう》げなものを撥《はち》き去れ
すべての風情《ふぜい》を擯斥《ひんせき》せよ
もつぱら正直のところを
腹の足しになるところを
胸先きを突き上げて来るぎりぎりのところを歌へ
たゝかれることによつて弾《は》ねかへる歌を
恥辱《ちじょく》の底から勇気をくみ来る歌を
それらの歌々を
咽喉《のど》をふくらまして厳しい韻律に歌ひ上げよ
それらの歌々を
行く行く人々の胸廓《きょうくわく》にたゝき込め

メモ　弱々しい「歌」を捨て、左翼知識人として行動的に生きたいという述志の詩。近代文学者の多くは無用文士の道を選び、知識人的人生を選ばなかった。

出典　『中野重治詩集』ナップ出版部、一九三一（昭和六）年十月。初出は『驢馬』第五号、一九二六（大正十五）年九月。初出総題「機関車」。

あかるい娘《むすめ》ら

私の心はかなしいのに
ひろい運動場には白い線がひかれ
あかるい娘達がとびはねてゐる
私の心はかなしいのに
娘達はみなふつくらと肥《こ》えてゐて
手足の色は
白くあるひはあはあはしい栗色をしてゐる
そのきやしやな踵《かかと》なぞは
ちやうど鹿のやうだ

メモ　憂鬱な青年が快活健康な少女たちを目にし、魅了されつつも却って悩みを深める。東京帝大での第二回全国女子選手権陸上競技大会の観覧体験による。

出典　『中野重治詩集』ナップ出版部、一九三一（昭和六）年十月。初出は『裸像』創刊号、一九二五（大正十四）年一月。初出総題「詩七篇」。

しらなみ

こゝにあるのは荒れはてた細長い磯《いそ》だ
うねりは遥かな沖中《おきなか》にわいて
より合ひながらよせて来る
そしてこゝの渚《なぎさ》に
寂しい声をあげ
秋の姿でたふれかゝる
そのひゞきは奥ぶかく
逼《せま》つた山の根にかなしく反響する
がんじような汽車さへもためらひ勝ちに
しぶきは窓がらすに霧のやうにもまつはつて来る
あゝ　越《ゑち》後《ご》のくに親《おや》不《し》知《らず》市《いち》振《ぶり》の海岸
ひるがへる白《しら》浪《なみ》のひまに
旅の心はひえびえとしめりを帯びて来るのだ

メモ　波を擬人化して旅愁を語った作品。旧北陸本線親不知・市振間の厳しい景観は、詩人の心象風景でもある。故郷福井との往来の途上で見た光景だろう。

出典　『中野重治詩集』ナップ出版部、一九三一（昭和六）年十月。初出は『裸像』創刊号、一九二五（大正十四）年一月。初出総題「詩七篇」。

金《かね》子《こ》みすゞ　（一九〇三―一九三〇）

お魚《さかな》

海の魚はかはいさう。

お米は人につくられる、
牛は牧場《まきば》で飼《か》はれてる、
鯉《こひ》もお池で麩《ふ》を貰《もら》ふ。

けれども海のお魚は
なんにも世話にならないし
いたづら一つしないのに
かうして私に食べられる。

ほんとに魚はかはいさう。

メモ　損な役回りの多い自分を嘆いた詩。弱者に温かい目を注いだ作品という通俗的理解は誤り。この解釈では、牛は食べても全く気の毒でないことになる。

出典　遺稿集『美しい町』一九二九（昭和四）年秋頃。初出は『童話』第四巻第九号、一九二三（大正十二）年九月。再録は『日本童謡集　一九二六年版』新潮社、一九二六（大正十五）年七月。再再録は『小学生全集』第四十八巻「日本童謡集（上級用）」、文藝春秋社、一九二七（昭和二）年八月。本文典拠は『金子みすゞ全集Ⅰ』ＪＵＬＡ出版局、一九八四（昭和五十九）年八月。

雀《すずめ》のかあさん

子供が
子雀
つかまへた。

その子の
かあさん
笑つてた。

雀の
かあさん
それみてた。

お屋根で
鳴かずに
それ見てた。

メモ　人道主義の限界を考えさせる詩。子に対する母の愛は、人も雀も同じである。しかし、力の強弱が最後はものを言うことを、この作品は示している。

出典　遺稿集『美しい町』一九二九（昭和四）年秋頃。初出未詳。本文典拠は『金子みすゞ全集Ⅰ』ＪＵＬＡ出版局、一九八四（昭和五十九）年八月。

木《き》

お花が散つて
実が熟《う》れて、
その実が落ちて
葉が落ちて、
それから芽が出て

花が咲く。
さうして何べん
まはつたら、
この木は御用《ごよう》が
すむか知ら。

メモ　無限に続く生物界の循環と、個々の命の有限性を考えさせる作品。近代的個人は崇高な存在なのか、それとも大きな輪廻転生の一部分に過ぎないのか。

出典　遺稿集『美しい町』一九二九（昭和四）年秋頃。初出未詳。本文典拠は『金子みすゞ全集Ⅰ』ＪＵＬＡ出版局、一九八四（昭和五十九）年八月。

大《たい》漁《れふ》

朝《あさ》焼《やけ》小《こ》焼《やけ》だ
大漁だ
大《おほ》羽《ば》鰮《いわし》の
大漁だ。

浜は祭りの
やうだけど
海のなかでは
何万の
鰮《いわし》のとむらひ
するだらう。

メモ　視点の転換により、悲喜を反転させた作品。生き物を食わずにはいられない人間の宿命を描く。詩人は漁港仙崎に育ったが、魚は嫌いだったようだ。

出典　遺稿集『美しい町』一九二九（昭和四）年秋頃。初出は『童謡』第五巻第三号、一九二四（大正十三）年三月。再録は『日本童謡集　一九二六年版』新潮社、一九二六（大正十五）年七月。本文典拠は『金子みすゞ全集Ⅰ』ＪＵＬＡ出版局、一九八四（昭和五十九）年八月。

日《ひ》の光《ひかり》

おてんと様のお使ひが
揃《そろ》つて空をたちました。
みちで出《で》逢《あ》つたみなみ風、
（何しに、どこへ。）とききました。

一人は答へていひました。
（この「明るさ」を地に撒《ま》くの、
みんながお仕事できるやう。）

一人はさもさも嬉《うれ》しさう。
（私はお花を咲かせるの、
世界をたのしくするために。）

一人はやさしく、おとなしく、
（私は清いたましひの、
のぼる反《そ》り橋かけるのよ。）

残つた一人はさみしさう。
（私は「影」をつくるため、
やつぱり一しよにまゐります。）

メモ　明暗の暗に注目を促す詩。「影」も「日の光」と一緒に行動する。「かけるのよ」に典型的なように、金子みすゞ作品には擬女児の人物が多く登場する。

出典　遺稿集『美しい町』一九二九（昭和四）年秋頃。

初出は『燭台』第二巻第十一号、一九二八（昭和三）年十一月。本文典拠は『金子みすゞ全集Ⅰ』ＪＵＬＡ出版局、一九八四（昭和五十九）年八月。

蜂《はち》と神《かみ》さま

蜂はお花のなかに、
お花はお庭のなかに、
お庭は土塀《どべい》のなかに、
土塀《どべい》は町のなかに、
町は日本のなかに、
日本は世界のなかに、
世界は神さまのなかに。

さうして、さうして、神さまは、
小《ちつ》ちやな蜂のなかに。

メモ　円環構造の語りにより、「神は細部に宿る」ことを述べた詩。北原白秋訳「胡桃（くるみ）」や西條八十「かあさん と わたし」の影響が推測されている。

出典　遺稿集『空のかあさま』一九二九（昭和四）年秋

頃。初出は『愛誦』第二巻第十号、一九二七（昭和二）年十月。本文典拠は『金子みすゞ全集Ⅱ』ＪＵＬＡ出版局、一九八四（昭和五十九）年八月。

土《つち》

こッつん　こッつん
打《ぶ》たれる土は
よい畠《はたけ》になつて
よい麦生むよ。

朝から晩まで
踏まれる土は
よい路《みち》になつて
車を通すよ。

打《ぶ》たれぬ土は
踏まれぬ土は
要《い》らない土か。

いえいえそれは
名のない草の
お宿をするよ。

メモ　有用無用について考えた詩。狭い実利のみを重視する町人思想は、近代にも継続した。商売の家に育ちつつ文学を愛した詩人は、有用の定義を問い直す。

出典　遺稿集『空のかあさま』一九二九（昭和四）年秋頃。初出は『童話』第六巻第二号、一九二五（大正十四）年二月。再録は『愛誦』第三巻第八号、一九二八（昭和三）年八月。本文典拠は『金子みすゞ全集Ⅱ』ＪＵＬＡ出版局、一九八四（昭和五十九）年八月。

星《ほし》とたんぽぽ

青いお空の底ふかく、
海の小石のそのやうに、
夜がくるまで沈んでる、
昼のお星は眼にみえぬ。
　見えぬけれどもあるんだよ、
見えぬものでもあるんだよ。

散つてすがれたたんぽぽの、
瓦《かはら》のすきに、だァまつて、
春のくるまでかくれてる、
つよいその根は眼にみえぬ。
　見えぬけれどもあるんだよ、
　見えぬものでもあるんだよ。

メモ　地方の無名詩人が、自らの存在を主張した作品。中央詩壇で知られずとも、良い詩を書く私のような人物がいるのだと述べる。実際その通りだった。

出典　遺稿集『空のかあさま』一九二九（昭和四）年秋頃。初出未詳。本文典拠は『金子みすゞ全集Ⅱ』ＪＵＬＡ出版局、一九八四（昭和五十九）年八月。

露《つゆ》

誰にもいはずにおきませう。

朝のお庭のすみつこで、
花がほろりと泣いたこと。

もしも噂がひろがつて
蜂のお耳へはいつたら、

わるいことでもしたやうに、
蜜《みつ》をかへしに行くでせう。

メモ　無自覚の加害者を気遣った詩。あまりにも日本的な心情。金子みすゞは、悲しみを自らの内側にとどめる傾向があり、その表現手段が詩の創作だった。

出典　遺稿集『空のかあさま』一九二九（昭和四）年秋頃。初出は『童話』第七巻第四号、一九二六（大正十五）年四月。本文典拠は『金子みすゞ全集Ⅱ』ＪＵＬＡ出版局、一九八四（昭和五十九）年八月。

積《つも》つた雪《ゆき》

上の雪
さむかろな。
つめたい月がさしてゐて。

下の雪
重かろな。

何百人ものせてゐて。

中の雪
さみしかろな。
空も地面《ぢべた》もみえないで。

メモ　文学の理想にも現実の商業にも徹しきれない中途半端な心情を述べた詩。語り手の共感は「中の雪」にある。金子みすゞは西條八十に憧れた一書店員。

出典　遺稿集『空のかあさま』一九二九（昭和四）年秋頃。初出未詳。本文典拠は『金子みすゞ全集Ⅱ』ＪＵＬＡ出版局、一九八四（昭和五十九）年八月。

私《わたし》と小鳥《ことり》と鈴《すず》と

私が両手をひろげても、
お空はちつとも飛べないが、
飛べる小鳥は私のやうに、
地面《ぢべた》を速くは走れない。

私がからだをゆすつても、
きれいな音は出ないけど、
あの鳴る鈴は私のやうに
たくさんな唄《うた》は知らないよ。

鈴と、小鳥と、それから私、
みんなちがつて、みんないい。

メモ　家事育児に追われる主婦の悲哀を述べた詩。小鳥は自由な独身時代。鈴は詩人。平凡な家庭生活も意味があると自分に言い聞かせた。多様性礼讃ではない。

出典　遺稿集『さみしい王女』一九二九（昭和四）年秋頃。初出未詳。本文典拠は『金子みすゞ全集Ⅲ』ＪＵＬＡ出版局、一九八四（昭和五十九）年八月。

不思議《ふしぎ》

私は不思議でたまらない、
黒い雲からふる雨が、
銀にひかつてゐることが。

私は不思議でたまらない、

青い桑《くは》の葉たべてゐる、
蠶《かひこ》が白くなることが。

私は不思議でたまらない、
たれもいぢらぬ夕顔《ゆふがほ》が、
ひとりでぱらりと開くのが。

私は不思議でたまらない、
誰にきいても笑つてて、
あたりまへだ、といふことが。

メモ　造化の美を新鮮な眼で見つめ直した作品。北原白秋の「薔薇二曲」「赤い鳥小鳥」に影響を受けつつ創作したもの。詩人特有の擬女児の語り手が登場する。
出典　遺稿集『さみしい王女』一九二九（昭和四）年秋頃。初出未詳。本文典拠は『金子みすゞ全集Ⅲ』JULA出版局、一九八四（昭和五十九）年八月。

花津浦《はなづら》

浜で花津浦《はなづら》眺めてて、
「むかし、むかし」と
ききました。
浜で花津浦《はなづら》みる度《たび》に、
こころさみしく
おもひ出す。

「むかし、むかし」と
花津浦《はなづら》の
その名の所縁《いはれ》きかされた
郵便局の小父《をぢ》さんは、
どこでどうしてゐるのやら。

あのはなづらの
はな越えて、
お船はとほく
消えました。

いまも、入日《いりひ》に海は燃え、
いまもお船は沖をゆく。

「むかし、むかし」よ
花津浦《はなづら》よ、
みんなむかしになりました。

メモ　懐旧や郷愁、喪失感を描いた詩。花津浦は故郷仙崎の北西に見える海上の岩。こちらとあちらの境界。作品では地理的距離と時間的距離が重ねられている。
出典　遺稿集『さみしい王女』一九二九（昭和四）年秋頃。初出未詳。本文典拠は『金子みすゞ全集Ⅲ』ＪＵＬＡ出版局、一九八四（昭和五十九）年八月。

王子山《わうじやま》

公園になるので植ゑられた、
桜はみんな枯れたけど、

伐《き》られた雑木《ざふき》の切株《きりかぶ》にや、
みんな芽が出た、芽が伸びた。

木《こ》の間《ま》に光る銀の海、
わたしの町はそのなかに、
龍宮《りゆうぐう》みたいに浮んでる。

銀の瓦《かはら》と石垣と、
夢のやうにも、霞《かす》んでる。

王子山《わうじやま》から町見れば
わたしは町が好きになる。

干鰮《ほしか》のにほひもここへは来ない、
わかい芽立《めだ》ちの香《か》がするばかり。

メモ　高台から故郷の町を俯瞰し、新たな目で眺め直した詩。漁港の魚臭い現実は消え、仙崎は「竜宮」「夢のやう」と美化される。緑色と銀色の世界である。
出典　遺稿集『さみしい王女』一九二九（昭和四）年秋頃。初出未詳。本文典拠は『金子みすゞ全集Ⅲ』ＪＵＬＡ出版局、一九八四（昭和五十九）年八月。

こだまでせうか

「遊《あす》ばう」つていふと

「遊《あす》ばう」つていふ。

「馬鹿」つていふと
「馬鹿」つていふ。

「もう遊《あす》ばない」つていふと
「遊《あす》ばない」つていふ。

さうして、あとで
さみしくなつて、

「ごめんね」つていふと
「ごめんね」つていふ。

こだまでせうか、
いいえ、誰でも。

メモ　人の気持ちの相互作用を描いた作品。平成二十三年の東日本大震災時、テレビCMに使われ広く認知された。草野心平「秋の夜の会話」の影響がある。

出典　遺稿集『さみしい王女』一九二九（昭和四）年秋頃。初出未詳。本文典拠は『金子みすゞ全集Ⅲ』JULA出版局、一九八四（昭和五十九）年八月。

草《くさ》野《の》心《しん》平《ぺい》

（一九〇三―一九八八）

秋《あき》の夜《よ》の会《くわい》話《わ》

さむいね
ああ　さむいね
虫がないてるね
ああ　虫がないてるね
もうすぐ土の中だね
土の中はいやだね
痩《や》せたね
君もずいぶん痩《や》せたね
どこがこんなに切ないんだらうね
腹だらうかね
腹とつたら死ぬだらうね

死にたくはないね
さむいね
ああ　虫がないてるね

メモ　草野心平は蛙の詩人。冬眠前の二匹の会話には、寂寥感の中での弱い者同士の共感がある。対話形式は、堀口大学訳のジャム「哀歌第十四」に学んだ。
出典　『第百階級』銅鑼社、一九二八（昭和三）年十一月。初出未詳。

生殖《せいしょく》　I

るるるるるるるるるるるるるるるるるるるる

メモ　蛙が生殖相手を求める命の声を視覚的に表現した作品。詩集で「る」は二十字。草野心平は字数にこだわらず、紙面の上から下まで並べるよう指示した。
出典　『第百階級』銅鑼社、一九二八（昭和三）年十一月。初出は『太平洋詩人』第一巻第四号、一九二六（大正十五）年十二月。「春殖」への改題は『定本　蛙』大地書房、一九四八（昭和二十三）年十一月。

ぐりまの死《し》

ぐりまは子供に釣られてたたきつけられて死んだ
取りのこされたるりだは
菫《すみれ》の花をとつて
ぐりまの口にさした

半日もそばにゐたので苦しくなつて水に這入《はひ》つた
顔を泥にうずめてゐると
くわんらくの声々が腹にしびれる
泪《なみだ》が噴《ふき》上《あげ》のやうに喉《のど》にこたへる

菫《すみれ》をくわへたまんま
菫《すみれ》もぐりまも
カンカン夏の陽《ひ》にひからびていつた

メモ　生と死の交錯を描いた生命の詩。スミレ咲く初夏は蛙の繁殖期でもある。オス「ぐりま」の死を嘆く「るりだ」の周囲は、性的歓楽の声々で満ちている。
出典　『第百階級』銅鑼社、一九二八（昭和三）年十一月。初出は『月曜』第一巻第四号、一九二六（大正十五）年四月。

オ母《かあ》サン

トテモキレイナ花。
イツパイデス。
イイニホヒ。イツパイ。
オモイクラヒ。
オ母サン。
ボク。
カヘリマセン。

ヌマノ水口ノ。
アスコノオモダカノネモトカラ。
ボク。トンダラ。
ヘビノ眼ヒカツタ。
ボクソレカラ。
忘レチヤツタ。

オ母サン。
サヨナラ。

大キナ青イ花モエテマス。

メモ　子蛙のメッセージに託して、死を免れない人間の運命を表現した作品。青い花は命の最期の輝きを象徴する。戦前、手紙はカタカナ表記が一般的だった。

出典　『蛙（かへる）』三和書房、一九三八（昭和十三）年十二月。初出は『むらさき』第五巻第十二号、一九三八年十二月。「青イ花」への改題は『定本　蛙』大地書房、一九四八（昭和二十三）年十一月。

窓《まど》

波はよせ。
波はかへし。
波は古びた石垣をなめ。
陽《ひ》の照らないこの入江に。
波はよせ。
波はかへし。
下駄《げた》や藁屑《わらくづ》や。
油のすぢ。
波は古びた石垣をなめ。
波はよせ。

波はかへし。

波はここから内海《うちうみ》につづき。

外洋につづき。

はるかの遠い外洋から。

波はよせ。

波はかへし。

波は涯《はて》しらぬ外洋にもどり。

雪や。

霙《みぞれ》や。

晴天や。

億万の年をつかれもなく。

波はよせ。

波はかへし。

波は古びた石垣をなめ。

愛や憎悪や悪徳の。

その欝積《うつせき》の暗い入江に。

波はよせ。

波はかへし。

波は古びた石垣をなめ。

みつめる潮《しほ》の干満《かんまん》や。

みつめる世界のきのふやけふ。

ああ。

波はよせ。

波はかへし。

波は古びた石垣をなめ。

メモ　大森海岸が舞台。都市近郊の澱んだ入江で、詩人の憂いは晴れない。考えは波のように堂々巡りするばかり。不自然な句点が、途切れがちな思考を示す。

出典　『絶景』八雲書林、一九四〇（昭和十五）年九月。初出未詳。

富士山《ふじさん》　作品《さくひん》第《だい》肆《し》

川面《かはづら》に春の光はまぶしく溢《あふ》れ。そよ風が吹けば光りたちの鬼ごつこ葦《あし》の葉のささやき。行行子《よしきり》は鳴く。

行行子《よしきり》の舌にも春のひかり。

土堤《どて》の下のうまごやしの原に。

自分の顔は両掌《りやうて》のなかに。

ふりそそぐ春の光りに却《かへ》つて物憂《ものう》く。

眺めてゐた。

少女たちはうまごやしの花を摘《つ》んでは巧みな手さばきで花環《はなわ》をつくる。それをなわにして縄跳《なはと》びをする。花環《はなわ》が円を描くとそのなかに富士がはひる。その度《たび》に富士は近づき。とほくに坐《すわ》る。

耳には行行子《よしきり》。

頬にはひかり。

メモ　日本の象徴富士山を遠景に、春の荒川土手の情景を描いた作品。散文詩と自由律詩を組み合わせている。詩集の扉に「日本の未来におくる」とある。

出典　『富士山』昭森社、一九四三（昭和十八）年七月。初出は『むらさき』第七巻第四号、一九四〇（昭和十五）年四月。初出題名「荒川富士」。

知《ち》里《り》幸《ゆき》恵《え》

（一九〇三―一九二二）

梟《ふくろふ》の神《かみ》の自《みづか》ら歌《うた》つた謡《うた》
「銀《ぎん》の滴《しづく》降《ふ》る降《ふ》るまはりに」

「銀の滴降る降るまはりに、金の滴
降る降るまはりに。」と云《い》ふ歌を私は歌ひながら
流《ながれ》に沿つて下《くだ》り、人間の村の上を
通りながら下を眺めると
昔の貧乏人が今お金持になつてゐて、昔のお金持が
今の貧乏人になつてゐる様《やう》です。
海辺に人間の子供たちがおもちやの小弓《こゆみ》に
おもちやの小矢《こや》をもつてあそんで居《を》ります。
「銀の滴降る降るまはりに
金の滴降る降るまはりに。」といふ歌を
歌ひながら子供等《ら》の上を
通りますと、（子供等《ら》は）私の下を走りながら
云《い》ふことには、
「美《うつくし》い鳥！　神様の鳥！
さあ、矢を射てあの鳥
神様の鳥を射《い》当《あ》てたものは、一ばんさきに取つた者は
ほんとうの勇者ほんとうの強者だぞ。」

云《い》ひながら、昔貧乏人で今お金持になつてる者の
子供等《ら》は、金の小弓《こゆみ》に金の小矢《こや》を
番《つが》へて私を射ますと、金の小矢《こや》を
私は下を通したり上を通したりしました。（以下略）

メモ 最も有名なアイヌ神謡。冒頭部が特に親しまれている。知里幸恵はアイヌ語・日本語に通じ、言語学者金田一京助に見いだされたが、満十九歳で夭折。

出典 『アイヌ神謡集』郷土研究社、一九二三（大正十二）年八月。初出同上。

山《やま》之《の》口《くち》貘《ばく》

（一九〇三—一九六三）

座蒲団《ざぶとん》

土の上には床《ゆか》がある
床《ゆか》の上には畳がある
畳の上にあるのが座蒲団でその上にあるのが楽といふ
楽の上にはなんにもないのであらうか
どうぞおしきなさいとすゝめられて
楽に坐《すわ》つたさびしさよ
土の世界をはるかにみおろしてゐるやうに
住み馴《な》れぬ世界がさびしいよ

メモ 浮浪者だった山之口貘にとって、座蒲団に坐るのは嬉しいことである。だが慣れないため身分不相応な感じがし、却って「土の世界」を思ってしまう。

出典 『思弁の苑』むらさき出版部、一九三八（昭和十三）年八月。初出は『文芸』第三巻第二号、一九三五（昭和十）年二月。初出総題「数学」。

会話《くわいわ》

お国は？　と女が言つた

さて、僕の国はどこなんだか、とにかく僕は煙草《たばこ》に火をつけるんだが、刺青と蛇皮線《じやびせん》などの聯想《れんさう》を染めて、図案のやうな風俗をしてゐるあの僕の国か！

ずつとむかふ

ずつとむかふとは？　と女が言つた

それはずつとむかふ、日本列島の南端の一寸《ちよつと》手前なんだが、頭上に豚をのせる女がゐるとか素足で歩くとかいふやうな、憂欝な方角を習慣してゐるあの僕の国か！

南方

南方とは？　と女が言つた

南方は南方、濃藍《こいあゐ》の海に住んでゐるあの常夏《とこなつ》の地帯、龍舌蘭《りゆうぜつらん》と梯梧《でいご》と阿旦《あだん》とパパイヤなどの植物達が、白い季節を被《かぶ》つて寄り添ふてゐるんだが、あれは日本人ではないとか日本語は通じるかなどゝ談《はな》し合ひながら、世間の既成概念達が寄留するあの僕の国か！

亜熱帯

アネツタイ！　と女は言つた

亜熱帯なんだが、僕の女よ、眼の前に見える亜熱帯が見えないのか！　この僕のやうに、日本語の通じる日本人が、即《すなは》ち亜熱帯に生れた僕らなんだと僕はおもふんだが、酋長《しうちやう》だの土人だの唐手《からて》だの泡盛《あわもり》だのゝ同義語でも眺めるかのやうに、世間の偏見達が眺めるあの僕の国か！

赤道直下のあの近所

メモ　沖縄出身者山之口貘の自意識を語った作品。本土の人の脳中には、異国趣味的な沖縄イメージがある。自身の沖縄像との落差に、詩人は戸惑っている。

出典　『思弁の苑』むらさき出版部、一九三八（昭和十三）年八月。初出は『文芸』第三巻第十一号、一九三五（昭和十）年十一月。

妹《いもうと》へおくる手《て》紙《がみ》

なんといふ妹なんだらう
——兄さんはきつと成功なさると信じてゐます。とか
——兄さんはいま東京のどこにゐるのでせう。とか
ひとづてによこしたその音信のなかに
妹の眼をかんじながら
僕もまた、六、七年振りに手紙を書かうとはするの
　　です
この兄さんは
成功しようかどうしようか結婚でもしたいと思ふの
　　です
そんなことは書けないのです
東京にゐて兄さんは犬のやうにものほしげな顔して
　　ゐます
そんなことも書かないのです
兄さんは、住所不定なのです
とはますます書けないのです
如《によ》実《じつ》的な一切を書けなくなつて
とひつめられてゐるかのやうに身動きも出来なくな

　　つてしまひ　満身の力をこめてやつとのおもひ
　　で書いたのです
ミンナゲンキカ
と、書いたのです。

メモ　事実を赤裸々に書いた諧謔的作品。深刻な内容がユーモラスに語られている。詩人は大正十三年に沖縄から再上京し、無宿生活や居候生活を続けた。
出典　『思弁の苑』むらさき出版部、一九三八（昭和十三）年八月。初出は『日本詩』第二巻第一号、一九三五（昭和十）年一月。

現《げん》金《きん》

誰かが
女といふものは馬鹿であると言ひ振らしてゐたので
　　ある。
そんな馬鹿なことはないのである
ぼくは大反対である
諸《もろ》手《て》を挙げて反対である
居《ゐ》候《さうらふ》なんかしてゐてもそればかりは大反対である

だから
女よ
だから女よ
こつそりこつちへ廻《ま》はつておいで
ぼくの女房になつてはくれまいか。

メモ　求婚の詩。結婚したいがために「現金」な考え方を述べた。山之口貘特有の「である」調が、ユーモラスな響きを生んでいる。詩人は昭和十二年に結婚した。
出典　『思弁の苑』むらさき出版部、一九三八（昭和十三）年八月。初出未詳。

若《も》しも女《をんな》を摑《つか》んだら

若しも女を摑《つか》んだら
丸ビルの屋上や煙突のてつぺんのやうな高い位置に
　よぢのぼつて
大声を張りあげたいのである
つかんだ
つかんだ
つかんだあ　と張りあげたいのである
摑《つか》んだ女がくたばるまで打ち振つて
街の横づらめがけて投げつけたいのである
僕にも女が摑《つか》めるのであるといふ
たつたそれだけの
人並《ひとなみ》のことではあるのだが。

メモ　結婚への強い思いを述べた詩。虚飾を捨て、露骨な言葉「女」を用いて素直な願望を表現した。元浮浪者の詩人にとって、結婚は自尊心の問題だった。
出典　『思弁の苑』むらさき出版部、一九三八（昭和十三）年八月。初出未詳。

求婚《きうこん》の広告《くわうこく》

一日もはやく私は結婚したいのです
結婚さへすれば
私は人一倍生きてゐたくなるでせう
かやうに私は面白い男であると私もおもふのです
面白い男と面白く暮したくなつて

私をつとにしたくなつて
せんちめんたるになつてゐる女はそこらにゐませんか
さつさと来て呉《く》れませんか女よ
見えもしない風を見てゐるかのやうに
どの女があなたであるかは知らないが
あなたを
私は待ち佗《わ》びてゐるのです

メモ　結婚願望をまっすぐに述べた詩。沖縄から家出同然に上京し、住所不定の山之口貘にとって、結婚は自分がまともな人間であることの証明でもあった。
出典　『思弁の苑』むらさき出版部、一九三八（昭和十三）年八月。初出未詳。

散歩《さんぽ》スケッチ

柔毛のやうな叢《くさむら》のなかの
蹲《うづく》まつてゐる男と女
べんちの上の男と女

あつちこつちが男と女
なんと
男と女の流行《はや》る季節であらう
友よ
僕らは、
きみはやつぱり男で
ぼくもあひにく男だ。

メモ　恋人が欲しい男の心理を描いたユーモア詩。詩人は男二人で歩いているが、僕が男なのは友人にとっても残念だろうと言う。出典通りの改行とした。
出典　『思弁の苑』むらさき出版部、一九三八（昭和十三）年八月。初出未詳。

喪《も》のある景色《けしき》

うしろを振りむくと
親である
親のうしろがその親である

その親のそのまたうしろがまたその親の親であると
　いふやうに
親の親の親ばつかりが
むかしの奥へとつゞいてゐる
まへを見ると
子のまへは子である
その子のまへはその子である
その子のそのまたまへはそのまた子の子であるとい
　ふやうに
子の子の子の子の子ばつかりが
空の彼方《かなた》へ消えいるやうに
未来の涯《はて》へとつゞいてゐる
こんな景色のなかに
神のバトンが落ちてゐる
血に染まつた地球が落ちてゐる。

メモ　自己存在の不思議を述べた詩。命は大勢の先祖から私へ、子孫へと継承される。この「神のバトン」を途絶させる世界紛争の危機を語ったとも解釈可能。

出典　『山之口貘詩集』山雅房、一九四〇（昭和十五）年十二月。初出は『公論』第三巻第七号、一九四〇年七月。

畳《たたみ》

なんにもなかつた畳のうへに
いろんな物があらはれた
まるでこの世のいろんな姿の文字どもが
声をかぎりに詩を呼び廻《ま》はつて
白紙のうへにあらはれて来たやうに
血の出るやうな声を張りあげては
結婚生活を呼び呼びして
をつとになつた僕があらはれた
女房になつた女があらはれた
桐の箪笥《たんす》があらはれた
薬罐《やくわん》と
火鉢《ひばち》と
鏡台《きやうだい》があらはれた
お鍋や
食器が
あらはれた

メモ　結婚の喜びを主題とする詩。嬉しさを表す言葉はなく、モノが全てを物語る。元浮浪者の詩人にとって、昭和十二年の結婚は自尊心の回復でもあった。

出典　『山之口貘詩集』山雅房、一九四〇（昭和十五）年十二月。初出は『文芸』第八巻第五号、一九四〇年五月。再録は『現代詩人集Ⅰ』山雅房、一九四〇年五月。

結《けつ》婚《こん》

詩は僕を見ると
結婚々々と鳴きつゞけた
おもふにその頃の僕ときたら
はなはだしく結婚したくなつてゐた
言はゞ
雨に濡れた場合
風に吹かれた場合
死にたくなつた場合などゝこの世にいろいろの場合
　があつたにしても
そこに自分がゐる場合には
結婚のことを忘れることが出来なかつた
詩はいつもはつらつと
僕のゐる所至《いた》る所につきまとつて来て
結婚々々と鳴いてゐた
僕はとうとう結婚してしまつたが
詩はとんと鳴かなくなつた
いまでは詩とはちがつた物がゐて
時々僕の胸をかきむしつては
簞笥《たんす》の陰《かげ》にしやがんだりして
おかねが
おかねがと泣き出すんだ。

メモ　結婚への憧れと現実との落差を描いた、貧乏詩人のユーモア詩。詩は鳥のようにケッコンと美しく鳴く。一方で妻は「物」とされ、「おかねが」と泣く。

出典　『山之口貘詩集』山雅房、一九四〇（昭和十五）年十二月。初出は『文芸』第七巻第九号、一九三九（昭和十四）年九月。再録は『現代詩人集Ⅰ』山雅房、一九四〇年五月。

友引《ともびき》の日《ひ》

なにしろぼくの結婚なので
さうか結婚したのかさうか

結婚したのかさうか
さうかさうかとうなづきながら
向日葵《ひまはり》みたいに咲いた眼がある
なにしろぼくの結婚なので
持参金はたんまり来たのかと
そこにひらいた厚い唇《くちびる》もある
なにしろぼくの結婚なので
いよいよ食へなくなつたらそのときは別れるつもり
　で結婚したのかと
もはやのぞき見しに来た顔がある
なにしろぼくの結婚なので
女が傍《そば》にくつついてゐるうちは食へるわけだと云《い》つ
　たとか
そつぽを向いてにほつた人もある
なにしろぼくの結婚なので
食ふや食はずに咲いたのか
あちらにこちらに咲きみだれた
がやがやがやがやがやがや
がやがやの
この世の杞憂《きいう》の花々である。

メモ　自虐的なユーモアの詩。貧乏詩人の結婚が周囲にもたらした反響を描く。山之口貘の作品には生活困窮の話が多く、自ら「貧乏の専門家」と称した。
出典　『山之口貘詩集』山雅房、一九四〇（昭和十五）年十二月。初出は『現代詩人集Ⅰ』山雅房、一九四〇年五月。再録は『歴程』第十二号、一九四〇年七月。

自己紹介《じこせうかい》

ここに寄り集つた諸氏よ
先ほどから諸氏の位置に就《つい》て考へてゐるうちに
考へてゐる僕の姿に僕は気がついたのであります
僕ですか？
これはまことに自惚《うぬぼ》れるやうですが
びんぼうなのであります。

メモ　詩人の高い精神的誇りと、生活困窮者たる現実との落差を描いたユーモアの詩。他人の身の上を心配していた自分が、実は一番貧乏だったことに気づく。
出典　『山之口貘詩集』山雅房、一九四〇（昭和十五）年十二月。初出未詳。

弾《たま》を浴《あ》びた島《しま》

島の土を踏んだとたんに
ガンジューイ(1)とあいさつしたところ
はいおかげさまで元気ですとか言って
島の人は日本語で来たのだ
郷愁はいささか戸惑いしてしまって
ウチナーグチマディン　ムル(2)
イクサニ　サッタルバスイ(3)と言うと
島の人は苦笑したのだが
沖縄語は上手ですねと来たのだ

(1) お元気か
(2) 沖縄方言までもすべて
(3) 戦争でやられたのか

メモ　昭和三十三年十一月六日、山之口貘は三十四年ぶりに沖縄に帰り、大歓迎を受けた。だが、米国統治下の琉球は、もはや詩人が夢見た故郷ではなかった。

出典　『鮪に鰯』原書房、一九六四（昭和三十九）年十二月。初出は『文藝春秋』第四十一巻第三号、一九六三（昭和三十八）年三月。再録は『現代詩手帖』第六巻第十二号、一九六三年十二月。再録題名「弾を浴た島」。

処《しょ》女《じょ》詩《し》集《しゅう》

「思弁《しべん》の苑《その》」というのが
ぼくのはじめての詩集なのだ
その「思弁《しべん》の苑《その》」を出したとき
女房の前もかまわずに
こえはりあげて
ぼくは泣いたのだ
あれからすでに十五、六年も経《た》ったろうか
このごろになってはまたそろそろ
詩集を出したくなったと
女房に話しかけてみたところ
あのときのことをおぼえていやがって
詩集を出したら
また泣きなと来たのだ

メモ　夫婦の価値観の違いを戯画化した作品。詩人の重大事たる詩集出版を、妻静江は生活に役立たない無益なものと考えている。処女詩集は昭和十三年刊。

出典　『鮪に鰯』原書房、一九六四（昭和三十九）年十二月。初出は『小説新潮』第九巻第七号、一九五五（昭和三十）年五月。再録は『日本詩集　一九五七年度編集』第二輯、三笠書房、一九五七（昭和三十二）年一月。

ミミコの独立《どくりつ》

とうちゃんの下駄《げた》なんか
はくんじゃないぞ
ぼくはその場を見て言ったが
とうちゃんのなんか
はかないよ
とうちゃんのかんこをかりてって
ミミコのかんこ
はくんだ　と言うのだ
こんな理窟をこねてみせながら
ミミコは小さなそのあんよで
まな板みたいな下駄《げた》をひきずって行った
土間《どま》では片隅《かたすみ》の
かますの上に
赤い鼻緒《はなお》の
赤いかんこが
かぼちゃと並んで待っていた

メモ　父親が子供の成長を温かく見つめた作品。詩人の娘は、基本的欲求だけの世界から論理の世界へと踏み出した。カボチャは素朴さと愛嬌の象徴だろう。

出典　『鮪に鰯』原書房、一九六四（昭和三十九）年十二月。初出は『芸術』第三巻第二号、一九四八（昭和二十三）年八月号、発行七月。初出総題「夢を評す」、初出題名「ミミコの独立独歩」。再録は『西武生活』第八号、一九六一（昭和三十六）年六月（現物未確認）。

ねずみ

生死の生をほっぽり出して
ねずみが一匹浮彫《うきぼり》みたいに
往来のまんなかにもりあがっていた
まもなくねずみはひらたくなった
いろんな
車輪が
すべって来ては

あいろんみたいにねずみをのした
ねずみはだんだんひらたくなった
ひらたくなるにしたがって
ねずみは
ねずみ一匹の
ねずみでもなければ一匹でもなくなって
その死の影すら消え果てた
ある日　往来に出て見ると
ひらたい物が一枚
陽《ひ》にたたかれて反《そ》っていた

メモ　大東亜戦争中の統制を皮肉った詩。検閲を遁れるため、作品全体が暗喩になっている。検閲をすりぬけたことを、山之口貘は痛快がっていたという。

出典　『鮪に鰯』原書房、一九六四（昭和三十九）年十二月。初出は『山河』第四十六号、第六巻第三号、一九四三（昭和十八）年七月（現物未確認）。再録は『歴程詩集 2604』青磁社、一九四四（昭和十九）年十月。再録は『歴程』第七十五号、一九五九（昭和三十四）年六月。

生《い》きる先々《さきざき》

僕には是非とも詩が要るのだ
かなしくなっても詩が要るし
さびしいときなど詩がないと
よけいにさびしくなるばかりだ
僕はいつでも詩が要るのだ
ひもじいときにも詩を書いたし
結婚したかったあのときにも
結婚したいという詩があった
結婚してからもいくつかの結婚に関する詩が出来た
おもえばこれも詩人の生活だ
ぼくの生きる先々には
詩の要るようなことばっかりで
女房までがそこにいて
すっかり詩の味をおぼえたのか
このごろは酸っぱいものなどをこのんでたべたりして
僕にひとつの詩をねだるのだ
子供が出来たらまたひとつ
子供の出来た詩をひとつ

メモ　困難続きの半生を肯定的に回顧した作品。妻の妊娠出産と、夫の詩の創作の類似性が印象的である。昭和十六年六月に長男重也が誕生、翌年夭折した。

出典　『鮪に鰯』原書房、一九六四（昭和三十九）年十二月。初出は『日本評論』第十六巻第一号、一九四一（昭和十六）年一月。再録は『現代日本年刊詩集　昭和十六年版』山雅房、一九四一年七月。再再録は『国民詩』第二輯、第一書房、一九四三（昭和十八）年三月。

林《はやし》芙《ふ》美《み》子《こ》

（一九〇三―一九五一）

苦《くる》しい唄《うた》

隣人とか
肉親とか
恋人とか
それが何であらふ――
生活の中の食ふと言ふ事が満足でなかつたら

描いた愛らしい花はしぼんでしまふ
快活に働きたいものだと思つても
悪《あく》口《こう》雑《ざふ》言《ごん》の中に
私はいじらしい程小さくしやがんでゐる。

両手を高くさし上げてもみるが
こんなにも可愛《かはい》い女を裏切つて行く人間ばかりなのか！
いつまでも人形を抱いて沈黙《だま》つてゐる私ではない。

お腹がすいても
職がなくつても
ウヲオ！　と叫んではならないんですよ
幸福な方《かた》が眉《まゆ》をおひそめになる。

血をふいて悶死《もんし》したつて
ビクともする大地ではないんです
後《あと》から後《あと》から
彼等《かれら》は健康な砲丸《はうぐわん》を用意してゐる。
陳列箱に

ふかしたてのパンがあるが
私の知らない世間は何とまあ
ピヤノのやうに軽やかに美しいのでせう。

そこで始めて
神様コンチクシヨウと吐鳴《どな》りたくなります。

メモ　複雑な生い立ちの貧困女子が、恵まれた人たちの語る綺麗事を罵倒した作品。貧乏物語『放浪記』の記述から、大正十五年六月頃の創作と推定される。
出典　『蒼馬を見たり』南宋書院、一九二九（昭和四）年六月。初出は『文芸市場』第二巻第十二号、一九二六（大正十五）年十二月。

木山捷平《きやましょうへい》　（一九〇四―一九六八）

遠景《ゑんけい》

草原の上に腰を下《おろ》して
幼い少女が
髪の毛を風になびかせながら
むしんに絵を描いてゐた。
私はそつと近よつて
のぞいて見たが
やたらに青いものをぬりつけてゐるばかりで
何をかいてゐるのかわからなかつた。
そこで私はたづねて見た。
——どこを描いてゐるの？
少女はにつこりして答へてくれた。
——ずつと向うの山と空よ。
だがやつぱり
私にはとてもわからない
たゞ青いばかりの絵であつた。

メモ　規範評価に捉われず、描きたいまま描く少女の姿を描写した作品。子供の行動は大人の価値観を揺さぶるが、その先の結論は読者にゆだねられている。
出典　『メクラとチンバ』天平書院、一九三一（昭和六）年六月。初出未詳。

坂《さか》本《もと》遼《りょう》

（一九〇四―一九七〇）

春《はる》

おかんはたつた一人
峠田《たうげだ》のてつぺんで鍬《くは》にもたれ
大きな空に
小《ちつ》ちやいからだを
ぴよつくり浮かして
空いつぱいになく雲雀《ひばり》の声を
ぢつと聞いてゐるやろで

里の方で牛がないたら
ぢつと余韻《ひびき》に耳をかたむけてゐるやろで

大きい　美しい
春がまわつてくるたんびに
おかんの年がよるのが
目に見えるやうで　かなしい
おかんがみたい

メモ　坂本遼は兵庫県出身の朝日新聞記者。父は教師。詩集『たんぽぽ』は架空の素朴な農民家族を描くが、詩人の実像とは大きく異なる。三―五行目は雲雀の描写。
出典　『たんぽぽ』渓文社、一九三二（昭和七）年十月。初出は『先駆』創刊号、一九二七（昭和二）年五月。

堀《ほり》辰《たつ》雄《お》

（一九〇四―一九五三）

病《やまひ》

僕の骨にとまつてゐる
小鳥よ　肺結核よ
おまへが嘴《くちばし》で突《つ》つくから
僕の痰《たん》には血がまじる
おまへが羽《は》ばたくと

僕は咳《せき》をする
おまへを眠らせるために
僕は吸入器をかけよう

★

苦痛をごまかすために
僕は死にからかふ
犬にからかふやうに

死は僕に嚙《か》みついて
彼の頭文字《イニシアル》を入墨《いれずみ》しようと
歯を僕の前にむき出《だ》す

メモ　散文的に書かれた病気の詩。堀辰雄は大正十二年から胸を患った。短編「死の素描」に類似表現が見られる。両者はコクトー「夜曲」の影響を受けた。

出典　『不器用な天使』改造社、一九三〇（昭和五）年七月。初出は『山繭（やままゆ）』第三巻第三号、一九二八（昭和三）年三月。再録は『驢馬』第十二号、一九二八年五月。再再録は『詩と詩論』第四冊、一九二九（昭和四）年六月。

伊《い》藤《とう》整《せい》（一九〇五―一九六九）

雪《ゆき》あかりの人《ひと》

雪の降る夜毎《よごと》に
ひとり私を訪ねて来る人がある。
夜更《よふ》け
私は睡《ねむ》つてゐて知らないけれども
街ぢうに吹雪《ふぶき》が吹きすさみ
家並が雪にうづまるときも
その人は
うすい足駄《あしだ》をはき
紫の角巻《かくまき》に顔をかくして来て
指で私の窓の雪をおとし
夜《よ》すがら泣いて語つては
夜明けの雪あかりの中をさみしく帰つて行くのを

私は朝になつてからよく知つてゐるのだけれども。
かなしい私に結びつけられた人よ。
私が寝つゐたときには来て
一日街の乙女《をとめ》らに目を燃やす私を
その人は　いつも泣いていさめて行くのだけれども。

メモ　雪の夜の孤独の中で元恋人重田根見子らを回想した詩。小樽の教師だった大正十四年冬の作。「夢想や過去の印象」を書き留めた。『若い詩人の肖像』参照。
出典　『雪明りの路』椎の木社、一九二六（大正十五）年十二月。初出未詳。

病《や》む父《ちち》

雪が軒まで積り
日本海を渡つて来る吹雪《ふぶき》が夜毎《よごと》その上を狂ひまはる。
そこに埋《うも》れた家の暗い座敷で
父は衰へた鶴のやうに　切なく咳《せき》をする。
父よりも大きくなつた私と弟は
真赤《まつか》なストオヴを囲んで
奥の父に耳を澄ましてゐる。
妹はそこに居《ゐ》て　父の足を揉《も》んでゐるのだ。
寒い冬がいけないと　日南《ひなた》の春がいいと
私も弟も思つてゐる。
山歩きが好きで
小さな私と弟をつれて歩いた父
よく酔つて帰つては玄関で寝込んだ父
叱られたとき母のかげから見た父
父は何でも知り
何でも我意《がい》をとほす筈《はず》だつたではないか。
身体《からだ》ばかりは伸びても　心の幼い兄弟が
人の中に出てする仕事を立派だと安心してゐたり
私たちの言ふ薬は
なぜすぐ飲んでみたりするやうになつたのだらう。

弟よ父には黙つてゐるのだ。
心細かつたり　寂しかつたりしたら
みんな兄に言へ。
これからは手さぐりで進まねばならないのだ。
水岸《みづぎし》に佇《たたず》む葦《あし》のやうに
二人の心は　まだ幼くて頼りないのだと

弟よ　病んでゐる父に知られてはいけない。

メモ　新たに家長の役割を担う長男が、覚悟と孤独を述べた作品。強かった父が弱り、困惑と悲哀を感じている。発表時の詩人は小樽の教員。満二十二歳。

出典　『冬夜』近代書房、一九三七（昭和十二）年六月。初出は『愛誦』第二巻第十号、一九二七（昭和二）年十月。

神《じん》保《ぼ》光《こう》太《た》郎《ろう》

（一九〇五―一九九〇）

幼《えう》年《ねん》

きこえるのは　松風ばかり
みんな　子供達であつた
風が　あたまのいただきに　渦《うづ》巻《ま》いては
思ひを　残して行つた
墓地には　真赤い実が熟《う》れ
あそこを　出ると海

乳《ち》臭《くさ》い郷愁が　胸をいつぱいにした
ことばが
噴煙のやうに立ちのぼつてきた
歌が　口を突いた
みんな　すなほに合唱した

メモ　郷愁を描いた詩。『日本浪漫派』創刊前、文学仲間が浦和・別所沼の神保宅に集った。その時の高揚感が重ねられている。近くに「松林」「墓地」があった。

出典　『雪崩』河出書房、一九三九（昭和十四）年十二月。初出未詳。

伊《い》東《とう》静《しず》雄《お》

（一九〇六―一九五三）

曠《くわう》野《や》の歌《うた》

わが死せむ美しき日のために
連《れん》嶺《れい》の夢想よ！　汝《な》が白雪を
消さずあれ

息ぐるしい稀薄《きはく》のこれの曠野《くわうや》に
ひと知れぬ泉をすぎ
非時《ときじく》の木の実熟《う》るる
隠れたる場しよを過ぎ
われの播《ま》種く花のしるし
近づく日わが屍骸《なきがら》を曳《ひ》かむ馬を
この道標《しめ》はいざなひ還《かへ》さむ
あゝかくてわが永久《とは》の帰郷を
高貴なる汝《な》が白き光見送り
木の実照り　泉はわらひ……
わが痛き夢よこの時ぞ遂《つひ》に
休らはむもの！

メモ　セガンティーニの絵《故郷に帰る》に基づく詩。馬に曳かれて帰郷する死者に、挫折した詩人は自らを重ねた。美しい死と死後の安らぎを願っている。
出典　『わがひとに与ふる哀歌』コギト発行所、一九三五（昭和十）年十月。初出は『コギト』第四巻第四号、一九三五年四月。

帰郷者《ききやうしや》

自然は限りなく美しく永久に住民は
貧窮してゐた
幾度もいくども烈《はげ》しくくり返し
岩礁《がんせう》にぶちつかつた後《のち》に
波がちり散りに泡沫になつて退《ひ》きながら
各自ぶつぶつと呟《つぶや》くのを
私は海岸で眺めたことがある
絶えず此処《ここ》で私が見た帰郷者たちは
正《まさ》にその通りであつた
その不思議に一様《いちやう》な独言《ひとりごと》は私に同感的でなく
非常に常識的にきこえた
（まつたく！　いまは故郷に美しいものはない）
どうして（いまは）だらう！
美しい故郷は
それが彼らの実《じつ》に空《むな》しい宿題であることを
無数な古来の詩の讃美が証明する
曾《かつ》てこの自然の中で
それと同じく美しく住民が生きたと

私は信じ得《え》ない
ただ多くの不平と辛苦ののちに
晏《あん》如《じよ》として彼らの皆が
あそ処《こ》で一基の墓となつてゐるのが
私を慰《なぐさ》めいくらか幸福にしたのである

同反歌

田舎を逃げた私が　都会よ
どうしてお前に敢《あへ》て安《やす》んじよう
詩作を覚えた私が　行為よ
どうしてお前に憧れないことがあらう

メモ　故郷諫早の墓地を訪れて心の安らぎを得た作品。大阪の国語教師伊東静雄は貧家出身。都会で失敗して帰郷し不平を抱きつつ葬られた人々に共感する。

出典『わがひとに与ふる哀歌』コギト発行所、一九三五（昭和十）年十月。初出は『コギト』第二十三号、一九三四（昭和九）年四月。

わがひとに与《あた》ふる哀《あい》歌《か》

太陽は美しく輝き
あるひは　太陽の美しく輝くことを希《ねが》ひ
手をかたくくみあはせ
しづかに私たちは歩いて行つた
かく誘ふものの何であらうとも
私たちの内《うち》の
誘はるる清らかさを私は信ずる
無縁のひとはたとへ
鳥々は恒《つね》に変らず鳴き
草木の囁《ささや》きは時をわかたずとするとも
いま私たちは聴く
私たちの意志の姿勢で
それらの無辺な広大の讃《さん》歌《か》を
あゝ　わがひと
輝くこの日光の中に忍《しの》びこんでゐる
音なき空虚を
歴然と見わくる目の発明の
何にならう

如《し》かない　人《ひと》気《け》ない山に上《のぼ》り
切に希《ねが》はれた太陽をして
殆《ほとん》ど死した湖の一面に遍照さするのに

メモ　悲惨な失恋の詩。上流階級の令嬢酒井百合子に激烈な憧れを抱いた貧家出身の詩人は、彼女に裏で嫌われていた。直視できぬ惨めな体験が難解表現を生んだ。
出典　『わがひとに与ふる哀歌』コギト発行所、一九三五（昭和十）年十月。初出は『コギト』第三巻第十一号、一九三四（昭和九）年十一月。初出題名「わがひとに与へる哀歌」。

八月《はちぐわつ》の石《いし》にすがりて

八月の石にすがりて
さち多き蝶ぞ、いま、息たゆる。
わが運命《さだめ》を知りしのち、
たれかよくこの烈《はげ》しき
夏の陽光のなかに生きむ。

運命《さだめ》？　さなり、
あゝわれら自《みづか》ら孤《こ》寂《せき》なる発光体なり！

白き外部世界なり。
見よや、太陽はかしこに
わづかにおのれがためにこそ
深く、美しき木蔭をつくれ。
われも亦《また》、

雪《せつ》原《げん》に倒れふし、飢《う》ゑにかげりて
青みし狼《おほかみ》の目を、
しばし夢みむ。

メモ　出自ゆえの過酷な失恋を体験し、人生に挫折した詩人が、安らかな死を願った作品。真夏にめまいに襲われ、大阪・通天閣の蔭に蹲った体験に基づく。
出典　『夏花』子文書房、一九四〇（昭和十五）年三月。初出は『文芸懇話会』第一巻第九号、一九三六（昭和十一）年九月。

水《すい》中《ちゆう》花《くわ》

水《すい》中《ちゆう》花《くわ》と言つて夏の夜《よ》店《みせ》に子供達のために売る品が

ある。木のうすいく削片《さくへん》を細く圧搾《あつさく》してつくつたものだ。そのまゝでは何の変哲もないのだが、一度水中に投ずればそれは赤青紫、色うつくしいさまざまの花の姿にひらいて、哀《あは》れに華やいでコップの水のなかなどに凝《じつ》としづまつてゐる。都会そだちの人のなかには瓦《が》斯《す》燈《とう》に照《てら》しだされたあの人工の花の印象をわすれずにゐるひともあるだらう。

今歳《ことし》水無月《みなづき》のなどかくは美しき。
軒端《のきば》を見れば息吹《いぶき》のごとく
萌《も》えいでにける釣《つり》しのぶ。
忍《しの》ぶべき昔はなくて
何をか吾《われ》の嘆きてあらむ。
六月の夜《よ》と昼のあはひに
万象《ばんしやう》のこれは自《みづか》ら光る明るさの時刻《とき》。
遂《つ》ひ逢《あ》はざりし人の面影《おもかげ》
一茎《いつけい》の葵《あふひ》の花の前に立て。
堪《た》へがたければわれ空に投げうつ水中花《すいちゆうくわ》。
金魚の影もそこに閃《ひらめ》きつ。
すべてのものは吾《われ》にむかひて
死ねといふ、
わが水無月《みなづき》のなどかくはうつくしき。

メモ　失恋の詩。真に咲くことのない人工の花に、高嶺の花酒井百合子への悲惨な片思い体験を重ねた。水無月の明るさは、成就しなかった夢の輝きである。

出典　『夏花』子文書房、一九四〇（昭和十五）年三月。初出は『日本浪漫派』第三巻第六号、一九三七（昭和十二）年八月。

自然《しぜん》に、充分自然《じゆうぶんしぜん》に

草むらに子供は踠《もが》く小鳥を見つけた。
子供はのがしはしなかつた。
けれど何か瀕死《ひんし》に傷《きずつ》いた小鳥の方でも
はげしくその手の指に噛《か》みついた。

子供はハットその愛撫《あいぶ》を裏切られて
小鳥を力まかせに投げつけた。
小鳥は奇妙につよく空《くう》を蹴《け》り
飜《ひるがへ》り　自然にかたへの枝をえらんだ。

自然に？　左様《さやう》　充分自然に！
――やがて子供は見たのであつた、
礫《こいし》のやうにそれが地上に落ちるのを。
そこに小鳥はらく〱と仰《あふむ》けにね転《ころ》んだ。

メモ　映像的な小物語詩。詩人の思い入れは瀕死の小鳥の方にある。かつて慕った酒井百合子（子供）の好意を拒絶する伊東静雄（小鳥）の書簡が創作背景を物語る。

出典　『夏花』子文書房、一九四〇（昭和十五）年三月。初出は『コギト』第四十四号、一九三六（昭和十一）年一月。初出題名「自然に　充分自然に」。

夏《なつ》の終《をは》り

夜来《やらい》の颱風《たいふう》にひとりはぐれた白い雲が
気のとほくなるほど澄みに澄んだ
かぐはしい大気の空をながれてゆく
太陽の燃えかがやく野の景観に
それがおほきく落す静かな翳《かげ》は
……さよなら……さやうなら……
……さよなら……さやうなら……
いちいちさう頷《うなづ》く眼差《まなざし》のやうに
一筋《ひとすぢ》ひかる街道をよこぎり
あざやかな暗緑《あんりよく》の水田《みづた》の面《おもて》を移り
ちひさく動く行人《かうじん》をおひ越して
しづかにしづかに村落《そんらく》の屋根屋根や
樹上《じゆじやう》にかげり
……さよなら……さやうなら……
……さよなら……さやうなら……
ずつとこの会釈《ゑしやく》をつづけながら
やがて優しくわが視野から遠ざかる

メモ　青春を失った虚脱感喪失感を、夏の終わりの台風一過の情景に託して表現した作品。貧家に生まれ父の借金を背負った詩人は、多くの夢をあきらめた。

出典　『反響』創元社、一九四七（昭和二十二）年十一月。初出は『文化展望』第一巻第五号、一九四六（昭和二十一）年十月。初出題名「夏の終　小さい手帳から」。再録は『詩人』第六号、一九四七年十一月。再録総題「伊東静雄作品鈔」。

高《たか》見《み》順《じゅん》

（一九〇七—一九六五）

天《てん》

どの辺からが天であるか
鳶《とび》の飛んでゐるところは天であるか

人の眼から隠れて
こゝに
静かに熟《う》れてゆく果実がある
おゝ　その果実の周囲は既に天に属してゐる

メモ　療養中の詩人が精神的成熟を願った作品。かつて高見順は世の脚光を浴びたが、今は「人の眼から隠れて」いる。大空の鳶と地上の果実の対比がある。

出典　『樹木派』日本未来派発行所、一九五〇（昭和二十五）年十一月。初出は『ポエジイ（「至上律」改題）』第八輯、一九四九（昭和二十四）年六月。初出総題「詩十篇」。

死《し》者《しゃ》の爪《つめ》

つめたい煉瓦《れんが》の上に
蔦《つた》がのびる
夜の底に
時間が重くつもり
死者の爪がのびる

メモ　食道癌に侵された高見順が、不吉な死を想像した作品。死者もレンガも「つめたい」。「底」「重く」の下降と、蔦や爪が「のびる」イメージが対比をなす。

出典　『死の淵より』講談社、一九六四（昭和三十九）年十月。初出は『群像』第十九巻第八号、一九六四年八月。初出総題「死の淵より」。

帰《かえ》る旅《たび》

帰れるから
旅は楽しいのであり
旅の寂しさを楽しめるのも
わが家《や》にいつかは戻れるからである

だから駅前のしょっからいラーメンがうまかったり
どこにもあるコケシの店をのぞいて
おみやげを探したりする

この旅は
自然へ帰る旅である
帰るところのある旅だから
楽しくなくてはならないのだ
もうじき土に戻れるのだ
おみやげを買わなくていいか
埴輪《はにわ》や明器《めいき》のような副葬品を

大地へ帰る死を悲しんではいけない
肉体とともに精神も
わが家《や》へ帰れるのである
ともすれば悲しみがちだった精神も
おだやかに地下で眠れるのである
ときにセミの幼虫に眠りを破られても
地上のそのはかない生命を思えば許せるのである

古人は人生をうたかたのごとしと言った
川を行く舟がえがく水脈《みお》を
人生と見た昔の歌人もいた
はかなさを彼らは悲しみながら
口に出して言う以上同時にそれを楽しんだに違いない
私もこういう詩を書いて
はかない旅を楽しみたいのである

メモ　「帰る旅」と見なすことで、自らの死を論理的に受け入れようと試みた作品。自分を説得するために、接続詞「だから」や断定「である」が多用されている。

出典　『死の淵より』講談社、一九六四（昭和三十九）年十月。初出は『群像』第十九巻第八号、一九六四年八月。初出総題「死の淵より」。

汽車《きしゃ》は二度《にど》と来《こ》ない

わずかばかりの黙りこくった客を
ぬぐい去るように全部乗せて
暗い汽車は出て行った
すでに売店は片づけられ

ツバメの巣さえからっぽの
がらんとした夜のプラットホーム
電燈が消え
駅員ものこらず姿を消した
なぜか私ひとりがそこにいる
乾いた風が吹いてきて
まっくらなホームのほこりが舞いあがる
汽車はもう二度と来ないのだ
いくら待ってもむだなのだ
永久に来ないのだ
それを私は知っている
知っていて立ち去れない
死を知っておく必要があるのだ
死よりもいやな空虚のなかに私は立っている
レールが刃物のように光っている
しかし汽車はもはや来ないのであるから
レールに身を投げて死ぬことはできない

メモ　目前の確実な死に直面した高見順の心象風景である。汽車は将来の時間を意味する。未来を奪われた詩人は、一人疎外され取り残されたと感じている。

出典　『死の淵より』講談社、一九六四（昭和三十九）年十月。初出は『群像』第十九巻第八号、一九六四年八月。初出総題「死の淵より」。

魂《たましい》よ

魂よ
この際だからほんとのことを言うが
おまえより食道のほうが
私にとってはずっと貴重だったのだ
食道が失われた今それがはっきり分った
今だったらどっちかを選べと言われたら
おまえ　魂を売り渡していたろう
第一　魂のほうがこの世間では高く売れる
食道はこっちから金をつけて人手に渡した
魂よ
生は爆発する火山の熔《よう》岩《がん》のごとくであれ
おまえはかねて私にそう言っていた
感動した私はおまえのその言葉にしたがった
おまえの言葉を今でも私は間違いだとは思わないが

あるときほんとの熔岩《ようがん》の噴出《ふんしゅつ》にぶつかったら
おまえはすでに冷たく凝固《ぎょうこ》した熔岩《ようがん》の
安全なすきまにその身を隠して
私がいくら呼んでも出てこなかった
私はひどい火傷《やけど》を負った
おまえは私を助けに来てはくれなかった
幾度かそうした眼に私は会ったものだ
魂よ
わが食道はおまえのように私を苦しめはしなかった
私の言うことに黙ってしたがってきた
おまえのようなやり方で私をあざむきはしなかった
卑怯《ひきょう》とも違うがおまえは言うこととすることが違う
　のだ
それを指摘するとおまえは肉体と違って魂は
言うことがすなわち行為なのであって
矛盾は元来ないのだとうまいことを言う
そう言うおまえは食道ガンになっても
ガンからも元来まぬかれている
魂とは全く結構な身分だ
食道は私を忠実に養ってくれたが
おまえは口さきで生命を云々《うんぬん》するだけだった
魂よ
おまえの言葉より食道の行為のほうが私には貴重な
　のだ
口さきばかりの魂をひとつひっとらえて
行為だけの世界に連れて来たい
そして魂をガンにして苦しめてやりたい
そのとき口の達者な魂ははたしてなんと言うだろう

メモ　心と体の関係を問い直した詩。精神の価値を信じる高見順は、形而下の問題に直面し、精神至上主義の誤りに気づく。魂は食道に支えられていたのだ。

出典　『死の淵より』講談社、一九六四（昭和三十九）年十月。初出は『群像』第十九巻第八号、一九六四年八月。初出総題「死の淵より」。

青春《せいしゅん》の健在《けんざい》

電車が川崎駅《かわさきえき》にとまる
さわやかな朝の光のふりそそぐホームに
電車からどっと客が降りる

十月の
朝のラッシュアワー
ほかのホームも
ここで降りて学校へ行く中学生や
職場へ出勤する人々でいっぱいだ
むんむんと活気にあふれている
私はこのまま乗って行って病院にはいるのだ
ホームを急ぐ中学生たちはかつての私のように
昔ながらのかばんを肩からかけている
私の中学時代を見るおもいだ
私はこの川崎のコロムビア工場に
学校を出たてに一時つとめたことがある
私の若い日の姿がなつかしくよみがえる
ホームを行く眠そうな青年たちよ
君らはかつての私だ
私の青春そのままの若者たちよ
私の青春がいまホームにあふれているのだ
私は君らに手をさしのべて握手したくなった
なつかしさだけではない
遅刻すまいとブリッジを駆けのぼって行く
若い労働者たちよ
さようなら
君たちともう二度と会えないだろう
私は病院へガンの手術を受けに行くのだ
こうした朝　君たちに会えたことはうれしい
見知らぬ君たちだが
君たちが元気なのがとてもうれしい
青春はいつも健在なのだ
さようなら
もう発車だ　死へともう出発だ
さようなら
青春よ
青春はいつも元気だ
さようなら
私の青春よ

メモ　命の危機に直面した詩人が、青春の輝きや生命力の横溢を讃美した作品。千葉大学附属病院入院当日の緊張した心構えが、力に満ちた詩を生み出した。

出典　『死の淵より』講談社、一九六四（昭和三十九）年十月。初出は『群像』第十九巻第八号、一九六四年八月。

月。初出総題「死の淵より」。

電車《でんしゃ》の窓《まど》の外《そと》は

電車の窓の外は
光りにみち
喜びにみち
いきいきといきづいている
この世ともうお別れかと思うと
見なれた景色が
急に新鮮に見えてきた
この世が
人間も自然も
幸福にみちみちている
だのに私は死なねばならぬ
だのにこの世は実《じつ》にしあわせそうだ
それが私の心を悲しませないで
かえって私の悲しみを慰《なぐさ》めてくれる
私の胸に感動があふれ
胸がつまって涙が出そうになる
団地のアパートのひとつひとつの窓に
ふりそそぐ暖《あたたか》い日ざし
楽しくさえずりながら
飛び交《か》うスズメの群《むれ》
光る風
喜ぶ川面《かわも》
微笑のようなそのさざなみ
かなたの京浜工場地帯の
高い煙突から勢いよく立ちのぼるけむり
電車の窓から見えるこれらすべては
生命あるもののごとくに
生きている
力にみち
生命にかがやいて見える
線路脇の道を
足ばやに行く出勤の人たちよ
おはよう諸君
みんな元気で働いている
安心だ　君たちがいれば大丈夫だ
さようなら

あとを頼むぜ
じゃ元気で――

メモ　死に直面した高見順の「末後の眼」には、世界が限りなく美しく輝いて見えた。この元プロレタリア文学者は、労働者や工場の煙突を好意的に描く。
出典『死の淵より』講談社、一九六四（昭和三十九）年十月。初出は『群像』第十九巻第八号、一九六四年八月。初出総題「死の淵より」。

生《せい》と死《し》の境《さかい》には

生と死の境には
なにがあるのだろう
たとえば国と国の境は
戦争中にタイとビルマの国境の
ジャングルを越した時に見たけれど
そこには別になにもなかった
境界線などひいてなかった
赤道直下の海を通った時も
標識のごとき特別なものは見られなかった
否　そこには美しい濃紺《のうこん》の海があった
泰緬《たいめん》国境には美しい空があった
スコールのあとその空には美しい虹がかかった
生死の境にも美しい虹のごときものがかかっている
　のではないか
たとえ私の周囲が
そして私自身が
荒《あ》れはてたジャングルだとしても

メモ　大東亜戦争下の南方従軍旅行を懐古しつつ、死について考えた作品。壮年期の遥かな記憶をたどることで、自分の死を受け入れようと模索している。
出典『死の淵より』講談社、一九六四（昭和三十九）年十月。初出は『群像』第十九巻第八号、一九六四年八月。初出総題「死の淵より」。

黒板《こくばん》

病室の窓の
白いカーテンに
午後の陽《ひ》がさして

教室のようだ
中学生の時分
私の好きだった若い英語教師が
黒板消しでチョークの字を
きれいに消して
リーダーを小脇に
午後の陽《ひ》を肩さきに受けて
じゃ諸君と教室を出て行った
ちょうどあのように
私も人生を去りたい
すべてをさっと消して
じゃ諸君と言って

メモ　せめて格好良く死にたいと願った詩。英語教師は自分の理想像である。詩人は今、懐かしい昔を思い起こしながら、徐々に死を受け入れる過程にある。

出典　『死の淵より』講談社、一九六四（昭和三十九）年十月。初出は『群像』第十九巻第八号、一九六四年八月。初出総題「死の淵より」。

われは草《くさ》なり

われは草なり
伸びんとす
伸びられるとき
伸びんとす
伸びられぬ日は
伸びぬなり
伸びられる日は
伸びるなり

われは草なり
緑なり
全身すべて
緑なり
毎年かはらず
緑なり
緑の己《おの》れに
あきぬなり
われは草なり

緑なり
緑の深きを
願ふなり

あゝ　生きる日の
美しき
あゝ　生きる日の
楽しさよ
われは草なり
生きんとす
草のいのちを
生きんとす

メモ　戦時下にあっても精神的に向上したいという意欲を述べた詩。草は庶民の象徴。高見順は福井県知事の私生児で、二十代にプロレタリア文学に走った。

出典『重量喪失』求龍堂、一九六七（昭和四十二）年八月。初出は『敗戦日記』文藝春秋新社、一九五九（昭和三十四）年四月。一九四五（昭和二十）年四月二十日の条。

中《なか》原《はら》中《ちゅう》也《や》

（一九〇七―一九三七）

サーカス

幾《いく》時代かがありまして
　茶色い戦争ありました

幾《いく》時代かがありまして
　冬は疾《しっ》風《ぷう》吹きました

幾《いく》時代かがありまして
　今夜此処《ここ》での一《ひ》と殷盛《さか》り
　　今夜此処《ここ》での一《ひ》と殷盛《さか》り

サーカス小屋は高い梁《はり》
　そこに一つのブランコだ
見えるともないブランコだ

頭倒《さか》さに手を垂れて

　汚れ木綿《もめん》の屋蓋《やね》のもと
ゆあーん　ゆよーん　ゆやゆよん

それの近くの白い灯《ひ》が
　安値《やす》いリボンと息を吐き

観客様はみな鰯《いわし》
　咽喉《のんど》が鳴ります牡蠣殻《かきがら》と
ゆあーん　ゆよーん　ゆやゆよん

　　屋外《やぐわい》は真《ま》ッ闇《くら》　闇《くら》の闇《くら》
　　夜は劫々と更《ふ》けまする
　　落下傘奴《らくかがさめ》のノスタルヂアと
　　ゆあーん　ゆよーん　ゆやゆよん

メモ　サーカスの歓楽を、厳しい時代や生活と対比しつつ哀感込めて描いた詩。語り手はピエロの位置にいる。各行上部の凹凸がブランコの動きを連想させる。

出典　『山羊の歌』文圃堂、一九三四（昭和九）年十二月。初出は『生活者』第五十二号、一九二九（昭和四）年十月。初出総題「詩六篇」、初出題名「無題」。再録は『短歌と方法』第二巻第二号、一九三四年二月。再録題名「サーカス」。再再録は『紀元』第二巻第三号、一九三四年三月。再再録題名「サーカス」。

朝《あさ》の歌《うた》

天井に　朱《あか》きいろいで
　戸の隙を　洩《も》れ入《い》る光、
鄙《ひな》びたる　軍楽の憶《おも》ひ
　手にてなす　なにごともなし。

小鳥らの　うたはきこえず
　空は今日　はなだ色らし、
倦《う》んじてし　人のこころを
　諫《いさ》めする　なにものもなし。

樹脂《じゆし》の香に　朝は悩まし
　うしなひし　さまざまのゆめ、
森並は　風に鳴るかな

ひろごりて　たひらかの空、

土《ど》手《て》づたひ　きえてゆくかな
うつくしき　さまざまの夢。

メモ　実業に就かない無為の人の倦怠感を表現した作品。諸井三郎作曲の歌の歌詞。「「朝の歌」にてほゞ方針立つ」と詩人は書いている。高円寺の下宿が舞台。
出典『山羊の歌』文圃堂、一九三四（昭和九）年十二月。初出は『スルヤ』第二輯、一九二八（昭和三）年五月。再録は『生活者』第五十二号、一九二九（昭和四）年十月。初出総題「詩六篇」。

都《と》会《くわい》の夏《なつ》の夜《よる》

月は空にメダルのやうに、
街《まち》角《かど》に建物はオルガンのやうに、
遊び疲れた男どち唱《うた》ひながらに帰つてゆく。
——イカムネ・カラアがまがつてゐる——

その脣《くちびる》は胠《ひら》ききつて
その心は何か悲しい。
頭が暗い土塊になつて、
ただもうラアラア唱《うた》つてゆくのだ。

商用のことや祖先のことや
忘れてゐるといふではないが、
都会の夏の夜《よる》の更《ふけ》——

死んだ火薬と深くして
眼に外《ぐわい》燈《とう》の滲みいれば
ただもうラアラア唱《うた》つてゆくのだ。

メモ　都市の歓楽と悲哀を描いたソネット風十四行詩。正装用イカ胸シャツの男たちは、酔余の悲しみを抱えて「ララア」と歌う。詩人の自画像でもある。
出典『山羊の歌』文圃堂、一九三四（昭和九）年十二月。初出は『生活者』第五十一号、一九二九（昭和四）年九月。初出総題「詩七篇」。

帰《き》郷《きやう》

柱も庭も乾いてゐる
今日は好い天気だ
　椽《えん》の下では蜘蛛《くも》の巣が

心細さうに揺れてゐる

山では枯木も息を吐く
あゝ今日は好い天気だ
　路傍《みちばた》の草影《くさかげ》が
　　あどけない愁《かなし》みをする

これが私の故里《ふるさと》だ
さやかに風も吹いてゐる
　心置《おき》なく泣かれよと
　　年増婦《としま》の低い声もする

あゝ　おまへはなにをして来たのだと……
吹き来る風が私に云《い》ふ

メモ　山口県湯田温泉に帰省した詩人が、心の中に湧き起こる様々な感情を表現した作品。安堵・不安・郷愁・悲哀・倦怠・内省など。十四行ソネット形式。

出典『山羊の歌』文圃堂、一九三四（昭和九）年十二月。初出は『スルヤ』第四輯、一九三〇（昭和五）年五月。再録は『世界音楽全集』第二十七巻、春秋社、一九三二（昭和七）年五月。再再録は『四季』第二冊、一九三三（昭和八）年七月。

妹《いもうと》よ

夜、うつくしい魂《たましひ》は涕《な》いて、
　――かの女こそ正当《あたりき》なのに――
夜、うつくしい魂《たましひ》は涕《な》いて、
もう死んだつていいよう……といふのであつた。

湿《しめ》つた野原の黒い土、短い草の上を
　夜風《よかぜ》は吹いて、
死んだつていいよう、死んだつていいよう、と、
うつくしい魂《たましひ》は涕《な》くのであつた。

夜、み空《そら》はたかく、吹く風はこまやかに
　――祈るよりほか、わたくしに、すべはなかつた……

メモ　元恋人長谷川泰子への未練を語った詩。中原中也に妹はいない。作中で死んでもいいと泣くのは妹だが、これは詩人自身の感情を投影したものである。

出典　『山羊の歌』文圃堂、一九三四（昭和九）年十二月。初出は『白痴群』第六号、一九三〇（昭和五）年四月。初出総題「落穂集」。

みちこ

そなたの胸は海のやう
おほらかにこそうちあぐる。
はるかなる空、あをき浪《なみ》、
涼しかぜさへ吹きそひて
松の梢《こずゑ》をわたりつつ
磯《いそ》白々とつづきけり。

またなが目にはかの空の
いやはてまでもうつしゐて
竝《なら》びくるなみ、渚《なぎさ》なみ、
いとすみやかにうつろひぬ。
みるとしもなく、ま帆《ほ》片《かた》帆《ほ》
沖ゆく舟にみとれたる。

またその顙《ぬか》のうつくしさ
ふと物音におどろきて
午睡の夢をさまされし
牡《を》牛《うし》のごとも、あどけなく
かろやかにまたしとやかに
もたげられ、さてうち俯《ふ》しぬ。

しどけなき、なれが頸《うなぢ》は虹にして
ちからなき、嬰児《みどりご》ごとき腕《かひな》して
絃《いと》うたあはせはやきふし、なれの踊れば、
海《うな》原《ばら》はなみだぐましき金《きん》にして夕《ゆふ》陽《ひ》をたたへ
沖つ瀬は、いよとほく、かしこしづかにうるほへる
空になん、汝《な》の息絶ゆるとわれはながめぬ。

メモ　女の肉体を讃美した詩。各連が胸・目・ひたい・うなじや腕の魅力を比喩で伝えている。モデルには、女優葉山三千子説と元恋人長谷川泰子説がある。

出典　『山羊の歌』文圃堂、一九三四（昭和九）年十二月。初出は『白痴群』第五号、一九三〇（昭和五）年一月。初出総題「修羅街輓歌」。再録は『四季』第一号、一九三四年十月。

汚《よご》れつちまつた悲《かな》しみに……

汚れつちまつた悲しみに
今日も小雪の降りかかる
汚れつちまつた悲しみに
今日も風さへ吹きすぎる

汚れつちまつた悲しみは
たとへば狐《きつね》の革裘《かはごろも》
汚れつちまつた悲しみは
小雪のかかつてちぢこまる

汚れつちまつた悲しみは
なにのぞむなくねがふなく
汚れつちまつた悲しみは
倦怠《けだい》のうちに死を夢む

汚れつちまつた悲しみに
いたいたしくも怖気《おぢけ》づき
汚れつちまつた悲しみに
なすところもなく日は暮れる……

メモ　傷ついた心をうたった詩。「小雪」「風」は悲しみを増すと同時に、美しく浄化する癒しの効果も持つ。「狐の革裘」のイメージの源泉はまだ不明である。

出典　『山羊の歌』文圃堂、一九三四（昭和九）年十二月。初出は『白痴群』第六号、一九三〇（昭和五）年四月。初出総題「落穂集」。再録は『紀元』第二巻第一号、一九三四年一月。再録総題「詩二篇」、再録題名「汚れつちまつた悲しみに」。

生《お》ひ立《た》ちの歌《うた》

I

幼年時

私の上に降る雪は
真綿《まわた》のやうでありました

少年時

私の上に降る雪は
霙《みぞれ》のやうでありました

十七――十九

私の上に降る雪は
霰《あられ》のやうに散りました

二十――二十二

私の上に降る雪は
雹《ひよう》であるかと思はれた

二十三

私の上に降る雪は
ひどい吹雪《ふぶき》とみえました

二十四

私の上に降る雪は
いとしめやかになりました……

Ⅱ

私の上に降る雪は
花びらのやうに降つてきます
薪《たきぎ》の燃える音もして
凍るみ空の黝《くろ》む頃

私の上に降る雪は
いとなよびかになつかしく
手を差伸《さしの》べて降りました

私の上に降る雪は
熱い額《ひたひ》に落ちもくる
涙のやうでありました

私の上に降る雪に
いとねんごろに感謝して、神様に
長生したいと祈りました

私の上に降る雪は
いと貞潔《ていけつ》でありました

メモ　降る雪に託して半生を回顧した作品。Ⅰでは人生が次第に過酷になる。雪の穏やかなⅡでは、美化・郷愁・悲哀・祈り・浄化を経て過去を受け入れてゆく。
出典『山羊の歌』文圃堂、一九三四（昭和九）年十二月。初出は『白痴群』第六号、一九三〇（昭和五）年四月。

時《とき》こそ今《いま》は……

時こそ今は花は香《かう》炉《ろ》に打《うち》薫《くん》じ
ボードレール

時こそ今は花は香《かう》炉《ろ》に打《うち》薫《くん》じ、
そこはかとないけはひです。
しほだる花や水の音や、
家《いへ》路《ぢ》をいそぐ人々や。

いかに泰《やす》子《こ》、いまこそは
しづかに一緒に、をりませう。
遠くの空を、飛ぶ鳥も
いたいけな情け、みちてます。

いかに泰《やす》子《こ》、いまこそは
暮るる籬《まがき》や群《ぐん》青《じやう》の
空もしづかに流るころ。

いかに泰《やす》子《こ》、いまこそは
おまへの髪《かみ》毛《げ》なよぶころ
花は香《かう》炉《ろ》に打《うち》薫《くん》じ、

メモ 想像上の求愛の歌。元恋人が戻ってくると詩人は信じている。この時泰子は、山川幸世の子を孕んでいた。詩の末尾が点で終わり、冒頭に回帰する。
出典『山羊の歌』文圃堂、一九三四（昭和九）年十二月。初出は『白痴群』第六号、一九三〇（昭和五）年四月。

湖《こ》上《じやう》

ポッカリ月が出ましたら、
舟を浮べて出掛けませう。
波はヒタヒタ打つでせう、
風も少しはあるでせう。

沖に出たらば暗いでせう、
櫂《かい》から滴垂《したた》る水の音は
昵《ち》懇《か》しいものに聞こえませう、
――あなたの言葉の杜《と》切《ぎ》れ間《ま》を。

月は聴き耳立てるでせう、
すこしは降りても来るでせう、
われら接唇《くちづけ》する時に
月は頭上にあるでせう。

あなたはなほも、語るでせう、
よしないことや拗《すね》言《ごと》や、
洩《も》らさず私は聴くでせう、
――けれど漕《こ》ぐ手はやめないで。

ポッカリ月が出ましたら、
舟を浮べて出掛けませう、
波はヒタヒタ打つでせう、
風も少しはあるでせう。

メモ　元恋人長谷川泰子を思いながら空想の場面を描いた作品。甘美なロマンティシズムの背後に、挫折感や空虚感が漂う。月・波・風は癒しの効果も持つ。

出典　『在りし日の歌』創元社、一九三八（昭和十三）年四月。初出は『桐の花』第十三号、一九三〇（昭和五）年八月。

骨《ほね》

ホラホラ、これが僕の骨だ、
生きてゐた時の苦労にみちた
あのけがらはしい肉を破つて、
しらじらと雨に洗はれ、
ヌックと出た、骨の尖《さき》。

それは光沢もない、
ただいたづらにしらじらと、
雨を吸収する、
風に吹かれる、
幾《いく》分《ぶん》空を反映する。

生きてゐた時に、
これが食堂の雑踏の中に、
坐《すわ》つてゐたこともある、
みつばのおしたしを食つたこともある、
と思へばなんとも可笑《をか》しい。

ホラホラ、これが僕の骨――
見てゐるのは僕？　可笑《をか》しなことだ。
霊魂はあとに残つて、
また骨の処《ところ》にやつて来て、
見てゐるのかしら？

故郷《ふるさと》の小川のへりに、
半《なか》ばは枯れた草に立つて、
見てゐるのは、――僕？
恰度《ちやうど》立札《たてふだ》ほどの高さに、
骨はしらじらととんがつてゐる。

メモ　死後の霊魂が自分の骨を見るという設定の詩。骨は、故郷の中原家累代之墓のイメージで描かれた。おどけた調子で人生のはかなさを包み込んでいる。

出典　『在りし日の歌』創元社、一九三八（昭和十三）年四月。初出は『紀元』第二巻第六号、一九三四（昭和九）年六月。

春《はる》と赤《あか》ン坊《ぼ》

菜の花畑で眠つてゐるのは……
菜の花畑で吹かれてゐるのは……
赤ン坊《ぼ》ではないでせうか？

いいえ、空で鳴るのは、電線です電線です
ひねもす、空で鳴るのは、あれは電線です
菜の花畑に眠つてゐるのは、赤ン坊《ぼ》ですけど

走つてゆくのは、自転車々々々
向ふの道を、走つてゆくのは
薄桃色《うすももいろ》の、風を切つて……

薄桃色《うすももいろ》の、風を切つて
走つてゆくのは菜の花畑や空の白雲《しろくも》

——赤ン坊《ぼ》を畑に置いて

メモ　昭和九年十月十八日に文也（ふみや）が誕生。その喜びと愛情を風景で表現した。菜の花畑の黄色・ピンクの風・白い雲と、春の明るい色彩に満ちている。

出典　『在りし日の歌』創元社、一九三八（昭和十三）年四月。初出は『文学界』第二巻第四号、一九三五（昭和十）年四月。初出総題「春二題」。

北《きた》の海《うみ》

海にゐるのは、
あれは人魚ではないのです。
海にゐるのは、
あれは、浪《なみ》ばかり。

曇《くも》つた北海《ほくかい》の空の下、
浪《なみ》はところどころ歯をむいて、
空を呪《のろ》つてゐるのです。
いつはてるとも知れない呪《のろひ》。

海にゐるのは、
あれは人魚ではないのです。
海にゐるのは、
あれは、浪《なみ》ばかり。

メモ　詩人の虚無感を表現した作品。アンデルセン童話の人魚のようなロマンティックなものは存在せず、あさましく醜悪な現実だけが全てなのだと語る。

出典　『在りし日の歌』創元社、一九三八（昭和十三）年四月。初出は『歴程』第一巻第一号、一九三五（昭和十）年五月。初出総題「詩二篇」。

頑是《ぐわんぜ》ない歌《うた》

思へば遠く来たもんだ
十二の冬のあの夕べ
港の空に鳴り響いた
汽笛の湯気《ゆげ》は今いづこ

雲の間《あひだ》に月はゐて
それな汽笛を耳にすると

竦然《しようぜん》として身をすくめ
月はその時空にゐた

それから何年経《た》つたことか
汽笛の湯気《ゆげ》を茫然《ばうぜん》と
眼で追ひかなしくなつてゐた
あの頃の俺《おれ》はいまいづこ

今では女房子供持ち
思へば遠く来たもんだ
此《こ》の先まだまだ何時《いつ》までか
生きてゆくのであらうけど

生きてゆくのであらうけど
遠く経《へ》て来た日や夜《よる》の
あんまりこんなにこひしゆては
なんだか自信が持てないよ

さりとて生きてゆく限り
結局我《が》ン張《ば》る僕の性質《さが》
と思へばなんだか我ながら
いたはしいよなものですよ

考へてみればそれはまあ
結局我《が》ン張《ば》るのだとして
昔恋しい時もあり　そして
どうにかやつてはゆくのでせう

考へてみれば簡単だ
畢竟《ひつきやう》意志の問題だ
なんとかやるより仕方《しかた》もない
やりさへすればよいのだと

思ふけれどもそれもそれ
十二の冬のあの夕べ
港の空に鳴り響いた
汽笛の湯気《ゆげ》や今いづこ

メモ　人生の過去・現在・未来に思いをめぐらした詩。「頑是ない」とある通り、中原中也は弱気になり自信喪失に陥っている。満十三歳で訪れた門司港が舞台。

出典　『在りし日の歌』創元社、一九三八（昭和十三）年四月。初出は『文芸汎論』第六巻第二号、一九三六（昭和十一）年二月。

曇《どん》天《てん》

ある朝　僕は　空の　中に、
黒い　旗が　はためくを　見た。
はたはた　それは　はためいて　ゐたが、
音は　きこえぬ　高きが　ゆゑに。

手操《たぐ》り　下《お》ろさうと　僕は　したが、
綱も　なければ　それも　叶《かな》はず、
旗は　はたはた　はためく　ばかり、
空の　奥処《をくが》に　舞ひ入《い》る　如く。

かゝる　朝《あした》を　少年の　日も、
屢《しば》〻《しば》　見たりと　僕は　憶《おも》ふ。
かの時は　そを　野原の　上に、
今はた　都会の　甍《いらか》の　上に。

かの時　この時　時は　隔つれ、
此処《ここ》と　彼処《かしこ》と　所は　異《ことな》れ、
はたはた　はたはた　み空に　ひとり、
いまも　渝《かは》らぬ　かの　黒旗よ。

メモ　不吉な黒旗を象徴的に描いた詩。明治天皇大喪時の記憶による。分かち書きは岩野泡鳴の影響か。長男夭折や詩人の死を予感させる薄気味悪さがある。
出典　『在りし日の歌』創元社、一九三八（昭和十三）年四月。初出は『改造』第十八巻第七号、一九三六（昭和十一）年七月。

一《ひと》つのメルヘン

秋の夜は、はるかの彼方《かなた》に、
小石ばかりの、河原《かはら》があつて、
それに陽《ひ》は、さらさらと
さらさらと射してゐるのでありました。

陽《ひ》といつても、まるで硅石《けいせき》か何かのやうで、

非常な個体の粉末のやうで、
さればこそ、さらさらと
かすかな音を立ててもゐるのでした。

さて小石の上に、今しも一つの蝶がとまり、
淡《あは》い、それでゐてくつきりとした
影を落としてゐるのでした。

やがてその蝶がみえなくなると、いつのまにか、
今《いま》迄《まで》流れてもゐなかつた川《かは》床《どこ》に、水は
さらさらと、さらさらと流れてゐるのでありました
……

メモ　九月頃の「秋の夜」に、詩人が思い描いた幻想の風景。伏流する故郷の吉敷（よしき）川がモデル。想像上の死の世界か。二か月後に長男が夭逝する。
出典『在りし日の歌』創元社、一九三八（昭和十三）年四月。初出は『文芸汎論』第六巻第十一号、一九三六（昭和十一）年十一月。

言葉《ことば》なき歌《うた》

あれはとほいい処《ところ》にあるのだけれど
おれは此処《ここ》で待つてゐなくてはならない
此処《ここ》は空気もかすかで蒼《あを》く
葱《ねぎ》の根のやうに仄《ほの》かに淡《あは》い

決して急いではならない
此処《ここ》で十分待つてゐなければならない
処女《むすめ》の眼のやうに遙かを見遣《みや》つてはならない
たしかに此処《ここ》で待つてゐればよい

それにしてもあれはとほいい彼方《かなた》で夕陽《ゆふひ》にけぶつてゐた
号笛《フイトル》の音《ね》のやうに太くて繊弱《せんじやく》だつた
けれどもその方へ駆け出してはならない
たしかに此処《ここ》で待つてゐなければならない

さうすればそのうち喘《あへ》ぎも平静に復し
たしかにあすこまでゆけるに違ひない

しかしあれは煙突の煙のやうに
とほくとほく　いつまでも茜《あかね》の空にたなびいてゐた

メモ　「あれ」は、詩人が求めている何か。詩、幸福、死などの解釈が可能。題名はヴェルレーヌの詩集『言葉なき恋歌』による。「とほいい」は遠いの山口方言。
出典　『在りし日の歌』創元社、一九三八（昭和十三）年四月。初出は『文学界』第三巻第十二号、一九三六（昭和十一）年十二月。

月夜《つきよ》の浜辺《はまべ》

月夜の晩に、ボタンが一つ
波打際《なみうちぎは》に、落ちてゐた。

それを拾《ひろ》つて、役立《やくだ》てようと
僕は思つたわけでもないが
なぜだかそれを捨てるに忍《しの》びず
僕はそれを、袂《たもと》に入《い》れた。

月夜の晩に、ボタンが一つ
波打際《なみうちぎは》に、落ちてゐた。

それを拾《ひろ》つて、役立《やくだ》てようと
僕は思つたわけでもないが
　月に向つてそれは抛《はふ》れず
　浪《なみ》に向つてそれは抛《はふ》れず
僕はそれを、袂《たもと》に入《い》れた。

月夜の晩に、拾《ひろ》つたボタンは
指先に沁《し》み、心に沁《し》みた。

月夜の晩に、拾《ひろ》つたボタンは
どうしてそれが、捨てられようか？

メモ　何かへの執着を語った詩。月を憧れ、浪を現実と解釈すると、ボタンは形が月に通じ、実用の点で浪に通じる。詩人はどちらにもボタンをほうれない。
出典　『在りし日の歌』創元社、一九三八（昭和十三）年四月。初出は『新女苑』第一巻第二号、一九三七（昭和十二）年二月。

また来《こ》ん春《はる》…………

また来《こ》ん春と人は云《い》ふ
しかし私は辛《つら》いのだ
春が来たつて何になろ
あの子が返つて来るぢやない

おもへば今年の五月には
おまへを抱いて動物園
象を見せても猫《にやあ》といひ
鳥を見せても猫《にやあ》だつた

最後に見せた鹿だけは
角《つの》によつぽど惹《ひ》かれてか
何とも云《い》はず　眺めてた

ほんにおまへもあの時は
此《こ》の世の光のたゞ中に
立つて眺めてゐたつけが……

メモ　長男文也（ふみや）は昭和十一年十一月十日に結核で夭折した。結核は中原中也から感染したと推定される。詩人はその後、精神錯乱を起こし入院した。
出典　『在りし日の歌』創元社、一九三八（昭和十三）年四月。初出は『文学界』第四巻第二号、一九三七（昭和十二）年二月。初出総題「詩三篇」。

冬《ふゆ》の長《ちやう》門《もん》峡《けふ》

長《ちやう》門《もん》峡《けふ》に、水は流れてありにけり。
寒い寒い日なりき。

われは料亭にありぬ。
酒酌《く》みてありぬ。

われのほか別に、
客とてもなかりけり。

水は、恰《あたか》も魂《たましひ》あるものの如く、
流れ流れてありにけり。

やがても密柑《みかん》の如き夕陽《ゆふひ》、
欄干《らんかん》にこぼれたり。

あゝ！　――そのやうな時もありき、
寒い寒い　日なりき。

メモ　山口県の峡谷を再訪し人生の転変を嘆いた詩。長男文也（ふみや）が前月夭逝、本作と同日の詩「夏の夜の博覧会はかなしからずや」は生前の子供を描く。
出典　『在りし日の歌』創元社、一九三八（昭和十三）年四月。初出は『文学界』第四巻第四号、一九三七（昭和十二）年四月。

正午《しやうご》

丸《まる》ビル風景

あゝ十二時のサイレンだ、サイレンだサイレンだ
ぞろぞろぞろぞろ出てくるわ、出てくるわ出てくるわ
月給取《とり》の午休《ひるやす》み、ぷらりぷらりと手を振つて
あとからあとから出てくるわ、出てくるわ出てくるわ
大きなビルの真《ま》ッ黒い、小ッちやな小ッちやな出入口
空はひろびろ薄曇《うすぐも》り、薄曇《うすぐも》り、埃《ほこ》りも少々立つてゐる
ひよんな眼付《めつき》で見上げても、眼を落としても……
なんのおのれが桜かな、桜かな桜かな
あゝ十二時のサイレンだ、サイレンだサイレンだ
ぞろぞろぞろぞろ出てくるわ、出てくるわ出てくるわ
大きいビルの真《ま》ッ黒い、小ッちやな小ッちやな出入口
空吹く風にサイレンは、響き響きて消えてゆくかな

メモ　山口に帰る決心をした詩人が見た東京風景。あの世から現世を眺めるような雰囲気がある。中原中也の生涯は律儀なサラリーマン人生の対極にあった。
出典　『在りし日の歌』創元社、一九三八（昭和十三）年四月。初出は『文学界』第四巻第十号、一九三七（昭和十二）年十月。

春日狂想《しゆんじつきやうさう》

1

愛するものが死んだ時には、
自殺しなけあなりません。

愛するものが死んだ時には、
それより他に、方法がない。

けれどもそれでも、業《ごふ》（?）が深くて、
なほもながらふことともなつたら、

奉仕の気持に、なることなんです。
奉仕の気持に、なることなんです。

愛するものは、死んだのですから、
たしかにそれは、死んだのですから、

もはやどうにも、ならぬのですから、
そのもののために、そのもののために、

奉仕の気持に、ならなけあならない。
奉仕の気持に、ならなけあならない。

2

奉仕の気持になりはなつたが、
さて格別の、ことも出来ない。

そこで以前《せん》より、本なら熟読。
そこで以前《せん》より、人には丁寧。

テムポ正しき散歩をなして
麦稈真田《ばくかんさなだ》を敬虔《けいけん》に編《あ》み——

まるでこれでは、玩具《おもちゃ》の兵隊、
まるでこれでは、毎日、日曜。

神社の日向《ひなた》を、ゆるゆる歩み、
知人に遇《あ》へば、にこにこ致し、

飴売爺々《あめうりぢぢい》と、仲よしになり、
鳩《はと》に豆なぞ、パラパラ撒《ま》いて、

まぶしくなつたら、日蔭《ひかげ》に這入《はひ》り、

そこで地面や草木を見直す。

苔《こけ》はまことに、ひんやりいたし、
いはうやうなき、今日の麗日《れいじつ》。

参詣人等《さんけいにんら》もぞろぞろ歩き、
わたしは、なんにも腹が立たない。

　　《まことに人生、一瞬の夢、
　　ゴム風船の、美しさかな。》

空に昇《のぼ》つて、光つて、消えて——
やあ、今日は、御機嫌いかが。

久しぶりだね、その後どうです。
そこらの何処《どこ》かで、お茶でも飲みましよ。

勇んで茶店《ちやてん》に這入《はひ》りはすれど、
ところで話は、とかくないもの。

煙草《たばこ》なんぞを、くさくさ吹かし、
名状《めいじやう》しがたい覚悟をなして、——

戸外《そと》はまことに賑《にぎや》かなこと！
——ではまたそのうち、奥さんによろしく、

外国《あつち》に行つたら、たよりを下さい。
あんまりお酒は、飲まんがいいよ。

馬車も通れば、電車も通る。
まことに人生、花嫁御寮《はなよめごれう》。

まぶしく、美《は》しく、はた俯《うつむ》いて、
話をさせたら、でもうんざりか？

それでも心をポーッとさせる、
まことに、人生、花嫁御寮《はなよめごれう》。

3

ではみなさん、
喜び過ぎず悲しみ過ぎず、
テムポ正しく、握手をしませう。

つまり、我等《われら》に欠けてるものは、
実直《じつちょく》なんぞと、心得《え》まして。

ハイ、ではみなさん、ハイ、御一緒に――
テムポ正しく、握手をしませう。

メモ　息子の死を受け入れかねた中原中也が、今後の生き方をおどけながら語った作品。詩人は精神に不調をきたしていた。詩の発表から半年弱で死去する。

出典『在りし日の歌』創元社、一九三八（昭和十三）年四月。初出は『文学界』第四巻第五号、一九三七（昭和十二）年五月。

金素雲《きんそうん》《キム ソ ウン》　（一九〇八―一九八一）

こゝろ

金東鳴《きんとうめい》《キム ドン ミョン》作

わたしのこゝろは湖水《こすい》です
どうぞ　漕《こ》いでお出《い》でなさい。
あなたの白い影を抱《いだ》き
玉《たま》と砕《くだ》けて
あなたの舟《ふな》べりへ　散りもしませう。

わたしのこゝろは燭火《ともしび》です
あの扉《とびら》を閉《し》めてください。
あなたの綾衣《ころも》の裾《すそ》にふるへて
こゝろ静かに
燃えつきてもさしあげませう。

わたしのこゝろは旅人《たびびと》です
あなたは笛をお吹きなさい。
月の下《した》に耳傾《かたむ》けて

こゝろ愉《たの》しく
わたしの夜《よる》を明《あか》しませう。
わたしのこゝろは落《おち》葉《ば》です
しばし　お庭にとゞめてください。
やがて風吹けば　さすらひ人《びと》のやうに
またもや
あなたを離れませう。

メモ　自己犠牲をも辞さない純粋な愛を語った詩。長い儒教の影響下で育まれた民族感情に基づく。金素雲の孫で歌手の沢知恵（ともえ）が作曲し歌っている。

出典『乳色の雲』河出書房、一九四〇（昭和十五）年五月。初出未詳。

ふるさとを恋《こ》ひて何《なに》せむ

朴《ぼく》《パク》龍《りゅう》《ヨン》喆《てつ》《チョル》作

ふるさとを恋ひて何せむ
血《ち》縁《すぢ》絶え　吾《わが》家《や》の失せて
夕《ゆふ》鴉《がらす》　ひとり啼《な》くらむ
村《むら》井《ゐ》戸《ど》も遷《うつ》されたらむ。

をさな夢　母の墓《はか》辺《べ》に
とゞめてぞ　さすらひ流る
浮《うき》雲《ぐも》の十《と》年《とせ》はるかよ
ふるさとを恋ひて何せむ。

かの空に描きても見む
新らしき　希《のぞ》望《み》　歓《よろこ》び、
想《おも》ひ出は散りしく花の
吹けよ風　憩《いこ》ひなき身に。

はかなしや　ふるさとのゆめ
いまははた踏みしだかれて
契《ちぎ》りつゝ　人に堰《せ》かれし
初恋のせつなさに似る。

メモ　故郷喪失の詩。変わり果てたふるさとで、詩人は昔を回想する。金素雲は「村の小川」を「村井戸」と翻案し、『伊勢物語』井筒の初恋イメージを導入した。

出典『乳色の雲』河出書房、一九四〇（昭和十五）年五月。初出未詳。

五月《ごぐわつ》

李《り》《イ》秉《へい》《ビョン》珏《かく》《カク》作

四月逝《ゆ》き
流れに浮ける花《はな》一《いち》輪《りん》

いざよひて
われらゆかなむ。

七百里　行きつかば
やがて見ん海

きみとこそ
いざよひ流る。

メモ　川面に散って流れ下る花に託して、共に生きて行く決意を語った述志の詩。文学の政治的解釈が主流の韓国では、民族独立の文脈で理解されるらしい。

出典　『乳色の雲』河出書房、一九四〇（昭和十五）年五月。初出未詳。

青葡萄《あをぶだう》

李《り》《イ》陸《りく》《ユク》史《し》《サ》作

わがふるさとの　七月は
たわゝの房《ふさ》の　青葡萄。

ふるさとの　ふるき伝説《つたへ》は垂れ鎮《しづ》み
円《つぶ》ら実《み》に　ゆめみ映《うつ》らふ遠き空。

海原《うなばら》の　ひらける胸に
白き帆の　影よどむころ、

船旅にやつれたまひて
青袍《あをごろも》まとへるひとの　訪るゝなり。

かのひとと　葡萄を摘まば
しとゞ手も濡るゝらむ、

小童《こわらべ》よ　われらが卓《たく》に銀の皿
いや白き　苧《あさ》の手ふきや備へてむ。

メモ　故郷を美しく描いた抒情詩。金素雲はこれを、五音七音の韻律を駆使して和訳した。翻訳にあたって、永井荷風・北原白秋・佐藤春夫の影響が見られる。
出典『乳色の雲』河出書房、一九四〇（昭和十五）年五月。初出未詳。

猫《ねこ》

柳致環《りゅうちかん》《ユチファン》作

猫は憎し。
その声の佞《おもね》りたる、
その動作の敏捷《びんせふ》にして小なる、
そのあまりにも山脈の匂ひを忘れたる、
しかして人を憤怒《ふんぬ》せざる、
虎に似て虎ならざる——。

メモ　不甲斐ない自分自身を嘆いた作品。詩人は、虎の如き剛毅な生き方を理想としている。しかし現実には、猫のように社会に飼いならされてしまった。
出典『乳色の雲』河出書房、一九四〇（昭和十五）年五月。初出未詳。

石《いし》ころ

鄭芝溶《ていしよう》《チョンジヨン》作

石ころ　ころ　ころ…………
こは　わが魂《たましひ》のかけらなり。

病《や》めるピエロのかなしみと
初旅にやつれたる
青つばめのおぼつかなき囀《さへづ》りと、
抓《つね》りて紅《あか》みさす血に凝《こ》りて
吹降りの異国の町を
嘆きつゝさまよふ。

石ころ　ころ　ころ…………
こは　わが魂《たましひ》のかけらなり。

メモ　異土放浪の悲哀を小石に託して語った作品。「石ころ ころ ころ」は、原文を大きく変えた名訳。訳者金素雲は少年時代、日本に単身で無銭渡航した。
出典『朝鮮詩集 前期』興風館、一九四三（昭和十八）年八月。初出未詳。

五月《ごぐわつ》となれば

辛夕汀《しんせきてい》《シンソクチョン》作

五月ともなれば
五体からは　一《いっ》ぱし植物の匂ひがする。

そのまゝ土に捨てたら
いまにも四肢《しし》から青い芽が生《は》えて出さう。

五月の頃ほひは
願はくばわが身よ　植物性と変れ。

日蔭《ひかげ》は如何《いか》に暗からうとも
首から出た青い芽は　光の方向へ延《の》び上《あが》らずにゐない。

五月が来たら
血脈はそのまゝ葉脈となれ

胸にたつぷり葉緑素を蓄へて
空仰《あふ》ぐひともとの樹《き》と生きるのだ。

メモ　精神的な高みを目指し、生命力に満ちた成長を願う述志の詩。初夏五月の植物の連想で貫かれている。植民地下での政治的メッセージとも解釈できよう。

出典　『朝鮮詩集　中期』興風館、一九四三（昭和十八）年十月。初出未詳。

こゝろ

朴龍喆《ぼくりゅうてつ》《バクヨンチョル》作

こゝろをどこへやりませう
雨はいつかな降りやまず
越しかたの疼《うづ》く思ひ出　その思ひ出ばかりが
黒雲の幕《とばり》のやうに　眼路《めぢ》をさへぎります。

見失ふまいとした　新しい希望《のぞみ》が
堰《せ》きとめてもとまらぬ　あなたへの思慕が
いなづまときらめく　ひとゝきはあつても
あなたの眼《まな》ざしはあまりに遠い、あまりにも届き難《がた》い。

あゝ　このこゝろをどこへやりませう。

メモ 展望が開けず、なかなか希望が実現できない閉塞状況を嘆いた詩。「あなた」が指すものを様々に解釈できる。恋人、理想、個人的目標、国家独立など。

出典『朝鮮詩集 中期』興風館、一九四三（昭和十八）年十月。初出未詳。

希望《きぼう》

李《り》燦《さん》《イチャン》作

希望は　透《すきとほ》る薄衣《うすぎぬ》の
蜻蛉《あきつ》の翅《はね》。

薄衣《うすぎぬ》の身ながらに　蒼穹《そら》へ舞ひ立つ
蜻蛉《あきつ》の翅《はね》。

寝苦しい夜の夢に
ひろげては　またとすぼめぬ蜻蛉《あきつ》の翅《はね》。

あゝ　蜘蛛《くも》の巣に息絶えてさへ
開いたなりに遺《のこ》された蜻蛉《あきつ》の翅《はね》。

希望よ。
蜻蛉《あきつ》の翅《はね》の耀《かがよ》ひよ。

メモ 希望はトンボの羽のように薄く頼りないが、美しく輝き空に舞い上がる。李燦は北朝鮮に希望を見出し、「金日成将軍の歌」を作詞した。希望は常に善か。

出典『朝鮮詩集 中期』興風館、一九四三（昭和十八）年十月。初出未詳。

津《つ》村《むら》信《のぶ》夫《お》

（一九〇九―一九四四）

小扇《こあふぎ》

――嘗《かつ》てはミルキイ・ウエイと呼ばれし少女に――

指呼《しこ》すれば、国境はひとすぢの白い流れ。

高原を走る夏期電車の窓で、

貴女《あなた》は小さな扇《あふぎ》をひらいた。

メモ　軽井沢高原での恋愛を描いた映像的な短詩。草軽電気鉄道が舞台。昭和六年に内池省子と出会うが、少女は翌年婚約。恋に破れた詩人はこの詩を書いた。
出典　『愛する神の歌』四季社、一九三五（昭和十）年十一月。初出は『四人』第四号、一九三二（昭和七）年七月（現物未確認）。

愛《あい》する神《かみ》の歌《うた》

父が洋杖《ステツキ》をついて、私はその側《そば》に立ち、新らしく出来上《あが》つた姉の墓を眺めてゐた、

噴水塔の裏の木梢《こぬれ》で、春蟬が鳴いてゐる。
若くて身殁《みまか》つた人の墓石は美しく磨《みが》かれてゐる。

ああ、嘗《か》つて、誰が考へただらう。この知らない土地の青空の下で、小さな一つの魂《たましひ》が安らひを得ると。

春から秋へ、
墓石は、おのづからなる歴史を持つだらう。
風が吹くたびに、遠くの松脂《まつやに》の匂ひもする。

やがて、
私達も此処《ここ》を立ち去るだらう。かりそめの散歩者をよそほつて。

メモ　姉道子の死を悼んだ詩。大切な人の死後も時は容赦なく流れ、愛する人の不在が日常となる寂しさを描く。多磨霊園の墓は現存せず、噴水塔のみ残る。
出典　『愛する神の歌』四季社、一九三五（昭和十）年十一月。初出は『文芸』第二巻第八号、一九三四（昭和九）年八月。

冬《ふゆ》の夜《よ》道《みち》

冬の夜道を
一人の男が帰つてゆく
はげしい仕事をする人だ
その疲れきつた足どりが
そつくり

それを表はしてゐる
月夜であつた
小砂利《こじやり》を踏んで
やがて　一軒の家の前に
立ちどまつた
それから　ゆつくり格子戸《かうしど》を開けた
「お帰りなさい」
土間《どま》に灯が洩《も》れて
女の人の声がした
すると　それに続いて
何処《どこ》か　部屋の隅《すみ》から
一つの小さな声が云《い》つた
又《また》一つ
また一つ別の小さな声が叫んだ
「お帰りなさい」

冬の夜道は　月が出て
随分《ずいぶん》とあかるかつた
それにもまして
ゆきずりの私の心には
明るい一本の蠟燭《らふそく》が燃えてゐた

メモ　郷愁の詩。「ゆきずり」のよそ者が温かい家庭を目にした際のノスタルジアである。平凡な庶民家族の姿が詩人の心を強く打った。津村信夫は富裕層出身。
出典　『或る遍歴から』湯川弘文社、一九四四（昭和十九）年二月。初出は『むらさき』第九巻第一号、一九四二（昭和十七）年一月。

新美南吉《にいみなんきち》

（一九一三—一九四三）

貝殻《かひがら》

かなしきときは
貝殻鳴らそ。
二つ合わせて息吹《いぶ》きをこめて。
静かに鳴らそ、
貝がらを。

誰《だれ》もその音《ね》を
きかずとも、
風にかなしく消ゆるとも、
せめてじぶんを
あたためん。

静かに鳴らそ
貝殻を。

メモ　貝殻は、自分を守る鎧・内向する心・詩などの暗喩。悲しい思いが人に理解されることを、詩人は期待していない。詩を書くこと自体が慰めなのである。

出典　『新美南吉代表作集』新美南吉顕彰会、一九六二（昭和三十七）年三月。初出同上。再録は『墓碑銘』英宝社、一九六二年十一月。

立《たち》原《はら》道《みち》造《ぞう》　（一九一四―一九三九）

はじめてのものに

ささやかな地異《ちい》は　そのかたみに
灰を降らした　この村に　ひとしきり
灰はかなしい追憶のやうに　音立てて
樹木《じゆもく》の梢《こずゑ》に　家々の屋根に　降りしきつた

その夜　月は明《あか》るかつたが　私はひとと
窓に凭《もた》れて語りあつた（その窓からは山の姿が見えた）
部屋の隅々《すみずみ》に　峡谷《けふこく》のやうに　光と
よくひびく笑ひ声が溢《あふ》れてゐた

――人の心を知ることは……人の心とは……
私は　そのひとが蛾《が》を追ふ手つきを　あれは蛾《が》を
把《とら》へようとするのだらうか　何かいぶかしかつた

いかな日にみねに灰の煙の立ち初《そ》めたか
火の山の物語と……また幾夜《いくよ》さかは　果《はた》して夢に
その夜習つたエリーザベトの物語を織つた

メモ　淡い恋の詩。昭和十年夏、浅間山の麓追分で出会った横田ケイ子がモデル。詩人は彼女をエリーザベトと呼んだ。シュトルム「みずうみ」の登場人物名。
出典　『萱草（わすれぐさ）に寄す』風信子（ヒアシンス）叢書刊行所、一九三七（昭和十二）年五月。初出は『四季』第十二号、一九三五（昭和十）年十一月号、発行十月。

のちのおもひに

夢はいつもかへつて行つた　山の麓《ふもと》のさびしい村に
水引草《みづひき》に風が立ち
草《くさ》ひばりのうたひやまない
しづまりかへつた午《ひる》さがりの林道《りんだう》を

うららかに青い空には陽《ひ》がてり　火山は眠つてゐた
——そして私は
見て来たものを　島々を　波を　岬《みさき》を　日光月光を
だれもきいてゐないと知りながら　語りつづけた
……

夢は　そのさきには　もうゆかない
なにもかも　忘れ果てようとおもひ
忘れつくしたことさへ　忘れてしまつたときには

夢は　真冬の追憶のうちに凍るであらう
そして　それは戸をあけて　寂寥《せきれう》のなかに
星くづにてらされた道を過ぎ去るであらう

メモ　失恋の詩。信濃追分の旅館永楽屋の孫娘関鮎子がモデル。昭和十一年八月、鮎子が既に嫁いでいたことを知った詩人は、紀州や関西に失恋の旅に出る。
出典　『萱草（わすれぐさ）に寄す』風信子（ヒアシンス）叢書刊行所、一九三七（昭和十二）年五月。初出は『四季』第二十二号、一九三六（昭和十一）年十一月号、発行十月。

小譚詩《せうたんし》

一人はあかりをつけることが出来た

そのそばで　本をよむのは別の人だつた
しづかな部屋だから　低い声が
それが隅《すみ》の方にまで　よく聞えた（みんなはきいてゐた）

一人はあかりを消すことが出来た
そのそばで　眠るのは別の人だつた
糸紡《つむ》ぎの女が子守《こもり》の唄《うた》をうたつてきかせた
それが窓の外にまで　よく聞えた（みんなはきいてゐた）

幾夜《いくよ》も幾夜《いくよ》もおんなじやうに過ぎて行つた……
風が叫んで　塔の上で　雄鶏《をんどり》が知らせた
——兵士《ジアツク》は旗を持て　驢《ろ》馬《ば》は鈴を掻《か》き鳴らせ！

それから　朝が来た　ほんとうの朝が来た
また夜《よる》が来た　また　あたらしい夜《よる》が来た
その部屋は　からつぽに　のこされたままだつた

メモ　昭和十年夏の信濃追分滞在中の体験を虚構化した

小物語詩。「一人」「別の人」は少女、「みんな」は友人や少女の親類だろう。横田ミサオ・ケイ子姉妹か。
出典『暁と夕の詩』風信子（ヒアシンス）詩社、一九三七（昭和十二）年十二月。初出は『四季』第十七号、一九三六（昭和十一）年五月号、発行四月。

眠《ねむ》りの誘《さそ》ひ

おやすみ　やさしい顔した娘たち
おやすみ　やはらかな黒い髪を編《あ》んで
おまへらの枕もとに胡桃色《くるみいろ》にともされた燭台《しよくだい》のまはりには
快活な何かが宿つてゐる（世界中はさらさらと粉《こな》の雪）
私はいつまでもうたつてゐてあげよう
私はくらい窓の外に　さうして窓のうちに
それから　眠りのうちに　おまへらの夢のおくに
それから　くりかへしくりかへして　うたつてゐてあげよう

ともし火のやうに
風のやうに　星のやうに
私の声はひとふしにあちらこちらと……
するとおまへらは　林檎《りんご》の白い花が咲き
ちひさい緑の実を結び　それが快い速さで赤く熟《う》れ
　るのを
短い間《あひだ》に　眠りながら　見たりするであらう

メモ　昭和九・十・十一年夏の信濃追分での経験を美化した詩。「娘たち」は、関鮎子・横田ミサオ・ケイ子・今井春枝・深沢紅子らを合成したものだろう。
出典　『暁と夕の詩』風信子（ヒアシンス）詩社、一九三七（昭和十二）年十二月。初出は『むらさき』第四巻第二号、一九三七年二月。

ゆふすげびと

かなしみではなかつた日のながれる雲の下に
僕はあなたの口にする言葉をおぼえた
それはひとつの花の名であつた
それは黄いろの淡《あは》いあはい花だつた

僕はなんにも知つてはゐなかつた
なにかを知りたく　うつとりしてゐた
そしてときどき思ふのだが　一体なにを
だれを待つてゐるのだらうかと

昨日《きのふ》の風に鳴つてゐた　林を透《す》いた青空に
かうばしい　さびしい光のまんなかに
あの叢《くさむら》に　咲いてゐた・・・そうしてけふもその花は

思ひなしだか　悔《く》ゐのやうに――
しかし僕は老いすぎた　若い身空《みそら》で
あなたを悔《く》ゐなく去らせたほどに！

メモ　関鮎子との失恋の詩。立原道造は彼女を「ゆふすげびと」と呼んだ。鮎子は既に嫁いで信濃追分にいないが、ユウスゲの花は今も思い出の地に咲いている。
出典　『立原道造全集』第一巻、山本書店、一九四一（昭和十六）年二月。初出は『文芸汎論』第六巻第十一号、一九三六（昭和十一）年十一月。

草《くさ》に寝《ね》て……

六月の或《あ》る日曜日に

それは　花にへりどられた　高原の
林のなかの草地であつた　小鳥らの
たのしい唄《うた》をくりかへす　美しい声が
まどろんだ耳のそばに　きこえてゐた

私たちは　山のあちらに
青く　光つてゐる空を
淡《あは》く　ながれてゆく雲を
ながめてゐた　言葉すくなく

──しあはせは　どこにある？
山のあちらの　あの青い空に　そして
その下の　ちひさな　見知らない村に

私たちの　心は　あたたかだつた
山は　優《やさ》しく　陽《ひ》にてらされてゐた
希望と夢と　小鳥と花と　私たちの友だちだつた

メモ　幸福の絶頂を描いた詩。信濃追分駅近くで水戸部アサイにプロポーズした昭和十三年六月五日を回想している。上田敏訳「山のあなた」の影響がある。

出典　『立原道造全集』第一巻、山本書店、一九四一（昭和十六）年二月。初出は『むらさき』第五巻第八号、一九三八（昭和十三）年八月。

夢《ゆめ》みたものは……

夢みたものは　ひとつの幸福
ねがつたものは　ひとつの愛
山なみのあちらにも　しづかな村がある
明るい日曜日の　青い空がある

日傘《ひがさ》をさした　田舎の娘らが
着かざつて　唄《うた》をうたつてゐる
大きなまるい輪《わ》をかいて
田舎の娘らが　踊《をどり》ををどつてゐる

告げて　うたつてゐるのは
青い翼《つばさ》の一羽の小鳥
低い枝で　うたつてゐる

夢みたものは　ひとつの愛
ねがつたものは　ひとつの幸福
それらはすべてここに　ある　と

メモ　幸福の詩。プロポーズ三・四か月後の作。立原道造は翌昭和十四年、婚約者水戸部アサイに看取られて死去。木下牧子作曲の合唱曲でも親しまれている。

出典　『立原道造全集』第一巻、山本書店、一九四一（昭和十六）年二月。初出同上。

あとがき

逆風が、詩の世界に吹き続けています。一九六〇年代から一九七〇年代にかけては、詩の大ブームがあり、老大家から新人まで、多くの優れた詩人が活躍していました。近現代詩のアンソロジーも次々と出版されました。研究者による詩の評釈本がよく売れました。

一方、平成以降の三十余年間に発表された現代詩で、広く国民に愛唱されているものと言えば、茨木のり子の「倚《よ》りかからず」など、わずかな作品に限られます。また、日本近現代詩を専門にする大学教員も、決して多くはありません。そのため、大書店の詩のコーナーにすら、日本の名詩を手軽に読める解説本はあまりないのです。出版上の現実を言えば、没後七十年間へと延長された著作権料の支払いが、詞華集の刊行を一層困難にしています。

このような厳しい環境にあって、本書は、我が国の書店の店頭に、詩のか細い光を灯し続けようとする試みです。『一冊で読む日本の近代詩５００』さえあれば、戦前に活躍を始めた詩人の有名な作品は、ほぼ全て読むことができます。類書は見あたりません。それはなぜでしょうか。第一に、この種類の本は先に述べた経済的理由で刊行が難しいからです。第二に、明治から戦後まで幅広く目配りできる学者や詩人が乏しいことです。第三に、お金を出して詩の本を購入しようという読者の減少が挙げられます。

　しかし、希望はあります。インターネットを見てみましょう。日本の詩が大好きで、感想や解釈をブログなどで発信している人は、決して少なくありません。YouTubeには、多くの名詩の朗読が上げられています。宮沢賢治や萩原朔太郎、中原中也や金子みすゞには、今もたくさんの若いファンがついているではありませんか。多くの人々の関心が日本近現代詩にあつまる日が、またいつかきっと来るはずです。若い人が詩を読んで人生を考え、未来の日本を憂い、切ない恋のうたに心を奪われる。そんな時代が必ずや再び訪れることでしょう。

　今は我慢の時です。前方から詩の世界に吹き付けて来るこの冷たい風は、いつの日か背後から暖かく帆を押し始めるでしょう。順風晴天の日のために、今から帆を高々と掲げる準備をしたいと思います。本書を手に取って下さった読者の皆様が、この夢を共有して下さることを、私は心から願ってやみません。

令和五年七月二十日

吉祥寺の寓居にて　西原大輔

E13 自死についての詩

E14 死者を悼む詩 (戦死・刑死・水死)

E15 死者を悼む詩 (家族)

E16 死者を悼む詩 (友人ほか)

E17 死についての詩 (伊東静雄・高見順)

E18 死についての詩 (伊東静雄・高見順以外)

F 文芸

F1 西洋詩の翻訳と言及 (イギリス)

F2 西洋詩の翻訳と言及 (ドイツ)

F3 西洋詩の翻訳と言及 (フランス)

D20　ユーモアの詩（山之口貘）

D21　ユーモアの詩（山之口貘以外）

D22　食事と食べ物の詩

D23　お酒の詩

E　人生

E1　子供を描いた詩

E2　童心の詩

E3　志と野心の詩

E4　希望と勇気の詩

A　自然

E　人生

F　文芸

テーマ索引

目次

A 自然

B 地理

C 感情

D 社会

さ

し

す

せ

そ

題名索引

（読者の利便性を考慮し、現代仮名遣いの読み方で配列した）

作者名索引

本書で紹介された作品のなかには、
今日の観点から見ると差別的な表現が
用いられているものが幾つかあります。
これらの差別的表現につきましては、
それぞれの作品が成立した時代の社会状況、
また各作品の文学的な価値を鑑み、
原文そのままといたしました。
差別を助長する意図がないことを
読者のみなさまに
ご理解いただけましたら幸いです。

（編集部）

編著者紹介

西原大輔（にしはら・だいすけ）

1967（昭和42）年東京生まれ。
筑波大学、東京大学大学院に学ぶ。シンガポール国立大学、駿河台大学、広島大学を経て、現在東京外国語大学教授。詩人。

著書　『谷崎潤一郎とオリエンタリズム』中央公論新社、2003年
『橋本関雪』ミネルヴァ書房、2007年
『日本名詩選１・２・３』笠間書院、2015年
『日本人のシンガポール体験』人文書院、2017年
『室町時代の日明外交と能狂言』笠間書院、2021年

詩集　『本詩取り』七月堂、2018年、ほか計7冊。

編集協力 — 笹浪真理子
ブックデザイン — 天池 聖（drnco.）
カバー装画 — ばったん
本文組版 — STELLA
印刷／製本 — 大日本印刷

一冊で読む日本の近代詩500

2023年９月20日　初版第１刷発行
2023年11月５日　初版第２刷発行

編著者　**西原大輔**
発行者　池田圭子
発行所　笠間書院
〒101-0064
東京都千代田区神田猿楽町2-2-3
電　話　03-3295-1331　FAX03-3294-0996

ISBN 978-4-305-70992-9

JASRAC 出 2304839-302

https://kasamashoin.jp